新聞売りコタツ
横浜特ダネ帖

橘 沙羅

時代小説文庫

JN192191

角川春樹事務所

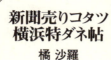

目次

一章　アマテラスの嘆く春

1

膨《ふく》れた春の香《か》も届かない裏長屋の角に、藤野《ふじの》辰吉《たつきち》は今朝も立った。

もとは、表通りの大店《おおだな》が、従業員を住まわせていた一棟《ひとむね》だという。経営不振で商《あきな》いを縮小した後、日本人居留区のど真ん中という好立地にもかかわらず、ただ同然の安い家賃で貸し出した。

「新聞んー、エェー、新聞んー、よろず取扱《とりあつかい》ィー、新聞のォー、コタツゥー」

いつものように裏声を張り上げながら、辰吉は立て付けの悪い戸を片手で器用に開けた。裏長屋の独り住まいには似つかわしくない大量の品々が、真ん中に敷《し》かれた万《まん》年床《ねんどこ》の周囲を埋《う》め尽《つ》くしている。手ぬぐいや七厘《しちりん》の転がる黴臭《かびくさ》い土間から、これまた足の踏《ふ》み場《ば》もない板の間に上がると、小柄《こがら》な身の丈《たけ》にしては重たい十八貫《かん》（約六八キログラム）の体に、根太《ねだ》の腐《くさ》った床《ゆか》が軋《きし》んだ。

「小見山《こみやま》さん、おはようございます、コタツが新聞をお届けに上がりましたよ。ささ、起きた起きた。あんまり寝穢《いぎたな》いと、お天道様の罰《ばち》が当たりますよ」

丸まった布団《ふとん》の真上で、辰吉は新聞箱の柄《え》の先に提《さ》げた鈴《すず》をちりんちりんと盛大に鳴らした。明治の世も早《はや》十六年目を迎《むか》えたからか、人種の入り交じる横濱《よこはま》という土地柄のせいか、かつて士分にあった男を「小見山さん」と馴《な》れ馴《な》れしく呼ぶことにも、だいぶ慣れてきた。

「外は良い天気ですよ。春ですからね。虫だって熊《くま》だって出てきますよ。小見山さんも麗《うら》らかな陽《ひ》を浴びて、春の喜びを感じちゃどうです」

反応がないので、乱暴に揺すった。しばらくの沈黙《ちんもく》の後、ようやく布団から生白い手が伸び、ついで着っぱなしの鰹縞《かつおじま》の袷《あわせ》がのぞき、最後に衿元《えりもと》までかかった長めの髪《かみ》が現れた。蘇《よみがえ》った死人《しびと》のような小見山佑《たすく》が、妙《みょう》に中毒性のある高めの声で、うつぶせのまま呻《うめ》いた。

「勘弁《かんべん》してよ、春眠《しゅんみん》だよ……」

「いけません。人生はね、夢のように過ぎてっちゃうんです。まだ暁《あかつき》だと思ってると、すぐに昼になっちゃうんです。今年の春だってね、もう去年《こぞ》の春とは違うんですから」

「たつ坊《ぼう》、僕《ぼく》はね、君が売る大事な新聞に穴をあけないよう、昨夜だって夜《よ》もすがら机に齧《かじ》りついてたの。硯《すずり》をご覧、まだ墨《すみ》が乾《かわ》いてないでしょう。筆耕硯田《ひっこうけんでん》の士に、昼も夜もないの。黙《だま》って寝かせなさいよ。女の話なら、あとで聞いてあげるから」

「へ……」辰吉は鈴を鳴らす手を止め、小見山の寝乱れた頭を見下ろした。

「ちょっと、女のこと、どうして分かったんです、ねえ。小見山さん」

「昨日の朝は、うっとりと春の素晴らしさなんぞ語ったりはしなかったじゃないか。どうせいつもみたいに、どこぞの薄幸《はっこう》そうな女人に一目惚《ひとめぼ》れしたんだろう」

「さすが小見山さん、話が早いや。じつはそうなんで。聞いて下さいよ、聞かずにはいられないってもんです。美女ですよ。俺《おれ》のすごく好みの美女が、昨日伊勢山《いせやま》に出たんです」

相槌《あいづち》とも呻き声ともつかない諦《あきら》めの溜息《ためいき》を受け、辰吉は膝《ひざ》を打って続けた。

「皇大神宮《こうたいじんぐう》の石段で呼び止められましてね、『読売新聞』くださいなって。息を呑《の》みましたよ。あそこは桜の名所でしょう。本気で桜の精かと思いましたよ。薄幸そうで、はかなげで、淋《さび》しそうでね。どうです、今度の小説に。俺も出たいな、心中物《しんじゅうもの》」

「誰《だれ》がたつ坊みたいなずんぐりむっくりの道行きを読んでみたいと思うのよ」

「ちぇ。いいと思ったんですけどね」

小見山は緩慢《かんまん》な仕草で煙草盆《たばこぼん》を引き寄せ、瘦《や》せてますます目立つようになった高い頰骨《ほおぼね》を朝日にさらして寝煙草を決め込んだ。辰吉は浅黒い自分の短軀《たんく》と、自分より十年は長く生きている三十半ばの男の不摂生《ふせっせい》とを見比べ、どちらがどうとも言えない御《ご》一新《いっしん》後の貧乏《びんぼう》暮らしに肩をすくめた。

もと庭師の息子が新聞売りをしているのが変なら、もと旗本の次男坊が新聞に連載小説《つづきもの》を書いて糊口《ここう》をしのいでいるのも変。士族の反乱が起きたかと思えば、国会開設だ自由民権だと盛り上がっているのも変。何より、ひび割れた土壁《つちかべ》もみすぼらしい裏長屋の一間に、麦酒《ビール》だの葡萄酒《ワイン》だのといった舶来酒《はくらいしゅ》の転がっているのが一番変。どうせ変な世なら、不格好な道行きがあってもいいではないか。

「とにかくね、春なんですよ」

辰吉はそれからでたらめな鼻歌を歌いながら、古女房よろしく勝手知ったる態度でせっせと洗面の用意を始めた。父親が小見山家の庭を任されていた縁と、辰吉に今の職を勧めてくれた恩があるから、これぐらいのことはやってやる。

土間から拾い上げた醬油色《しょうゆいろ》の手ぬぐいに、水を張った盥《たらい》と剃刀《かみそり》と石鹼《せっけん》。洒落者《しゃれもの》が髪につけるという、もらいものの香水《ヲーテコロリン》。運んだ拍子《ひょうし》に文机《ふづくえ》の角にぶつかり、うずたかく積んであった紙の束が火鉢《ひばち》になだれ落ちて、部屋中に灰が舞《ま》った。「ああっ、いけねえ」

慌《あわ》てて反対側の障子を開ける辰吉を尻目《しりめ》に、灰だらけの小見山はぼんやり煙管《キセル》をふかしている。建物の間に埋もれた日陰の縁側には、埋め立て地特有の湿気《しっけ》が澱《よど》んでいた。

「洗濯《せんたく》もんがあれば、うちの絹《きぬ》にやらせますから、遠慮《えんりょ》無く」

「美人の妹御にふんどしを洗ってもらうほど、僕は恥知《はじし》らずではない。桜の精のがまだましだ。——ああそうそう、伊勢山で思い出した」

小見山は灰落としに煙管を打ちつけ、いきなり身を起こした。煙草の刺激《しげき》が、ようやく脳みそを目覚めさせたらしい。

「たつ坊、一つ頼《たの》まれてくれないか」

「よっしゃ、原稿《げんこう》の郵送ですか」

「いや、言伝《ことづて》だよ。今日中ならいつでもいい。皇大神宮へ行く野毛《のげ》の切通しのさ、『くつろぎ亭』……」

「へへへ、いつもの茶屋の女ですね。おやすい御用でさ、春ですからね」

刺《さ》し子半纏《こばんてん》の胸を叩《たた》く辰吉に合わせて、小見山は大げさに拝む真似《まね》をした。

五年前に偶然横濱の地で再会した小見山は、辰吉の知る清々とした青年士族の面影《おもかげ》は微塵《みじん》もなく、泥沼《どろぬま》の恋愛《れんあい》を書き殴《なぐ》る生業《なりわい》も、栗毛東海《くりげとうかい》という巫山戯《ふざけ》た筆名も、すべてが白々しく軽薄《けいはく》な変わりようだった。だが多かれ少なかれ、士分にあった者はみな変わった。それが太平の世を打ち破った、〝文明開化〟の代償《だいしょう》なのだ。

「おっと、忘れるところでした。今朝の『くだん新聞』。お代は二銭です」

「自分の〝つづきもの〟を、毎朝二銭も出して見なきゃならんとはね」

さりげなく売り上げに貢献《こうけん》してくれる親切を内心で感謝しつつ、英字の空《あ》き缶《かん》から小銭《こぜに》をちょうだいする。コンビーフくさい一銭硬貨《こうか》を二枚、腹のどんぶり（ポケット）にしまったところで、辰吉の朝の日課が一つ、終わった。


川と海に四方を区切られた横濱居留地は、防火用の彼我《ひが》公園を境にして、日本人居住区と外国人居留区に分かれている。辰吉は毎日、七百メートルほどの短い通りが十数本走っている日本人居住区を、決まった順路で縦横に歩き回る。

朝、間借りしている弁天《べんてん》通り三丁目の土産物屋《みやげものや》『ぶらぼ』を出た後、同じ通りの新聞取扱店二軒で新聞数種を調達。そこから目抜きの本町通りに出て、得意先へ配達。

ついでに引き受けた雑用もこなしながら、北仲通り、元濱町、海岸通りを縫《ぬ》って海まで。そこから弁天通りの一本海側にある南仲通りまで戻《もど》り、小見山を起こして新聞代を徴収《ちょうしゅう》。そうこうしているうちに、町会所の鐘《かね》が正午を告げる。適当に昼飯を食った後は気分次第だが、午前中に回れなかった残り半分の日本人町を練り歩きながら、夕方には川を渡って居留地外の繁華街《はんかがい》へ出向くことが多い。

新聞は多くが日刊で、発行は一日一度。辰吉は特定の新聞社の専属ではなく、取扱店から仕入れて売り歩く不安定なその日暮らしだったが、明治になってできたこの新興の仕事はまずまずの実入りだったし、町の様子をつぶさに眺《なが》めたり、人様の生活に関《かか》わったりできるのは、野次馬根性の旺盛《おうせい》な自分の性に合っていた。

あるいはもっと単純に、重なった新聞のにおいが落ち葉のにおいに似ていると気づいたことも、今の生業《なりわい》を好む理由の一つなのかもしれない。人々の耳に届ける「新しさ」が集まった新聞は、剪定《せんてい》して地に落ちた葉っぱの、懐《なつ》かしいにおいがした。

四谷《よつや》で庭師をしていた辰吉の父親は、幕府の瓦解《がかい》後、荒《あ》れ果てていく武家屋敷の庭を目の当たりにし、みずからが手がけた植木と運命を共にするように寝付いてしまった。父親の死後、母は辰吉と四つ下の妹を連れて故郷の上州《じょうしゅう》へ戻ったものの、親戚《しんせき》連中にさんざんぱら嫌味《いやみ》をぶつけられ、長年の辛労がたたったか、こちらも呆気《あっけ》なく逝《い》った。

そうして七年前の明治九年（一八七六年）の春、十六歳の辰吉は妹の絹とともに新生活を始めるべく、商人やハタ師が一発当てることを夢見て続々と押し寄せる新興の港町・横濱にやって来た。鮮《あざ》やかなペンキの看板と新しい屋根の連なりは、江戸を引きずる青息吐息の東京にはない、眩《まぶ》しい希望に輝いていた。

だが、不運は重なる。明治十一年も明け、ようやく町にも人にも馴染《なじ》んできた頃、生糸の売込商の所に奉公していた絹が、暴れ馬にはねられて片足が不自由になり、働けなくなったのだ。

辰吉は住み込んでいた運送屋を辞め、二人で住める今の家に移った。しかし、通いの仕事を方々探し回ったものの、一向に見つからない。もはやつてもなく、追い詰められて途方に暮れていたちょうどその時、小見山が目の前に現れた。

――これからは世界を聞くんだ。

そう言って、小見山は知り合いの新聞取扱店に辰吉を紹介してくれた。多くの漢字は知らない辰吉だったが、新しいことを聞くのが「新聞」だとは容易に納得できたし、実際に町を歩けばそこら中に世界の音が溢《あふ》れていた。

蒸気船の汽笛、欧米人《おうべいじん》や清《しん》国人のお国言葉、教会から漏《も》れる洋琴《ピアノ》の旋律《せんりつ》と歌声――。

珍《めずら》しいはずの世界の音が、日常まで降りてきたのが横濱という町であり、そんな活気の中で新聞を売る現在の生活に、辰吉は満足していた。叶《かな》うことなら早く店を持ちたいが、それはまた別の夢物語で、とにかく一心に仕事に励《はげ》むのが、受けた恩に報《むく》いる唯一《ゆいいつ》の手段だと感じていた。

江戸を賑《にぎ》わした瓦版《かわらばん》も今は昔、洋紙に印刷された「新聞」は、文明社会の象徴《しょうちょう》として年を追うごとに種類が増えていく。いわゆる知識階級を対象にして、政治経済を中心に扱っている硬派なものが〝大新聞《おおしんぶん》〟。対して、ルビ付きの噂話《うわさばなし》や読み物をふんだんに載《の》せた、女子供まで楽しめる軟派《なんぱ》な大衆紙が〝小新聞《こしんぶん》〟。

大ざっぱな区別はつくものの、政党とくっついた大新聞は漢文くずしでよく分からず、娯楽色《ごらくしょく》の強い口語の小新聞は数が出すぎて読み切れない。わずかな間に新しい新聞が生まれ、廃刊になり、統合し、買収され、名前を変え、目まぐるしく入れ替わる新聞事情のすべてを把握《はあく》するのは、たとえ新聞売りと言えども難しい。辰吉は購読者の多い新聞を数種類箱に詰め、〝よろず取扱〟と〝よろず雑用引受《ひきうけ》〟を売りにして、日々まめまめしく商いを続けているのだった。

さて、そろそろ恋《こい》の取り持ちといきますか――。

小見山からの言伝を受けた辰吉は、その日少し遅《おそ》めの昼飯を蕎麦屋《そばや》で済ませた後、三時過ぎになって茶屋のある野毛の方面へ足を向けた。

三月も終わりの時候、薄青い空も灰色に光る海も、どこか眠たげに沈黙している。

めざす『くつろぎ亭』は、豪商《ごうしょう》の邸宅《ていたく》や役人の官舎が散らばる野毛山の、切通し近くにあった。数年前まで、この近くには数種の新聞を閲覧《えつらん》できる有名な茶亭『窟蠖《くつろ》蟻《ぎ》』があり、それに倣《なら》ったくつろぎ亭は、緋毛氈《ひもうせん》の縁台を前面に出した小さな二階屋の茶屋ながら、同じようにいくつかの新聞を常備して大層な賑わいを見せていた。

「あらあんた、センセの」

いつものように勝手口へ回ると、顔なじみになった不器量な大年増が辰吉を迎えた。

「言伝です。明日二十三日金曜、伊勢佐木《いせざき》町の洋食屋『あづち』に夕方六時……」

小見山からの言伝を正確に伝えた辰吉に、痩せぎすの三十女は反《そ》っくり返った鼻をさらに反らせて「はぁい」と答えた。今までにも何度か逢《あ》い引きの指示を伝えたことがあり、そのつど小見山の趣味《しゅみ》を疑った。

「それじゃ、確かに伝えましたよ」

早々に辞そうとした辰吉の袖《そで》を、女がつかんだ。

「ね、あんた、お貞《さだ》は一体どっちの男と一緒《いっしょ》になるのか、栗毛センセに聞いてきてよ。

あたし、気になって気になって。許嫁《いいなずけ》の琢馬《たくま》？　それとも幼馴染みの平助《へいすけ》？」

栗毛東海こと小見山の、連載小説《つづきもの》の話だ。銀座《ぎんざ》を舞台《ぶたい》にした男女の泥沼情愛小説で、女たちには人気がある。かくいう辰吉の妹の絹も毎回欠かさず読んでおり、熱心に勧《すす》められて辰吉も三話目までは我慢《がまん》したが、だらだらと辛気《しんき》くさい内容が続くので飽《あ》きてしまった。

「直接本人に聞いてみちゃいかがです」

「センセは意地悪だから、教えてくれないもの」

「噂によれば、今度ずんぐりむっくりの男と心中するみたいですよ」

「ええーっ、嘘《うそ》ぉ、いやぁん」

竈《かまど》の脇《わき》で身悶《みもだ》える女を残し、今度こそ店を出た。

繁華な野毛町の方面へ下り始めた辰吉は、ふと思い立ってくつろぎ亭に取って返した。今年出たばかりの『絵入朝野新聞《えいりちょうやしんぶん》』なる小新聞がどんな体裁なのか、〝よろず取扱〟の新聞売りとして一度見ておこうと思いついたからだった。

と、店の前栽《せんざい》まで戻って来た所で、先ほどの女の声が耳に入った。

「旦那《だんな》、センセから言伝ですよ。明日金曜、伊勢佐木町の洋食屋『あづち』に夕方六時」

「何だあの先生、僕のおごりだからって、今度はシチュウを食おうっての」

苦笑しながら答えているのは、おもての縁台に腰《こし》かけて茶をすする、四十がらみの小柄な旦那だった。丸い童顔に張りついたチョビ髭《ひげ》の情けなさはさておき、ほんのりと光沢のある茶色の羽織は大島紬《おおしまつむぎ》で、身なりは悪くない。脇に置いた鍔広《つばひろ》の帽子《シャッポ》や印伝の煙草入れなどから見ても、ひとかどの商人なのだろう。

どうやら小見山は女と逢い引きするのではないらしい。かつかつの生活をしている貧乏作家が、洋食屋で女と逢い引きするのは贅沢《ぜいたく》だと思っていたが、勘定《かんじょう》が相手持ちなら納得できた。だが小見山と富裕な商人というのは、醜女《しこめ》の年増以上に妙《みょう》な取り合わせだ。

「ごくろうさん。これ、取っといて」

「あら旦那、いつもすみませんねえ」

男から駄賃《だちん》をもらった女は、上機嫌《じょうきげん》で店の奥《おく》へ引っ込んだ。

今度は戯作《げさく》に若旦那でも出す気かな――。

詮《せん》ない好奇心《こうきしん》を疼《うず》かせつつ、辰吉は朝より軽くなった新聞箱を担《かつ》いで、植え込みの蔭《かげ》から出た。縁台の上に並んだ諸新聞から『絵入朝野』を探し出し、さりげなく抜き取る。いかほどの人気か売れ行きか、取り扱うべきか否《いな》か、すでに取り扱っている販売店は横濱のどこにあるのか、答を探すように黙々《もくもく》と紙面を眺めていると、チョビ髭が話しかけてきた。

「『絵入朝野』はなかなか面白い。中でも創刊号のアレは良かった。だって君、まさか美女があんなことをするとは思わんだろう」

「美女」の二字に反応した辰吉は、小粒のつぶらな目を瞬《しばた》いた。

「ホラ、〝芙蓉《ふよう》のまなじり丹花《たんげ》の唇《くちびる》、肌は越路《こしじ》の雪に似たり〟だよ。……いやまったく、アレにはまいったね。だろう？」

「……あ、そうですねえ、ええ、あんな、はしたない」

「はしたないとは何だ。私は感動したよ。まさに時代だと思わんかね。君なんか若いんだから、もっと柔軟でなくちゃいかん」

「ほんとにねえ、あんな美女が、もうすごい」

辰吉はすかさず新聞を戻し、ただでさえ人好きのする丸顔に満面の笑みを浮かべて同調した。美女が一体何をしたのか知らないが、新聞を売りつける好機だ。

「旦那、どうでしょう。でしたら思いきって『絵入朝野』を購読《こうどく》しませんか。小新聞の中じゃあ抜群に面白いって、今年に入ってそりゃもう大評判なんです」

「でもうちはもう、ずっと『郵便報知』だからな」

「ははあ、やっぱりねえ、新聞売りを長くやってると、顔つきで分かるんですよ。ひとかどの御仁《ごじん》は『郵便報知』を読むもんです。そういう旦那衆が、当節は奥方やご息女のために小新聞も取ってらっしゃるんです。昨今は小新聞て言いましてもね、なかなか大した記事が載ってますよ」

「そりゃ君、あれだ、大新聞が小新聞を買収しにかかってさ……。大衆への迎合《げいごう》だよ。政府がうるさく言うもんだから、政党新聞はどれも雲行きが怪しくなってきたんだ……」

政変によって下野したお偉《えら》いさんが、立憲改進党《りっけんかいしんとう》を立ち上げたこと。先にできた自由党《じゆうとう》とは、あまり仲がよろしくないこと。民権運動の弾圧で、そもそも政党新聞全体の旗色が悪いこと。あるいは商売一辺倒だった横濱の商人たちが、ついに政治や政党を語るようになったこと——。

新聞売りをしていれば自然と耳に入る社会の情勢も、毎日の暮らしに追われる辰吉には実感が湧《わ》かず、せいぜい「思想さえ売り物になる時代が来たのだな」と漠然《ばくぜん》と感じるばかりだった。政党新聞を愛読する商人に、無思想の小見山が何の用だという疑問がふとまた頭をかすめもしたが、新聞一部の売れ行きに気を取られて、これもすぐに忘れてしまった。

「直接ご自宅までお届けすれば郵送料も要りません。試し読みってのもいいでしょう。ここで会ったのも何かの縁です。この新聞コタツに任せてくださいよ、ね」

「コタツ？　小政《こまさ》じゃなくて？」

男の口から飛び出た商売敵《しょうばいがたき》の名に、辰吉は内心舌打ちした。コタツという通称も、それをわざわざ半纏に入れたのも、小政を意識してのことだ。安藤政次郎《あんどうまさじろう》こと〝新聞小政〟は、当年二十八の男盛り。名入りの半纏を着こなして町を闊歩《かっぽ》する小粋《こいき》っぷりは、いつしか東京にまで知れ渡り、五代目・尾上菊五郎《おのえきくごろう》が歌舞伎で小政の役を演じたり、それを歌川国松《うたがわくにまつ》が錦絵《にしきえ》に描いたりと、一介の新聞売りが大した有名人なのだ。

「旦那、僕《ぼか》ぁコタツです。心が色男の方でさ」

「じゃあ小政のがましだ。少なくとも、君からは買わん」

「な、なんですって……」

「君は、自分がよく知らないものを人に売りつけるのか。そんな商人がどこにいる」

二の句が継げず、辰吉は絶句した。それは植木の特性を見極めて適材適所に配していた父親をとっさに思い出したせいで、チョビ髭にあっさり見抜かれた自分の舌先三寸の収めどころを失ったからだった。

その時、騒《さわ》がしい足音が背後で聞こえ、辰吉は振り返った。見れば男たちが何人か連れ立って、茶屋の前を足早に通り過ぎていく。道の先を指差して急ぐ様子に、何やら騒ぎのにおいを嗅《か》ぎ取った辰吉は、その行方《ゆくえ》とチョビ髭の旦那とを交互に見やり、辞儀を一つ残して茶屋を出た。

同じ方向へ急ぐ男たちに辰吉が追いついたのは、切通しの坂の途中だった。案の定、道の真ん中に人だかりができており、その中心で女の金切り声がする。

「ふざけんじゃないよ、しつこくつけ回しやがって、あんたのせいであたしの生活は滅茶苦茶《めちゃくちゃ》だ！」

痴話喧嘩《ちわげんか》か何かか――。野次馬をかき分けて顔をのぞかせた辰吉は、予想外の修羅《しゅら》場《ば》に仰天《ぎょうてん》した。渦中にいるのは、二十半ばの若い女と、着流し姿の三十男。髪を振り乱して泣きわめく女が、真っ赤な襦袢《じゅばん》一枚だというのもさることながら、つかみかかられた相手の男は辰吉の顔見知りだった。

折しも、野次馬の会話が耳に飛び込んでくる。「女は両替商の妾《めかけ》だってよ」「男の方は」―「どっかの記者だとさ」

その間も人垣《ひとがき》は厚くなり、女は記者相手にますます激昂《げきこう》する。

「どうしてくれんの、毎朝毎晩、家の前に見物人が立ってあたしを笑いものにするんだ。それもこれも、あんたが面白おかしく書き立てたからじゃないか！」

「俺は自分の仕事をしたまでだ。つまらねえ言いがかりはよしてもらおうか」

「何だって！」

暴れる女に、記者が容赦なく平手を張った。頬《ほお》を押さえてくずおれた女を、見かねた数人が取り押さえ、「もうよしな」「じゅうぶんだろ」と口々に慰《なぐさ》める。

伊勢山の中腹に設けられた〝時の鐘〟が夕方の四時を告げ、「見世物じゃねえ！」という記者の一喝《いっかつ》に潮時を感じて、野次馬は三々五々散り始めた。

あれだけの騒ぎにもかかわらず、こんなことは慣れっこだと言わんばかりに、当の記者もまた何食わぬ顔つきで切通しを歩き出す。辰吉はその後を追い、やがて記者が岩に腰かけておもむろに煙管《キセル》を掃除し始めた所で、声をかけた。

「また派手にやりましたね、富田《とみた》さん」

「別に。あの女が勝手に俺を見つけて因縁《いんねん》つけてきただけだ」

横濱の地元紙『はまなみ新聞』の記者・富田市蔵《いちぞう》は、嫁《よめ》さんが手入れしているらしい小ぎれいな井桁絣《いげたがすり》の袷《あわせ》を着てはいたが、女に引っ掻《か》かれた頬の三本筋のせいで、どことなく身を持ち崩《くず》したろくでなしの風情だった。

有名人の妾を名前から住処《すみか》まで事細かに暴露する雑報記事は人気だが、富田の場合はやりすぎだと辰吉は思う。執念《しゅうねん》深いやり口も、それに似合わない乾いた目つきも、正直言えば辰吉は苦手だった。

「豪商の愛妾《あいしょう》追っかけ回すのも、ほどほどにしないと今に刺されますよ」

「どこぞの阿呆《あほう》に逃がされるよりましだぜ」

「まだ根に持ってるんで……」

二年前、横濱駅で困り顔の老人が辰吉に助けを求めてきた。悪党に付け狙《ねら》われているというので、体を張って逃がしてやったら、じつは爺さんの方が詐欺師《さぎし》で、悪人面の男は詐欺の手口を追う記者だった。それが富田と知り合ったきっかけだ。そのつ以来何の悪縁か、狭《せま》い居留地内で辰吉が行く所、やたらと富田に出くわす。そのつど簡単に言葉を交わすものの、富田の全身から発散されるちりちりした空気のせいで、辰吉お得意の軽口も今一つふるわないのだった。

「お前こそ、居留地の新聞売りが、野毛まで出張って何してる」

「小見山さんの使いで『くつろぎ亭』に来たんですよ。富田さんは、今度はどこの女を狙ってるんです」

「俺は今、按摩《あんま》の亡霊《ぼうれい》を探してるのさ」

富田はそう答えてから、くだらないネタを振った自分自身を軽蔑《けいべつ》するかのように、薄い頬を引きつらせて笑った。煙管を楊枝《ようじ》で執拗《しつよう》にほじくり返す仕草にも生来の癇症《かんしよう》をのぞかせ、目も合わせず話を続けた。

「昨年の冬辺りから、月に何度か、晩になると伊勢山のふもとにいつの間にか按摩が現れる。それで、〝按摩ぁー、上下《かみしも》ぉ、五百文〟ってかけ声と一緒に、お決まりの笛を鳴らす。女の悲鳴みてえなやつだ。ヒィー、ヒィ、ヒィ……。声と音は徐々に動いて、最後にドン突きの崖下《がけした》までやって来る。〝按摩ぁー……〟それで次の瞬間――笛は崖の上から聞こえる。つまり、按摩は一瞬《いっしゅん》で崖下から移動するってことさ」

「まさかあ」

「昼間に見に行ったが、そっからすぐ上に上る道はねえ。あったところで、目も見えねえ按摩が、どうやって素早く移動する？」

「さあ、見当もつきませんや……」

「俺はそいつを捕まえて話を聞こうと思ってるんだが、どうにも見つからねえ。それどころか、そいつの姿を見た奴《やつ》が誰もいねえんだ。唐突に現れて、唐突に消える」

「声は聞こえど姿は見えず？」

「それでふと、六年前に伊勢山下で按摩が殺されたのを思い出してな。もしかすると、その亡霊じゃねえかって思ってよ。自分を石で殴り殺した相手を探してる……」

「いるんですか、亡霊」

「知らねえよ、死んだことねえからな」

少しばかり興味は湧いたが、愛妾の素性に負けず劣らず、いかにも小新聞的な雑報記事だった。読者の興味の度合いに合わせ、記者は「事件」を「読み物」に変える。士族出ばかりの大新聞の記者とは違い、小新聞は戯作者上がりが多いから、作り話はお手の物だ。

ちなみに、当世の流行は毒婦もの。数年前に『東京絵入新聞』が連載した「毒婦お伝《でん》のはなし」も、もとは一人の女が起こした実際の殺人事件だったが、虚構を交えた続き物にしたことで、大層好評を博したと聞く。

「どうせ続き物に仕立てるんでしょ。だったら、草履《ぞうり》の底にバネが仕込んであるってのはどうです。それで崖下から一足飛び。題名は、〝西洋按摩始末記〟。主人公を俺にして、小政に対抗するんです。ね、そういうの読んでみたいな」

「お前はいいよな、年がら年中気楽でよ」

富田は面白いことを素直《すなお》に面白がらず、それでいて常に面白さを求めている節がある。

「ちぇ、俺だっていろいろあるんだ……」

その後富田と別れて伊勢山へ回った辰吉は、思いがけない二度目の邂逅《かいこう》に息を呑んだ。

咲き初《そ》めた桜花に全山がほんのり香る春の夕、皇大神宮の石段の先に再び、桜の精ならぬ薄幸そうなあの美女がいた。

「――『読売新聞』、くださいな」

2

数日後――。

辰吉が間借りしている土産物屋『ぶらぼ』の一階では、女三人が奥の六畳間にそろってやかましく喋《しゃべ》くり合っていた。間口一間、表に面した四畳半の方を店舗にしているが、異人に日本風の品を売りつけるのが商売のため、昼飯時にはほとんど客が来ない。何か食うものはないかと戻った辰吉は、たちまち甲高《かんだか》い騒ぎに巻き込まれた。

「あら、お兄ちゃん。てっきりどこかでお昼食べたのかと思ってた」

辰吉の妹の絹は、緩やかに両足を投げ出して座っていた体勢から、体重の移動と兄の作った杖《つえ》とを使って、器用に左足で立ち上がった。

ほっそりした身の丈は、立ち上がれば兄より高い五尺一寸（約一五五センチ）。色白の華やかな目鼻立ちと相まって、少し地味な柳色《やなぎいろ》の衣《ころも》でも見栄《みば》えがする。もう今年で十九、明るく口うるさい態度の裏に隠《かく》された心情を思うと、無情に婚期が過ぎていくのが兄としていたたまれなかった。

「ああ、立たなくていい。飯の用意くらい自分でできらあ」

「違《ちが》います、朝の分の徴収です。そのまま持たせておくと、使っちゃうでしょ」

絹は台所の框《かまち》までやって来ると、ほとんど辰吉に倒れかかるようにして腰を下ろした。五年前、馬に蹴《け》られた際に足の付け根の骨が砕けたせいで、右足はほとんど使い物にならない。周囲が心配するのに気兼《きが》ねして、いつしか「大丈夫」「自分でできる」が口癖《くちぐせ》になったが、実際は人の手を借りねばならないことがたくさんある。

「やだ、また小見山さまからお代をいただいたの？」

絹は辰吉が午前中に儲《もう》けたたくさんの一銭硬貨の中から、コンビーフの匂《にお》いがついたものを正確に嗅ぎ分けて兄を咎《とが》めた。

「どうして受け取っちゃうの。新聞のお金で滋養《じよう》のあるもの買えるじゃない」

「これは男同士のけじめなの。受け取らねえ方が失礼なの」

「この前お裾《すそ》分《わ》けしたぼた餅《もち》のことは、何か言ってた？」

「ああ、うん、美味《うま》かったって」

適当に答えたら、絹は辰吉とは似ても似つかぬ形の良い切れ長の目を細めて、心底嬉《うれ》しそうに笑った。小見山には世話になっているからと、折に触れて季節の品々を差し入れる絹だが、鈍感《どんかん》な辰吉にもそれが口実だということくらい分かる。毎朝小見山からもらってくる新聞代の二銭を別所に貯《た》めて、そのつど用立てていることもだ。

「あ、辰吉さん、あたしがやってあげる！」

釜《かま》の飯を茶碗《ちゃわん》に盛ろうとした辰吉のしゃもじを、今度は絹の友人の野村《のむら》ハナがきゃあきゃあ喚《わめ》きながら取り上げた。

「ね、じゃああたしの作ったぼた餅は美味しかった？　大きくて美味しかったでしょ。自信作だもん。ミスタ・ゲインズバラにも好評だったの」

太い眉《まゆ》にぐりぐりの目、丸い鼻、でかい前歯。不細工とまではいかないが、可愛《かわい》いというほど可愛くはない十六の小娘だ。何度聞いても覚えられない名の英国人のもとで女中をしており、理由をつけては商館を抜け出して、『ぶらぼ』で油を売っている。一年前、ミスタに言いつかった異人用の土産物を買いに来て、応対した同じ年頃《としごろ》の絹とすっかり意気投合してしまったらしい。

「はいどうぞ辰吉さん、たんと召し上がれ。うふふ、なんだか夫婦の会話みたい」

「お絹ちゃんにお義姉《ねえ》さんて呼ばれる日も近いんじゃないの！」

お歯黒を剝《む》き出して豪快に笑うのは、辰吉兄妹に二階を提供している川原《かわはら》よねさん。五十をいくつか過ぎて夫はすでになく、二人の息子はそれぞれ東京で所帯を持っている。顔がでかく、同じくらい乳もでかく、以前「瓜《うり》が三つ」と辰吉がからかったら鍋《なべ》が飛んできた。娘《むすめ》ができたようだと絹を可愛がり、形ばかりの店番を任せてくれている。

話し好きの辰吉と言えども、この三人のお喋りには口を挟《はさ》まない。うっかり下手なことを言えば総スカンを食らうからで、辰吉は今もまた台所脇でむっつりと押し黙り、朝飯の残りの米と沢庵《たくあん》をひたすら口に詰め込み続けた。八銭の家賃で食事まで込みなのは、およねさんの破格の好意だ。

と、開け放した店先に人影が立った。

「あらあ、ぼんじゅーむっしゅー、いらっしゃいませ」

珍しく昼時に来た異人の客に、およねさんが腰を浮かせた。丸眼鏡《まるめがね》のハゲが勝手知ったる態度で陳列棚《ちんれつだな》を指し、「ドゥー・ウシワ・シルヴプレー」と言うのに合わせて絹まで動こうとするので、辰吉は食いかけの茶碗を置いて制した。

「座ってな、何だか分かんねえけど、兄ちゃんが取ってやる」

「平気よ、いつもやってるから」

「そうそう、むっしゅーはお絹ちゃんのお客様だから、素人《しろうと》の兄さんは手出し無用だよ」

店には日本の風景を描いた団扇《うちわ》や扇《おうぎ》、絵、写真、壺《つぼ》や花瓶《かびん》といったいかにも異人の好みそうな土産物が所狭しと並んでいる。芸妓《げいぎ》が描かれた団扇を二枚受け取った異人は、「ブラヴォ！」と感嘆の声を上げ、言葉が通じなくても明らかに世辞と分かる台詞《せりふ》を二言三言絹に投げかけて、得意満面帰って行った。

何だあの野郎、絹に色目使いやがって。

文句を言いかけた辰吉の目に、柱時計の針が映った。

「お、こうしちゃいられねえ。ヤマさんの所で薩摩芋《さつまいも》調達してこなけりゃ」

飯の残りを出涸《でが》らしの茶で流し込み、辰吉は急いで新聞箱を担いだ。事情を知らぬハナに、絹とおよねさんがすかさず耳打ちする。

「お兄ちゃんね、伊勢山の美女と再会して以来、そわそわしてておかしいの。二度も会うなんてそうとう強い縁なんだって、すごく張り切っちゃって。その後も伊勢山にせっせと通って、とうとうその人が働いてるお屋敷に、薩摩芋をお届けする話まで取り付けちゃったのよ」

「辰ちゃんは、見てくれは悪いけど調子はいいからね。向こうさんもひょっとするとひょっとするよ。どうなるか見物だわねえ」

「ちょっと何それぇ、あたし聞いてない」

頬が膨れてますます可愛くなくなったハナの声を背に、辰吉は家を飛び出した。


伊勢山で出会った儚《はかな》げな美女の名は、毬《まり》と言う。

本人から直接聞いたところによると、毬は野毛山に居宅をかまえる島木《しまき》という材木商のもとで八年女中を続け、当年二十八。東海道の保《ほ》土《ど》ヶ谷《や》から少しはずれた星川《ほしかわ》村の出で、始めは貧しい一家を支えるため出稼《でかせ》ぎにやってきたが、もう地元に親兄弟は残っていない。

化粧《けしょう》っ気のない白肌に、伏せた睫《まつげ》毛の影が落ち、細い首も肩も触れれば崩れるような繊細《せんさい》な風情で、とうてい年上とは思えない。小さな耳が鬢《びん》から突き出ているのもいじましく、どうにも守ってやりたい気になる女だった。

二度目に新聞を売った際、辰吉は持ち前の愛想を存分に発揮《はっき》して、よろず雑用も承る旨《むね》を告げた。それから日を置かず伊勢山に通い、さらにもう二度会う間に、薩摩芋を主の邸宅に届ける約束を取り付けたのだった。これは運送屋で働いていた頃、野菜を安く扱うヤマさんと知り合いになったおかげだ。

「新聞コタツ、薩摩芋お届けに上がりやした！」

荷車を引っ張り、ようやく辿《たど》り着いた屋敷の勝手口で辰吉を出迎えたのは、期待に反して中年の女中だった。

「あらあ、たくさん。ここはどっから来ても坂だから、買い物が大変なの。助かるわ、一家がみんな芋好きで欠かせないのよ。だけど新聞売りって、こんなことまでやるの？」

「何の何の、お得意様だけです。こちらの毬さんに良くしていただいてるんで、特別です。どうぞどうぞ、こんだけありゃあ、食べでがありますよぅ。薩摩の野郎を煮《に》るなり焼くなり、好きにしてください。ま、川越《かわごえ》の芋なんですがね」

なかなか息が整わず、水を一杯頂戴《ちょうだい》した。家の造りは分からないが、恐らく瓦葺《かわらぶ》きの母屋《おもや》のほかにも、茶室や書院、土蔵、立派な庭までそろっていることは、門構えを見れば想像がつく。

女中は『ぶらぼ』の三倍はある台所の隅に筵《むしろ》を広げて品の良し悪しを確認し始めたが、ふいと真顔に戻って、「さっきの冗談《じょうだん》、毬ちゃんの前で言っちゃ駄目《だめ》だよ」と釘《くぎ》を刺してきた。

「あの人、西南戦争で弟の省吾《しょうご》さんを亡くしてるの。徴兵で、運悪く」

「へえ……、弟さんが。そいつは気の毒に……」

明治になって一般の成人男子が徴兵されるようになり、面子《メンツ》を失った武士の不満が西南戦争へ発展したのは皮肉だ。だが辰吉は身の丈が足らないので免除されている。

「年子だったからね、姉さんを追うように村から出てきたんだけど、大人しい毬ちゃんと違ってやりたい放題。喧嘩沙汰はしょっちゅう。目つきの悪い連中とつるんで、酔《よ》っ払って暴れて、物壊したり人殴ったり……。毬ちゃんは方々に謝りっぱなしで、見てるこっちが可哀想《かわいそう》だった。まあ、死んだ人のこと、あんまり悪く言いたかないんだけど」

「でも身内を亡くして、毬さんは辛いでしょうね」

「うん、何だかんだ言っても、毬ちゃんは省吾さんと仲が良かったから悲しんだわよ。死んだのを受け入れたのはごく最近。それまでは、弟は絶対に生きてるって信じ続けてさ……。ああほら、そこの皇大神宮に戦没者《せんぼっしゃ》の碑《ひ》があるでしょう。戦後ちょっとしてお上《かみ》が建てて、招魂祭《しょうこんさい》もやって。でも毬ちゃんは、それにも頑として出なかった」

「でも今は、落ち着いたんで？」

「半年くらい前だったかな。急にね、清々《せいせい》した顔になって、もういい、って。何があったか分からないけど、その方があたしもいいと思う。毬ちゃんには毬ちゃんの暮らしがあるんだしさ。この家も、すぐに越すし」

「え、越しちゃうの」

「五月に東京へね。向こうもどんどん賑やかになるものね。時代も町の様子も変わっていくんだから、人も変わらなきゃ」

女中は訳知り顔に話をまとめ、首を伸ばして台所の奥を窺《うかが》う辰吉に、「毬ちゃんはそこまでお使い」と残念な報せを付け加えた。これでは何のために苦労して薩摩芋を運んできたか分からない。

がっかりして踵《きびす》を返しかけたその時、板の間に重なった古い『朝野新聞』が目に留まり、それが辰吉の心を引っ掻《か》いた。

「あの、お宅は小新聞は何を読んでます？」

「小新聞て何？　うちは旦那様と坊《ぼっ》ちゃまが読んでる『朝野』だけ」

ならば毬は、いつも自分が読むために『読売』を買うのだろうか——。

すでに八分咲きになった桜が、沿道を彩っている。淡い空気が町の輪郭《りんかく》をぼやけさせ、こいつはまるで桜色の水底に沈んでいるようだ、と辰吉はからの荷車を引きながら、がらにもなく感傷的に考えた。物見遊山の参拝客や、人力車で見物に訪れる女たちの歓声までが、花の中に吸い込まれていく。

皇太神宮が横濱の総鎮守《そうちんじゅ》としてこの地に建てられたのは、明治に入ってからのことだ。

野毛山と伊勢山はもともと一続きの丘陵《きゆうりよう》だったが、開港に際して野毛山に切通しを造り、後に伊勢の神さまが鎮座する側を伊勢山と称した。桜を植えたのもその頃だというから、それほど古い話ではない。

町を望み、町からも望める横濱随一の桜の名所に、この時季人々の心はにわかに浮き立つ。辰吉と妹が初めて横濱の土地を踏んだ時も、春はたけなわ、伊勢山は甘い桜色の靄《もや》に包まれて、東海道を歩きつめた疲れもやわらぎ、けして楽にはいかないだろう兄妹の先行きに、一筋の光明を投げかけた。桜花の斜面から顔を出す皇太神宮の大鳥居に、まだ十二歳だった絹は胸打たれたように手を合わせ、そこで母親が死んでから初めての笑顔を見せたのだった。

辰吉は久しぶりに参拝する気になり、大鳥居の石段のもとに荷車をおいて上った。鰹木《かつおぎ》を戴《いただ》いた社殿に詣《もう》で、ついでに宮の左手に回ると、桜に囲まれた招魂塔の前に毬がいた。花に埋もれ、こちらに気づいた毬のいかにも手折《たお》れそうなたたずまいに、辰吉の心臓が一つ大きく波うった。

「毬さん、ちょうどよかった。たった今、お屋敷に寄ってきたんで」

「え……まさか本当にお芋を届けてくださったの?」

「男に二言はございません」

偶然会えた嬉《うれ》しさから軽口を叩いた辰吉だったが、毬のたたずむ場所が場所だけに、すぐ気まずくなってしまった。

「弟さんを戦で亡くされたそうで……」

毬は応《こた》えず、〃明治十年西征陣亡軍人之碑〃と打ち出された金色の字を黙って見上げた。光と桜の明るさの中で、四メートルの青黒い銅碑は重たく沈黙し、忍び寄ってきた夕方の風が、ふいに冷たく感じられた。

「ここに刻まれた戦没者の中に、弟の名前はないの。だからずっと待っていたんだけど、さすがにもう……」

「弟さんはきっと、立派に戦われたんですよ」

「みんな省吾のことをあれこれ言うけれど、どんなに仕様もなくたって、人様に迷惑《めいわく》かけたって、私にとってはたった一人の弟でした。……辰吉さん、親兄弟は?」

そこはかとなく漂《ただよ》う孤独《こどく》の影は、はかなげな色香をいっそう引き立たせる。

「両親はもういません。妹が一人。西南戦争の翌年初めに、事故で片足をやられましてね。でも幸い本人は明るいし、周りもいい人ばっかりで助かってまさ」

「事故って？」

「奉公先の主夫妻と夜道を帰宅途中にね、暴れ馬にはねられちまって」

「可哀想に……」

「へへ、そう言うと本人は嫌がります。俺なんか、つい不憫《ふびん》な気持ちが先に立っちまって手出しして、いつも怒られる」

「そう、妹さんは気丈な方なのね……」

辰吉はその時ふと、毬がどうやって弟の死を受け入れたのだろうかと考えた。半年ほど前、何があって毬は踏ん切りをつけられたのかと。

妹の絹は事故に遭った当初、毎日涙も涸《か》れんばかりに泣き続けた。だがある雨の晩、不自由な体で突然家を抜け出したと思ったら、いつの間にかずぶ濡《ぬ》れの姿で勝手口に戻って来ており、その翌日にはもう辰吉が拍子抜けするほど清々と、己の定めを受け入れていたのだった。

絹にしろ、この毬の場合にしろ、人には何かをきっかけに憑《つ》き物《もの》の落ちる瞬間がある。辰吉はできることなら、そうした奇跡のような瞬間の理由を知りたいと思った。

だがいずれにせよ、半年前までの毬にとって、実の弟が生きる縁《よすが》だったことだけは、痛いほど分かった。姉一人弟一人、この町で身を寄せ合うように生きてきたのだろう。辰吉自身、絹の右足分の人生を背負っている覚悟はあった。肩にかかる新聞箱の重みは、絹の片足一本分の重さだ。絹は動かない足を隠して店に座り続け、辰吉は新聞箱を片手に町を飛び歩く。それが、兄妹二人だけの数年間の生活だった。

「五月には東京へ行くって聞きましたが」

「そう。新天地で生きるの。横濱には、あんまり良い思い出がなかったから……」

「そんな寂《さび》しいこと言わないでくださいよ。せっかくこうやって知り合えたのに」

「そうね……」毬は消え入りそうな声で笑った。

「今までこんな風に話せる人はいなかったから、心細かったの。本当に、もっと早く辰吉さんと知り合っていたら良かったのに」

「そうですね、へへ」

心が通い合った気がして辰吉が照れた時、毬の顔が強張《こわば》った。視線の先を辿ると、鳥居の脇に尻ばしょりの貧相な男が立っている。年の頃は三十前後、表情が乏しい割りに目つきばかり熱っぽいのが不気味で、辰吉が睨《にら》み付けるとふいと屋台を担いで逃げていってしまった。

「あいつ、誰なんで？」

「鳥居の前で団子売ってる、耕作《こうさく》って人。最近ね、気づくとああやって物言いたげに……。付きまとわれてる感じで、怖いの」

数ヶ月ほど前からだという。初めは団子屋の前を通りかかった時にじっと見つめてくる程度だったが、徐々に後をつけて来るようになった。一度文《ふみ》を渡され、受け取らなかったのが原因かもしれないと毬は言った。

「よっしゃ、じゃあ俺があいつにがつんと言ってきかせますよ」

「危ないことはよして。辰吉さんに迷惑かけちゃう」

そう言いながらも毬は安堵《あんど》した顔を見せ、その顔がますます辰吉のやる気に火をつけた。

「なんのこれしき、心配ご無用。まずは穏便《おんびん》に済ませますよ。万一向こうが文句つけてきたって、あんな貧相な男の一人や二人」

「優しいのね、辰吉さんは……」

正直なところ喧嘩はからきし駄目《だめ》だったが、毬の前では西郷《さいごう》とだって戦える気がした。

三日後――。

「たつ坊、そりゃひどい思い込みってもんだ」

小見山は辰吉の鼻先で、以前およねさんが「なよなよしてる」と評した細長い人差し指を振った。

「君は確かにいい奴で、人の痛みを分かってやれる優しい男だが、美しい桜の精がたつ坊を頼みにしてるってのは、まず間違いなく君の思い込みだと僕は思うんだよ。もっと早く知り合ってたらなんて台詞は、女が気のない相手に言う常套句《じょうとうく》なんだからさ」

「失礼だなあ。そんなに言うなら、付いてこないでくださいよぅ」

尾上《おのえ》町の安い酒場の前で、一杯《いっぱい》引っかけて出てきた小見山に出会った。今から伊勢山へ行くと話したのが辰吉の運の尽き。小見山がこうして付いてきたのは、戯作者らしい下世話な好奇心がほろ酔い気分と夜桜の誘惑に引きずられたからで、今も知人からもらったというイギリスの酒瓶を片手にぶら下げ、ふらふらと坂を上っている。

神宮までの参道沿いには茶屋や旅館が建ち並び、掛行灯《かけあんどん》の光に桜を妖《あや》しく染め上げて、花の間を縫って響《ひび》く遠い嬌声《きょうせい》と三味線《しゃみせん》の音色も、どこか物悲しい。

「大体その団子屋、こんな時間でまだやってるの」

「この時季は夜桜の見物客を見込んで、どこも遅くまでやってるから、たぶん……」

もっと早くに来ようと思っていたが、この三日は夕方まで仕事が立て込み、今日もご近所さんに頼まれた屋根の修繕《しゅうぜん》が長引いた。だがこれ以上毬の件を延ばすわけにもいかないと思い、今日中に出向くことにしたのだった。駄目なら夜回りでもして帰る。

「たつ坊が惚れっぽいのはいつものことだけど、今度はいつにもましてご執心じゃない」

「年上なのに、心細げな人なんです。だから力になりたいって言うか……。いや、俺だってね、わきまえてますよ。でも桜だって散るから愛《いと》しいわけでしょ。東京行くまでの縁だって分かったら、ますます放《ほう》っておけなくなっちゃいまして……」

「切ない男だねえ。それにしたって伊勢山だけに、アマテラスは暴れん坊の弟が根の国に下った後も、いろいろと俗塵《ぞくじん》の問題に悩まされてるってわけだ。こりゃ気が利いてるよ」

お伊勢さまと言えば天照大神《あまてらすおおみかみ》。狼藉者《ろうぜきもの》の弟神・素戔嗚尊《すさのおのみこと》は、最後に姉と和解し根の国へ下った。だが伊勢山の姉弟の喩《たと》えは気が利いていると言うより、小見山一人が花に酔って気取っているだけだ。

小見山は酒瓶を三味線に見立て、「惚れぇてぇ通ぉええぇばぁ千里も一里ぃじゃえええ」と喉《のど》を鳴らして唄《うた》い、辰吉は一歩下がってでたらめな合いの手を入れた。先を行く男女が振り返り、小さく笑った。

「ところで『絵入朝野』の創刊号、見たことありますか。美女が何かした記事……」

「政談演説会で、十七の別嬪《べっぴん》さんが祝文を読んだってやつなら」

「えっ、政治の集まりに女が？ ……それは話題になるわけだ」

「美女の言うことはね、本当も嘘《うそ》もまともに聞こえちゃうんだから。主義主張もね、美女にかかれば何だって通るよ」

引っかかっていた謎《なぞ》が一つ解け、気をよくした辰吉は続けて聞いてみた。

「でも俺、政党ってなもんが、今ひとつ分からねえんです。自由党も立憲改進党も、民権運動を支持してる仲間なのに、どうして仲が悪いんで？」

「例えば、大好きな鰻《うなぎ》をみんなで食べよう、となった時にだね」

突然妙な喩えを持ち出して、小見山は説明を始めた。この人の話はいつも回りくどく長たらしいので、直接教えてくれた方がよほど分かりやすい。

「東の人は背から割《さ》くと言い、西の人は腹から割くと言って譲らない。蒸すとか蒸さないとか、食感の違いなんかでも揉《も》める。つまり一口に鰻好きと言っても、食い方が違う。食い方が違えば、それぞれ支持する輩《やから》も違う」

「自由党と立憲改進党もそうなんで？」

「うん。この先、国会ができるだろう。それで、今のうちに政党を作ろう、となる。薩長の藩閥《はんばつ》政治は嫌だ、自由民権だ。――ここまでは同じだが、その先の主張が違う。板垣退助《いたがきたいすけ》の自由党はフランス流の一院制で、主権は国民にあるのがいいと言う。一方、大隈重信《おおくましげのぶ》の立憲改進党はイギリス流の二院制で、政治は天皇と議会とでやればいいと言う」

「なるほど、全然違うわけだ」

「自由党は地方の豪農や中小農民が支持してる。立憲改進党は町の商人連中が主《おも》だ。大体、党首からして仲が良くない」

「ははあ……。それで、読む新聞も変わってくるのか」

「何よたつ坊、ずいぶん仕事熱心じゃない。どうしたの、何かあったの」

「ある人から言われたんですよ。自分が知らないものを人に売るなって。最初は面白くなかったけど、それもそうかなと思い直しましてね。内容を全部知る必要はないけど、それぞれの商品の特性ぐらい、ちゃんと分かっとかねえと」

小見山は、薄い無精髭《ぶしょうひげ》の生えた顎をさすって「へえ」と感心した。

「新聞売りに説教なんて、奇特な人がいるもんだ。負けずに頑張りな」

あなたにシチュウをご馳走《ちそう》した人ですよ、と言いかけて、何とはなしにやめた。小見山の領域に足を踏み入れることは、いまだに憚《はばか》られる。建前上は対等になり、辰吉もたいていの軽口は叩けるようになったが、やはり士族と町人は絶対的に違う。それは江戸生まれの者なら誰でも引きずる、目に見えない強固な呪縛《じゆばく》だ。たとえかつての面影が微塵もなくなろうと、書物片手に「やあ、たつ坊……」と涼《すず》しげな眼差《まなざ》しを寄こした青年士族の記憶は拭《ぬぐ》えない。潮の干満で河口に海水が混ざり込むように、江戸三百年の身分と美女の政談が素知らぬ顔で同居しているのが、今の明治の世の中だ。

参道は緩やかに続き、一段高くなった右手には御用邸「伊勢山離宮」の洋館と、皇大神宮の杜。左手は家の途切れた先の眼下に、町の明かりが散らばっている。

折しも、下り列車が夜を切り裂いて横濱駅《ステンショ》に滑り込んできた。伊勢山と川を挟んだ駅舎の方角を見やれば、自然とふもとも視界に収まる。黒々と天に伸びる煙突と、特徴的な円筒の建屋――山の下いっぱいに広がる、横濱瓦斯《ガス》局の敷地だ。

「伊勢山のふもとで崖下って言ったら、この下の瓦斯局の辺りですよねえ。何か最近、そこで六年前に殺された按摩の亡霊が出るんですってよ」

辰吉が急斜面を覗《のぞ》き込んで富田から聞いた話をすると、小見山は口をへの字に曲げた。

「あの蝮《まむし》みたいにしつっこい記者が、ただの幽霊騒ぎを追うかね。何か裏があるよ。だって今さら化けて出るなんておかしなもんじゃない」

「それ、どんな事件だったんです？」

よく覚えていないがと前置きした小見山曰《いわ》く、明治十年の正月、按摩の死体が瓦斯局の脇で見つかった。伊勢山付近の家を周っていた按摩は、新年の祝儀も兼ねて普段より多くの小銭を懐に入れていたらしい。下手人は石で額を割り、金だけを奪《うば》って逃げたのだった。

初めから殺意があったかどうかはともかく、凶行がある程度計画的だったと分かるのは、下手人が按摩を人気のない所まで連れてきたということだ。結局下手人は捕まらないまま、うやむやになってしまった――。

「今になって何を嗅ぎつけたか知らないが、富田は食えないよ。たつ坊みたいに人のいいのは、あまり近づかない方がいい」

「でも、ちょっと気になりませんか。突然按摩が現れて、崖の下にいたと思ったら、すぐに崖の上に移動するんです。俺が思うに、絶対バネがついてるんですよ……」

少し曲がった坂の先に、大鳥居が現れた。耕作の屋台はすでになく、落胆した辰吉を放って小見山が石段を上り始めたその時、切通しの方から足早にやってきた人影に、辰吉は目を丸くした。毬だ。

毬は石段の暗がりにたたずむ辰吉たちに気づくことなく、野毛不動と〝時の鐘〟に続く下り坂に向かって行く。辰吉が声をかける寸前、小見山に力いっぱい衿を引っ張られた。

「何するんです」

小声で食ってかかったら、小声で返してきた。

「たつ坊よ、諦めなさい。あれは男の所へ行く足取りだ、間違いない」

「じょ、冗談じゃねえや、足取りで行き先が分かってたまるもんですか」

「情愛物を書いてる僕が言うんだよ。男ったら男だ。いくら初心《うぶ》に見えたって、中身は世慣れた二十八だぞ。見ろ、風呂敷《ふろしき》を持ってる。男に渡すんだ」

ううう、と辰吉は呻いた。『読売新聞』を求める毬のことが再び頭を過《よ》ぎったが、男の暇《ひま》つぶしのために買っているとは思いたくなかった。

「納得できませんね。もし男がいるんだったら、団子屋の耕作のことだって俺なんかに頼らねえでそいつに――」

最後まで言い終わらぬうち、小見山が指さして遮《さえぎ》った。

「それで、あいつは誰だい？」

痩せた男の影が、今しがた毬の消えた路地を曲がっていく。

「あ、あの野郎。あの野郎です！」

辰吉は団子屋の耕作を追って石段を一足飛びに駆け下り、大鳥居の眼下に広がる横濱の夜へ突っ込むように走り出した。

暗がりの坂道から、毬のくぐもった悲鳴と、「誰のせいだと思ってんだ！」という耕作のかすれた怒声が、辰吉の耳に届いた。

3

同じ頃、記者の富田市蔵は瓦斯《ガス》局の塀《へい》づたいに辺りの様子を探っていた。

霧《きり》と花の香の溶け混じるしっとりした夜気が、崖を背にした敷地を押し包んでいる。瓦斯局に隣り合った長屋にも、わずかな灯《あか》りのほか人声はない。眺望《ちょうぼう》を競うように建ち並ぶ崖の上の茶屋が、時おり笑い声や三味線の音を漂わせるばかりだ。

川向こうで汽笛一声、下り列車が横濱駅に入ってきた。今夜は晴天で星がよく見え、下弦に向かう月がいまだ顔を出さずとも、空はほのかに明るい。

富田は、長屋の塀に積まれた木箱の陰に隠れ、按摩が現れるのを待っていた。近隣住民の目撃談ならぬ〝聞こえ談〟を集めた富田は、按摩が三日おきに出てくることに気づいた。時刻は多くが七時台。そうなると、なぜ七時台でなければならないのかが気にかかる。生きていようが死んでいようが、人間の行動には必ず意味があるからだ。

六年前の事件に関《かか》わりがあるかもしれないと睨んだ富田は、手始めに知り合いの警察官に袖の下を渡して、関係者を洗い直した。殺された按摩には、女房《にようぼう》とその連れ子がいた。連れ子といっても、母親が按摩と一緒になった時点ですでに成人しており、今も戸部《とべ》町の家にほど近い伊勢山で、屋台を出している。帰り道を数度尾行したこともあるが、夕方はまっすぐ母と暮らす戸部の家に帰り、取り立てて怪しい所は見つからなかった。

一方、当時下手人として疑われていた男は、警察が決め手に欠けて逮捕《たいほ》を踏みとどまっているうち死んでしまったらしい。ここまで調べるのが限度だったと新米の警察官は富田に言い、「亡霊の雑報記事なんて、読者が面白がるよう適当に仕上げりゃいいでしょう」と余計な助言でしめくくったのだった。

知ったような口叩きやがって――。

富田にしてみれば、このご時世で亡霊だの魂だのに興味はなかった。ましてや出没場所が開化を象徴する瓦斯局の脇というのは、いかにも時代錯誤《じだいさくご》ではないか。

黒々とした煙突と円筒形の瓦斯溜まりを見上げながら、富田は思い返していた。

六年前、西南戦争で士族たちが最後の抵抗を試みている時、横濱では商人が金の行方を巡って紛糾《ふんきゅう》していた。世に言う〝瓦斯局事件〟だ。

明治八年、民間の瓦斯会社を町会所が譲り受け、区長が事務長の座に収まった。二年後、その区長が代議人たちに諮《はか》りもせず、もとの経営者へ莫大《ばくだい》な「功労金」を支払ったことが、町を挙げての大騒動に発展した。

金銭供与の事実をすっぱ抜いたのは、日本初の日刊新聞『横濱毎日新聞』。

富田は当時『はまなみ新聞』に入ったばかりの駆け出しで、同じくこの件を追い続けていた。十五で横濱に来て以来、異人の本屋や印刷所を転々として数年、ようやく就《つ》けた新聞記者の仕事で得意になっていた時分だった。

忘れもしない、明治十年七月三十一日。『横濱毎日新聞』の記事を見た富田は、むせ返るような日差しの中でどっと冷や汗をかき、先を越された悔しさのあまり、その場で新聞紙を引きちぎった。

――瓦斯局は人民の共有物である。代議人は奮起すべし。

民権を主張する内容に、世間は一気に沸《わ》いた。

ひとたび暴露記事が出回れば、あとは「人民」と「官権」双方の攻防戦だ。代議人たちが区長を尋問するや、数日後に代議人廃止の布達が出る。縣《けん》に都合がいいよう、民会制度まで改定になる。功労金問題は中絶し、世間はますます躍起になる――。

こうして官僚《かんりょう》の専断に対する「人民」の戦いは、翌年の明治十一年、ついに貿易商七十数名が区長側を訴える形で裁判に至った。

事の発覚から『横濱毎日新聞』は丹念に事件の経緯を追い、『郵便報知新聞』も『朝野新聞』も、こぞって人民の側から訴訟の成り行きに注目した。

一方で富田のいる『はまなみ新聞』は、小新聞寄りの地元紙ということもあり、穏健派の立場を取っていた。

富田はその時まだ二十五歳の若造だったが、この一連の騒ぎが横濱人民の義憤によって起きた〝闘争〟だと信じるほど青臭《あおくさ》くはなかった。民権運動の高まりを受けて、世論の力を見せたい新聞と、世論の力を受けて重い腰を上げた商人連中の、いわば力《ちから》業《わざ》の反対表明だったのだ。

貿易商七十数名のうち、果たして何人が本気だったかしれない。人民の代表と言いながら、民より官に弱い豪商の集団が、どれだけ強く相手方の専断を非難できるというのか。

それが証拠に、三度の対審でしどろもどろの脆弱《ぜいじゃく》な主張をさらした結果、原告側の全面敗訴で始審は終わったのだった。

美しい桜の山のふもとに広がる瓦斯局は、いかにも無粋《ぶすい》で醜《みにく》い。醜い〝開化〟は地中のガス管を通り、血脈となって横濱に蔓延《まんえん》する。そこで生き残った強《したた》かな群衆は、新しいもの、珍しいものに首まで浸《つ》かり、溺死《できし》寸前でもなお退屈《たいくつ》を恐れて、毎日珍奇な生《い》け贄《にえ》を探し求めている。

とどのつまり、新聞は群衆の昏《くら》い欲望を映した鏡だった。人間は常に吊《つる》し上げる相手を欲している。だから富田は、その欲や悪意を読者に見せてやるのが自分の務めと信じていた。これがお前らの本音だ、これが望んでいたことだと、下世話な興味をことさら煽《あお》り立てて満足させてやる。そのためには手間を惜しまず、手段を選ばず、もっとも効果的な切り口で記事に仕立てる。それが、富田のやり方だった。

今回の件に関して言えば、富田は按摩の亡霊にうさんくさい臭いを嗅ぎ取った。うさんくささは、後ろ暗さだ。その正体を突き止めれば、たいてい俗な記事になる。

富田の思考は、そこで遮られた。先ほど富田が入ってきた通りから、黒い人影が崖の方に向かってくる。按摩か。富田はすべての神経を尖《とが》らせたが、人影は杖もなく歩幅も一定で、目の見えない者の歩き方ではなかった。だが横濱名物と言っても過言ではない無数の按摩の中には、揉療治《もみりょうじ》の看板を高々と掲げた目の見える按摩もいる。

人影が富田の潜む木箱の前を通り過ぎた時、饐《す》えた悪臭が鼻を突いた。これはさすがに按摩ではない。筵《むしろ》を巻き付けた浮浪者だ。暗がりで人相は判別できないものの、仕草や輪郭からまだ若い男のような印象を持った。だが時おり妙な咳《せき》をするのは、肺を病んでいるのか。

浮浪者は物も言わず崖下近くまで来ると、そこで唐突に言った。

「按摩ぁー、上下《かみしも》ぉ、五百文」

続いて笛が鳴る。ヒィー、ヒィ、ヒィ。富田は訝《いぶか》しみ、星明かりに目を眇《すが》めた。少なくとも、按摩が突然現れるわけが分かった。浮浪者はどういうわけか、ここに来て初めて声を上げるのだ。

「按摩ぁー、上下ぉ、五百文」ヒィー、ヒィ、ヒィ。

――草履の底にバネが仕込んであるってのはどうです。

お気楽な新聞売りの声が蘇《よみがえ》り、富田は馬鹿らしさに内心で舌打ちしながら、按摩がいつどうやって上に行くのかと身構えた。その時、突然ひらめいた。

これは合図だ。下にいる浮浪者から、上にいる誰かへの。そして最後の笛は、崖の上にいる人間が浮浪者に応《こた》えて吹いているに違いない。

そうして崖の上にあるものを考えた富田は、按摩の出没が七時台でなければならないことにも合点がいった。山の中腹には、二時間に一度横濱に時を告げる〝時の鐘〟がある。鐘を撞《つ》きに番人がやって来る六時と八時では、上で待機する人間が目撃される危険があるのだ。

「按摩ぁー、上下ぉ、五百文……」

かけ声は三度。今度の笛は、きっと上から来る——。

だが富田の意に反して、笛は鳴らなかった。何か手違いが起こったのか、浮浪者は土が剝き出しになった斜面をしばし見上げ、野毛不動と〝時の鐘〟に続く石段がある方へ数歩行きかけて、結局諦めたように来た道を取って返した。恐らくいつもは上からの合図を聞いた後、百メートルほど南にある石段を使って中腹の待ち合わせ場所へ向かうのだろう。そうやって按摩は現れた時と同じように唐突に消えるのだ。

木箱の陰で様子をうかがっていた富田は、ここで浮浪者を追うのは得策ではないと素早く判断した。瓦斯局と長屋の塀に挟まれたこの路地も、瓦斯局の前を走る花咲町の通りも、一本道で身を隠す場所がない。万が一尾行に勘づかれてしまうと、奴はもう二度とここへは来ないだろう。そうなれば上にいるもう一人の人物の正体も、按摩を装う浮浪者の狙いも分からなくなる。

〝時の鐘〟の辺りに何か別の手がかりがあるかもしれないと踏んだ末、富田は迷わず上に行く道を選択した。

通称・男坂と呼ばれている急な石段を、鍛《きた》えた足で一息に駆け上がると、直接不動尊の堂宇の前に出る。日中ならば左の神奈川沖から右の山手の丘まで一望でき、参拝客や近所の子供でいつも賑わっているが、桜並木が続く皇大神宮の参道から少し引っ込んでいるせいか、今は夜桜見物の散歩者もなく静まりかえっている。

だがその沈黙のただ中で、何やら言い争っている声がした。

「——やいてめえ、毬さんに何てことしやがる!」

皇大神宮に至る坂道の辺りだ。息を殺し、足を忍ばせて石積みの脇からのぞいた富田は、そこに意外な男たちの姿を見た。

「やいてめえ、毬さんに何てことしやがる!」

地面に押し倒された毬の上に、団子屋の耕作がのしかかっている。それを目にするやいなや、辰吉は自慢の石頭で耕作に突っ込んだ。耕作が横に吹っ飛び、辰吉はその上に馬乗りになった。

「この野郎」

怒りにまかせ、一発殴った。二発目にいこうとしたところで、反撃に転じた耕作の手が伸び、下から顎を押さえられた。しばし取っ組み合い、揉み合い、辰吉がもたもた短い腕を振り回す間に、こちらの勢いを殺《そ》がれてひっくり返された。

かっと頭に血が上る。辰吉が相手の体の下でめちゃくちゃに暴れるたび、頬や頭に拳《こぶし》が飛んでくる。口中に血の味が広がった。ちかちかする目の奥で、理不尽な暴力に脅《おど》かされた女の顔が、毬になったり妹の絹になったりしながら、さめざめと幻の涙《なみだ》を流す。

と、耕作が突然ギャアッと短く叫んで地面に転がった。後ろに回り込んだ小見山が、耕作の頭へ無造作に酒瓶を振り下ろしたのだった。

昏倒《こんとう》した耕作に仰天した辰吉は、怒りも忘れて目を剝《む》いた。

「こ、小見山さん、何やってんですか、死んじゃいますよ！」

「こんなもので人は死なんよ」

小見山は耕作を足で転がして仰向《あおむ》けにすると、衿をつかんで二、三度派手に頬を引っぱたいた。

「あ、お、俺がやります」

尻もちをついたまま脅える毬に気づき、辰吉は慌てて止めに入った。小見山と場所を入れ替わる間抜けな遣り取りの最中に、耕作が目を覚ます。

辰吉は血のまじった唾《つば》を地面に吐き出し、あらためて耕作を引きずり起こした。見ればまだ半分白目を剝いており、おっ広《ぴろ》げた鼻の穴まで冴《さ》えない貧相な面《つら》を目の当たりにした途端、小見山のせいで一度は萎《しぼ》んだ怒りが、再びむくむくと膨れ上がってきた。

「こいつ……」

「この破廉恥《はれんち》野郎。夜陰に乗じて思いを遂げようなんて、汚《きたね》ぇ真似《まね》しやがって。謝《あやま》れ。まず毬さんに謝れ！」

「この女が、俺を見下しやがるから……思い知らせてやろうと……」

「ふざけるな」衿を持ったまま頭突きした。相手の鼻に当たり、また短い悲鳴と血の臭いが夜気に広がった。

「もういいの、いいのよ辰吉さん……」

「よくねえよ、こういう奴は甘い顔してっと、つけ上がって何度もやる。間違いがあってからじゃ遅いんだ。痛い目に遭わせてやらねえと、あんたが泣きを見る。あんたが悲しんだら、そうしたら……」

長じてからというもの、辰吉の周りにいた女たちはよく泣いた。父の死と親戚のいじめで母が泣き、両親の死と無残な事故で妹が泣き、そのたび辰吉は自分の無力が原因のような気がして堪《たま》らなくなった。その絹が笑顔を取り戻した伊勢山の桜のただ中で、今度はようやく弟の死を乗り越えた毬が再び悲惨《ひさん》な目に遭《あ》うとしたら、もはやどうしてよいか分からないと辰吉は思った。

「とにかく問答無用で警察《ポリス》に突き出してやる。戸部の監獄《かんごく》は目と鼻の先だ。せいぜい檻《おり》の中で後悔しやがれ」

「駄目《だめ》！」

ひときわ大きく叫んで割り込んできた毬の剣幕《けんまく》に、辰吉は困惑した。落ちた風呂敷の間から『読売新聞』らしき紙の束がのぞいているのを目にして、ますます動揺が募《つの》る。

「あんただって、つきまとわれて迷惑してたろ。なんでこんな奴かばうの……」

「わ、わたしちっとも知らなかったから。耕作さんが、まさかあの人の――」

毬はそこで言葉を切り、小さく頭《かぶり》を振った。

「とにかくもういいんです」

風呂敷を拾って素早く立ち去りかけた毬を、「お嬢さん、お待ちなさいよ」と小見山が引き留めた。小見山の高めの声音と早口は、きつくもなく優しくもなく妙に耳に残るので、うさんくさい拘束力《こうそくりょく》がある。案の定、毬は立ち止まった。

「お嬢さん、礼を言えとは言わないけれど、このたつ坊は殴られた分くらいの事情を聞く権利はあると思うんだ。さっきそいつから何を言われたか知らないが、かばい立てするほどのことなのか。それとも、あんた自身の理由か。警察沙汰になると、黙って家を抜け出してきたことを家人に知られるからか。抜け出したわけを説明したくないからか」

「助けてくださったのは感謝します。でもお話しすることはありません。もう大丈夫ですから、放っておいてください。お礼とお詫《わ》びは、改めてしますから……」

暗がりで表情はよく見えないが、声に明らかな焦燥《しょうそう》を滲《にじ》ませて、毬は今度こそ振り向きもせずにもと来た道を取って返した。

「毬さん、ちょっとねえ、毬さん、危ないから、送りますよ……」

「よしな、たつ坊」

追いかけようとした辰吉の肩を、小見山が引いた。

「薄幸そうな美女に肩入れするのはよろしい。でも薄幸な美女に深入りしちゃいかん」

「なんで」

「これは僕の持論だがね、薄幸な美女には、決まって厄介な秘密があるもんさ」

辰吉は未練がましく毬の後ろ姿を見つめ、それから地面にへたり込んでいる耕作を睨んで、ちぇっと舌打ちした。

「へん、自分の面《ツラ》見てみろってんだ」

つま先で耕作の尻を小突きながら、辰吉自身がいつも言われていることを悔し紛れに言ってやり、釈然としない思いを抱えて歩き出した。あちこちにできた傷が、今になって痛み出す。耕作を置いて後を追ってきた小見山が、ふと野毛不動に続く暗がりを振り返り、ぽつりと呟《つぶや》いた。

「それより、さっき下の方で笛の音がしたような気がするんだ。按摩のさ……」

辰吉は聞いていなかった。小見山はしばらく立ち止まって後方を眺め続けていたが、やがてまたぷらぷらと辰吉の後に続いて、イギリスの酒を喇叭《ラッパ》飲みした。


富田が潜む野毛不動の先に、ふもとの町の灯火が浮かんでいる。

寸詰まりの新聞売りが女のために滑稽《こっけい》な取っ組み合いをしているのを、富田は初め面白半分で見物していたが、そのうち辰吉の人の良さに当てられてすっかり胸焼けしてしまった。狭い居留地で幾度となく顔を合わせる新聞売りは、いつもまめまめしく誰かのために何かをやっており、そうした物事の裏側や利益を考えない能天気な好意は、富田のもっとも馬鹿にするところだった。

一方で、確かに富田と目が合ったはずの小見山は、そのますうっと視線をそらして、新聞売りと一緒に皇大神宮への坂道を戻り始めた。もと士族のくせに敵の背後から酒瓶を振り下ろした男の、卑怯《ひきよう》を卑怯とも思わぬぞんざいな動きを思い出した富田は、「あの腐れ侍《ざむらい》め」と独りごちた。卑怯にやるなら徹底的に痛めつければいいものを、最終的には浮薄な情けにほだされて、中途半端に問題を放置する。

所詮《しよせん》は、しょうもない同士でつるんでやがるんだとせせら笑いながら、富田は最後に残った貧相な男を注視した。

仕事柄、遅くまで張り込むことも多いため夜目は利く。地面に座り込んでうなだれている男には、見覚えがあった。殺された按摩と一緒になった女の連れ子で、確か名を耕作とかいった。

新聞売りと小見山がどう関わっているか知らないが、按摩の亡霊の相方を探して伊勢山に上がってきたら、六年前の按摩殺しの関係者がいた。偶然にしてはできすぎており、何より富田は偶然というものを信じなかった。

この耕作のおかげで、次の手は決まった。先に去った三人と同じ道を上っていく耕作の後を、富田は尾《つ》けることにした。

満開の桜が夜風に揺れる中、耕作は大鳥居を抜け、皇大神宮の石段を物も言わず上っていく。富田は頭の中に地図を描き、耕作が神宮の敷地を通って戸部の自宅に帰るのだと踏んだ。数度尾行したことのある耕作の家は、伊勢山や野毛山の豪邸とは天地ほども差のあるみすぼらしい裏長屋で、畳もない六畳一間に母親と二人で暮らしているのだった。

「耕作さん」建て込んだ長屋の前よりはいいだろうと、富田は横濱総鎮守の社《やしろ》の前で声をかけた。

「見てましたよ。あんた、まずいことやらかしましたねえ」

「お前誰だ……」

振り向いた耕作は、鼻が血まみれだった。目を細め、石灯籠《いしどうろう》の火明かりを背にした富田を見つめてくる。富田は草履で砂利を踏みしめつつ、もう一歩近寄って答えた。

「富田ってもんです。地元の事件を扱う、小さな新聞社の記者ですよ。六年前の按摩殺しも、あんたの境遇も、もちろんよく知ってる。だけど今夜のことはいけねえ。俺が記事にしたらあんた、終わりですよ。後ろ指さされて、笑いものになって、ここじゃ暮らせなくなる。そうしたら、ご母堂もたいそう悲しむでしょうね」

こんなことが記事になるはずもなかったが、客商売のしがない団子屋に、脅しの効果は覿面《てきめん》だった。耕作の顔色は夜目にもはっきり分かるほど青ざめ、陸に上がった魚のように二、三度口を開け閉めしたかと思うと、ようやく絞り出した声はひどく震えていた。

「お、俺にどうしろってんだ……」

少しばかり脅しすぎたか。富田は両手を擦《こす》り合わせ、先ほどとは打って変わった態度でさらに一歩踏み出した。

「ねえ耕作さん、俺はあの事件があれで終わったとは思えねえんですよ。あんたが知ってること全部教えてくれれば、知り合いの警察《ポリス》に頼んできちんと洗い直させてもいい。そうしたら親父《おやじ》さんへの供養にもなる」

「親父ったって、本当の親父じゃねえし、ほとんど話なんてしなかった……」

「なんのなんの、袖振り合うも他生の縁ってね、言うじゃあありませんか。かりそめの親子だって、きっと前世で深い繋《つな》がりがあったに違いねえ」

耕作の首根っこをつかみながら、富田は親身なふうを装い、聞かれてもいない昔語りを始めた。

「俺はねえ、耕作さん。父《てて》無し子なんですよ。三十年近く前、品川の女郎屋で、十七の女が父親の分からない赤ん坊を産み落とした。それが俺です」

湿《しめ》っぽい感傷など、何一つなかった。

富田は「市《いっ》ちゃん、市ちゃん」と自分を可愛がる店の女たちが、次の瞬間には客の男相手に乱痴気《らんちき》騒ぎを繰り広げるのを当たり前のように眺めて少年時代を過ごし、そんな不安定な女たちの色濃い情念が渦巻く小さな世界の中で、様々に描かれるいびつな人間模様への興味を募《つの》らせていったのだ。

「おまけに俺が十二の時、おふくろも馴染みの男と一緒に突然消えちまってね。——でもまあ、その男ってのが貸本屋で、女郎屋に立ち寄るたんび、俺に文字だの書物だのの面白さを吹き込んでくれた。そのおかげで、こんな花街《かがい》育ちが〝記者〟なんて新しい商売に就《つ》けたってわけですよ……」

実際、心中だの駆け落ちだのと、まるで歌舞伎《かぶき》のような作り物めいた世界で育ってきた富田に、世間で起こる事実が載った「新聞」という真新しい世界があると教えたのは、ほかならぬその貸本屋だった。

ある日貸本屋は、半紙を数枚折りたたんだ冊子を持ってきて、「ほら坊主、見てみねえ」と丁重な手つきでそれを差し出した。表紙の絵は富士山を背景にしたどこかの港で、異国の旗や洋館や蒸気船が繊細な筆遣いで描かれており、題字には『海外新聞』とあった。

その時の貸本屋の得々とした口調を、富田は今でもはっきりと覚えている。

――ここから東海道を下ったところに、横濱ってぇ町がある。町中を異人が歩き回って、汽笛が鳴って、さながら異国よ。こりゃあ、その町の絵だ。「新聞」には、「新しい報せ」って意味がある。まあ言うなりゃ、西洋の瓦版さね。『海外新聞』は、異国の報せを日本の言葉に直したもんだ。これからはよ、「報せ」が物を言う時代になるぜ……。

巷《ちまた》から聞き集めた欠片《かけら》で組み物を作り、再び世間にばらまく仕事――。目に見える形になって町々を飛び交う人間模様は、今まで眺めてきた女たちの姿より、ずっと奇っ怪で面白いかもしれない。

密《ひそ》かに興奮した少年の富田は、隙《すき》を見て貸本屋の荷物から『海外新聞』を盗《ぬす》んだのだったが、結局それが母親と男の残した唯一の置き土産になった。

その後品川で数年過ごす間も、新しい報せが飛び交う「東海道を下ったところ」は脳裏に留まり続け、戊辰《ぼしん》の戦の混乱に乗じて生まれ故郷を飛び出した富田は、明治元年、十五歳でついに横濱の土を踏んだのだった。

「どうです耕作さん。これが俺の、取り立てて幸せでも不幸せでもねえ家族の話ですよ。……ガキの頃は、その貸本屋が親父だったらいいのにって、思ってた時期もある。

でも実際はおふくろだけ連れて逃げちまったわけで、結局俺は父無し子のまんまだ」

だからさ、と富田はまとめた。

「俺は二人も親父がいたあんたが羨《うらや》ましい。供養だと思って、ここで親父さんの無念をきちんと晴らしてやんなさいよ……」

「もう終わったことだ」耕作は頭《かぶり》を振り、か細い声で続けた。

「ポリスだって、決め手がないって結局そのままになった。だから俺は、もういてもいられなくなってよ。さっきのことはただ……毬が五月に東京行くって聞いて、何かいてもたってもいられなくなってよ。袖にされた腹いせもあったし、向こうが俺のこと知らないまんまってのも癪《しゃく》だったたし、雇い主に悪い噂流されたくなかったら言うこと聞けって、つい……」

「待て待て」富田は急いで耕作を遮った。

「話の繋がりが読めねえ。一つずつ、最初からだ。まず——あの女は何者だ？」

「毬は……」

そうして訥々《とつとつ》と語り始めた耕作の告白を聞きながら、富田は頭の中でゆっくりと最良の記事を組み立て始めた。

すり傷、青痣《あおあざ》、たんこぶ——。

その夜、満身創痍《まんしんそうい》で帰宅した辰吉は、絹にさんざん叱《しか》られた。兄ちゃんは伊勢山の美女を暴漢から救ったのだと正直に話しても、およねさんさえ信じない。

絹は手ぬぐいで兄の頭を冷やし、「もう、もっと馬鹿になっちゃうじゃない」と憎《にく》まれ口を叩いたが、小見山も一緒だったと辰吉が漏らした途端、顔も声も口調もよそ行きの気取ったものに変わって、「まさか小見山さまも怪我《けが》されたの?」とこう来る。

「とにかく、心配させるようなことはやめてよね……」

結局、寝る前に背を向けて呟いた一言が、絹の本音のすべてだった。

辰吉は布団の中でもぐもぐ口を動かし、桜がきれいだったとか何とか言い訳がましく話しかけてみたら、枕屏風《まくらびょうぶ》の向こうでようやく絹が笑った。

「この町に来た時初めて見た伊勢山さんの桜、きれいだったね。桜色の雲に鳥居が浮かんでるみたいで。どうせお兄ちゃんは、頭ぶつけて忘れちゃったでしょうけど」

「覚えてらあ。ちょうど横濱駅の辺りでお前が……」

「違うわよ、もうちょっと手前。やっぱり忘れてる」

「だったら桜が散る前に、人力車《クルマ》仕立てて伊勢山へ行くか」

「やめとく。お兄ちゃんがクルマに乗ったら、お大尽《だいじん》に化けた狸《たぬき》みたいよ」

「言いやがる……」

横濱にいい思い出がないと言った毬とは違い、少なくとも絹には桜色の幸せな記憶があるのだと安堵して、辰吉はようやく目を閉じた。だが毬は今夜どこへ行こうとしていたのか、誰に風呂敷の中身を渡すのか、なぜ突然耕作をかばい立てたのか、考え続けていたらなかなか寝付けなくなってしまった。

そんな疑問を抱きながら数日が過ぎ、四月になった。

「おい、そこの新聞売り」

海岸通りを流し歩いていた辰吉に、富田が真顔で声をかけてきた。

「お前の手が借りてえんだ。新聞売る以外にも、雑用やってんだろ」

「どんな風の吹き回しです、俺なんかに……。何の手伝いを?」

――富田は食えないよ。たつ坊みたいに人のいいのは、あまり近づかない方がいい。

蘇ってきた小見山の忠告とともに、目の前の富田が薄笑いを浮かべて言った。

「今夜、亡霊を成仏させてやるのさ」

亡霊を成仏させる——。

4

富田から段取りを聞いて別れた後、辰吉は気もそぞろになった。

もともと他人様《ひと》の困り事に身軽く応じるところへもってきて、それが好意を寄せる美女の問題ともなれば、何を措《お》いても力になりたい。富田が打ち明けてきた推測と計画は、横濱を去る毬への最高の贈り物に思え、そうして辰吉は一も二もなく乗ったのだった。

実行は夜。午後いっぱいかけて日本人居留区を流し歩き、町会所と伊勢山の鐘が六時を告げてしばらく経《た》った頃、辰吉は毬が住み込みで働く野毛山の屋敷に向かった。

内密に話したいことがあるから〝時の鐘〟まで一緒に来てくださいと頼むと、微妙に困惑した目を返され少し傷ついた。

「ご安心を。妙な話じゃありません。毬さんに関わる大事なことなんで」

また今夜もどこかへ出かけようとしていたのか、それでも毬が浮かない顔を続けるので、「すぐです、時間は取らせませんから」と低姿勢でなだめすかし、下心がない証拠に屋敷の女中仲間から堂々と提灯《ちょうちん》まで借り受けて、切通しの入り口から野毛不動へいたる道を取ったのだった。

富田からは、七時には着いているようにと指示されていた。毬を〝時の鐘〟まで連れて行くのが、朝に富田から請け負った内容だ。

新聞箱の柄の先についた鈴が、辰吉の踊《おど》るような歩調と提灯の火影に合わせて揺れる。

「ねえ毬さん、もう耕作って野郎はつけ回して来ませんか」

相変わらずうつむいてだんまりを続ける毬に、答える気はないようだった。普段ならここで引くが、今夜の成功への確信が、辰吉の舌をいつもより大胆にした。

「お節介ってのは百も承知でさ。言いたくないこと無理に聞こうとは思いません。だけどうら若い女が夜道で災難に遭うってのは、どうにも気になっちまって……」

毬はなおも黙っていたが、やがて「弟が……」と呟いた。

「昔、耕作さんのお父様に、省吾が迷惑をかけてしまったんです……。でも私、それが耕作さんのお父様だったって、今まで知らなくて。あの夜耕作さんに初めて教えられて、親父があんなことになったのは誰のせいだ、奉公先に言うぞって脅されたけど、省吾のしたこと考えたら、何も言い返せなくて」

「どんなひでえことしたか知りませんけど、弟さんがしでかした不始末を、毬さんが背負うこたぁないでしょう。そんなの誰も相手にしやしませんて」

「今は何でも恰好《かっこう》の噂になります。きっと新聞が……新聞が書き立てます」

「大丈夫。世の中はそんな悪いことばっかりじゃない」

折よく〝時の鐘〟に着いた。木組みの柱に瓦屋根を載っけただけの簡素な鐘楼《しょうろう》に、和鐘が重たげにぶら下がっている。瓦斯局の煙突や横濱駅《ステンショ》を見晴らす伊勢山の中腹、町会所が管理する馴染み深い時鐘だ。二時間ごとに番人が撞《つ》きに来るらしいが、なるほど七時とは富田はいい時間を選んだものだと辰吉は感心した。

散り始めた花びらが、夜風に白くひるがえっては鐘のもとに淡く降り積もっていく。

辰吉は一日中担いでいた新聞箱を足下に下ろし、半纏に手の汗をこすりつけて姿勢を正した。

「毬さん、今から言うこと、驚《おどろ》かないで聞いてください」

「何でしょう……」

「弟の省吾さんは、生きています」

短く息を呑む音がし、蒼白《そうはく》になった毬の顔が、提灯の明かりに浮かんだ。

数時間前、「亡霊を成仏させてやるのさ」と持ちかけてきた富田を、辰吉は最初相手にしなかった。

「そりゃさすがに無理だ。坊主に頼んでください、なんまんだぶなんまんだぶ」

「落ち着いてよく聞きな。伊勢山下に出る按摩の亡霊。正体は――毬って女の弟だ」

「……西南戦争で死んだのに、按摩の亡霊になっちまったんですか？」

「馬鹿。生きてんだよ」

頭を叩かれて初めて、事の重大さが分かってきた。

「じゃあどうして、戦が終わってすぐ帰って来なかったんです。毬さんはずっと待ち続けて、やっと諦めて……」

「それがよ、帰って来られねえ悲しいわけがあったんだよ」

砲弾に吹っ飛ばされた省吾は、「死者」ではなく行方不明者として薩摩に置き去りにされた。半死半生の身でどこぞの村人に助けられ、完全に怪我が癒《い》えるまで数月。ようやく動けるようになったものの、そこは地の果て鹿児島。すでに所属の部隊は帰京し、帰るすべもない。どこかで船に乗れればと、期待しながら歩けども歩けども、天にも運にも見放されたか、帆影は虚《むな》しく通り過ぎる。

とうとうわずかな路銀も底をつき、省吾は西国のどこかで行き倒れ、浮浪者になった。日雇いの仕事も試みたが、戦で肺を壊したせいで、どれも長続きしなかった。だが故郷への思慕やみがたく、じつに五年以上の歳月をかけて横濱に辿《たど》り着いたのだと富田は言う。

「毬さんは、そのことを知ってるんですか」

「戦で凱旋《がいせん》するはずが、肺病みの浮浪者だ。聞けば姉貴はまだ立派なお屋敷で奉公を続けて、五月には東京へ行くらしい。そんな時にのこのこ出て行ったらどうなるって、省吾はひどく気にしてるみてえだ。そんな時、六年前に伊勢山下で起きた殺しのこと思い出して、何となく按摩の真似事を始めたらしい。だけど切ねえじゃねえか。たった一人の身内に会いたくて、すぐそこまで来てるって言うのによ……」

富田曰《いわ》く、姉の毬に教えてやりたいが、見ず知らずの男ではかえって警戒されるかもしれない。そんな折、毬と一緒にいる辰吉を見かけたのだそうだ。

「だったら毬さんにすぐ報せてやらなきゃあ」

「まあ待て。まずはこっちで最高の舞台をお膳立《ぜんだ》てしてやろう。戦で死に別れたはずの姉弟が、あな嬉しや感動のご対面。俺だって真相に辿り着くまでに苦労したんだ、それくらいは褒美《ほうび》が欲しい」

何事も芝居がかっているのが小新聞の雑報記事だ。富田らしくない美談だが、そういう人情話なら心が温まって良い。

最後に、辰吉は富田に聞いてみた。

「それで、どうやって崖の上まで飛んだんです。やっぱりバネですか」

「さあ……按摩のふりしてても、目は見えるからな。崖に生えてる木に蔦《つた》だか縄《なわ》だか巻き付けて、素早く上がったんじゃねえのかな……」


省吾は生きていたこと。浮浪者になり苦労の果てに横濱へ戻って来たこと。姉に会いたいが、身上を恥じて名乗り出られないこと。富田から聞いた真相を辰吉は身振りを交えて手短に語り、毬はその間じっと押し黙ったまま、心の中の何かを守るように両手を胸元へ押しつけていた。半年前、何かをきっかけにして弟の死を吹っ切ってしまった毬には、今や突然降って湧いた幸せを受け止めるすべがないのだと辰吉は慮《おもんぱか》り、「もうね、一人じゃないんです」と励《はげ》ますように拳を握って見せた。

すると毬は見る間に涙を溢れさせ、ついには両手で顔を覆《おお》って泣き出してしまった。

「泣かない、泣かない。泣いたら美人が台無しですよ」

慌てた辰吉は、懐からぼろぼろの手ぬぐいを引っ張り出して差し出したが、毬は受け取らなかった。

「……このこと知ってるの、辰吉さんだけ？」

「調べたのは『はまなみ新聞』の富田って新聞記者でさ。今夜もたぶん、ここへ弟さんを連れてくる手はずになってる。ひねくれた物の見方をする男だと思ってたけど、根はいい奴みたいで……」

毬は手の甲で涙を拭《ぬぐ》いながら「そう」と頷《うなず》き、鬢《びん》から突き出ている小耳を少しそばだてて、「いつ来るかしら……」と再び泣きそうな声で囁《ささや》いた。

「もうすぐ来ますよ。たぶん野毛不動の階段の方から来るんじゃねえかな」

辰吉は崖下の様子を見ようと、ちょっと身を乗り出した。

と、背中にどんと重たい衝撃が走り、たたらを踏んで一、二歩つんのめった辰吉の体は、横向きのまま宙に投げ出された。考えが追いつく間もなくとっさに伸ばした短い左腕が、運良く崖の縁の草地に引っかかる。そこからは無我夢中で斜面にしがみつき、上半身が少しでも上の地面にかかるよう足をばたつかせた。

「な、なんで」

その問いかけは、毬が辰吉を突き落とそうとしたことにか、それとも今こちらを見下ろす毬の手に拳大の石が握られていることにか、とにかく混乱をきたした辰吉は、その混乱をそのまま口にした。

「わけが、わけが分からない」

「許して、辰吉さん」

崖際に転がった提灯が燃え上がった。その炎が涙を湛《たた》えた毬の眼《め》に映っててらてらと輝いたのを見た瞬間、危機に瀕《ひん》した辰吉はまさに動物的な本能で事の真相を悟った。

毬は省吾が生きているのを初めから知っていたのだ、と。

恐らく毬は、半年前に弟の死を受け入れたのではなく、弟が生きて戻って来たことを知ったのだ。そうして乞食《こじき》同然の省吾が困らぬよう、屋敷から持ち出したわずかな食物や暇つぶしの新聞を風呂敷に包み、人目を避けるようにして定期的に渡しに行っていたに違いない。

だが、なぜそこまで弟を隠《かく》す必要がある——？

その時だった。「按摩ぁー、上下《かみしも》ぉ、五百文」

ふもとの方で微かなかけ声が響き、笛が鳴った。ヒィー、ヒィ、ヒィ……。石を振り上げていた毬の頬が強張《こわば》る。「按摩ぁー、上下ぉ、五百文」ヒィー、ヒィ、ヒィ。

そして三度目のかけ声が春夜に漂ったその直後——〝時の鐘〟に隣接した崖の上で笛が鳴った。按摩が飛んだ！　辰吉は一瞬そう錯覚したが、わずかな吹き方の違いから、上にいる別人が下の按摩に応えたのだと気づいた。石を取りこぼした毬が、雑木の茂った暗がりに「誰なのよ！」と震えた声を放ち、草を踏み分けて現れた団子屋を目の当たりにして、脅えたように後ずさった。

「耕作さん、何のつもり……！」

「お前の代わりに、吹いてやったんだよ。聞いたぜ、省吾は生きてるんだってな！」

その答を聞くやいなや、毬は野毛不動の石段めざして駆け出した。痩せぎすの団子屋はその後をおぼつかない足取りで追いながら、「ざまあみろ、ざまあみろ！」とどこか必死な大音声で勝ち誇り、取り残された辰吉は草地に爪を立て渾身《こんしん》の力で這《は》い上がった。

一つ一つの事実の断片が、辰吉の頭の中で新聞の紙面のように組み上がっていく。

面倒な繋ぎの方法まで取り決めて、安全と分かれば〝時の鐘〟付近で待ち合わせる姉弟。弟の帰還をひた隠しにする姉。按摩が殺された場所で、按摩に偽装することを思いついた弟。明治十年の正月に殺された按摩。結局捕まらなかった下手人。薩摩に出征し、五年以上も帰れなかった弟。弟のしでかしたことで脅される姉。

――昔、耕作さんのお父様に、省吾が迷惑をかけてしまったんです……。

もしや按摩を殺したのは、出征前の省吾ではないのか。

新聞箱を担ぎ上げ、辰吉は毬と耕作を追って野毛不動に向かった。自分の思いつきに加えて辰吉の鼓動をいっそう速めたのは、今夜の耕作の動きだった。

本来、崖の下の省吾と笛を吹いて繋ぎを取るのは毬だったのだろう。もし耕作があの夜毬を襲《おそ》った時点でそのことを知っていたなら、そちらのネタで毬を脅そうとしたはずだ。だが耕作はそうしなかった。

ならば、あとになって誰かが耕作に教えたのだ。

富田が教えたのだ。

そうして今夜自分が演じた役割を知って辰吉が愕然《がくぜん》とした時、野毛不動の石段の踊り場で「省吾、逃げなさい！」と叫ぶ毬の声が聞こえ、制服の警官《ポリス》たちが筵《むしろ》を巻き付けた襤褸布《ぼろきれ》のような男に飛びかかっていくのが視界に飛び込んできた。

「貴様、神妙に縛につけ！」

省吾はさしたる抵抗もできず地面に組み伏せられ、間に割って入ろうとした毬を警官が押し止めた。辰吉は不動尊の堂宇を背に呆然《ぼうぜん》と立ち尽くし、石段のてっぺんに足を開いて座っていた男の呼びかけで我に返った。

「お前も座らねえか、新聞売り。これが本当の、高みの見物ってやつだぜ」

「富田、よくも騙《だま》したな……」

「どうだ、〝花明かりの大捕物〟！　戦死したはずの弟をかくまう姉と、父の仇《かたき》を討ちたい男の鉢合わせ。六年目の真相に仰天せざるなしってな。ほら、周りをよく見てみろよ、野次馬様のご到着だ」

騒ぎを聞きつけた近隣の住人が、野毛不動の境内に、崖沿いの柵に、急な石段の続く男坂に、次々と集まってくる。物見高いのは江戸の気風に限らない。顔を付き合わせ、首を突き出し、「何だ何だ」「乞食が引っ張られてる」「あれって省吾じゃねえか」「死んだはずだろ」と声高に言い合っては、人より一つでも多くの報せを得ようと躍起になっている。

富田は打って変わって騒がしくなった伊勢山下を蔑《さげす》むように睥睨《へいげい》し、小さく鼻を鳴らした。

「俺は仕事をしただけだ。料理の仕方で味は変わる。読者が食いつくように、一番うまい組み合わせを考えて、一番うまくなるよう料理するんだ。せっかく記事を書くなら、大団円には役者をそろえねえと」

「最初からそのつもりだったのか。最初っから、気づいてたのか」

「わざわざ六年前の按摩を模倣《もほう》しようって奴なんざ、当の下手人くらいなもんだろうよ。それで現場に張り込んでみたら、やって来た浮浪者が崖の上の誰かと繋ぎを取ってやがる。だがあの夜、浮浪者は繋ぎに失敗した。上に行ってみりゃあ、死んだ按摩の再婚相手の連れ子が、新聞売りとすったもんだの修羅場を繰り広げてる。それで後からそいつに話を聞いてみたら、一緒にいた女は省吾の姉貴だって言うじゃねえか。で、崖の上の繋ぎの相手は、その女かもしれねえと考えた」

「だけど按摩殺しが省吾だって、なんで分かったんだよ」

「そりゃ知り合いの警察《ポリス》に賄賂《まいない》渡して六年前の捜査内容を聞いたんだ。下手人は、省吾ってろくでなしが濃厚だってよ。最後に瓦斯橋《ガスばし》ん所で一緒だったのが目撃されてる。だがそれを警察がつかんだのは、奴が入営した後だったってさ。どっちにしろ決め手がなかった」

「さっき、どうして耕作に笛を吹かせた」

「おいおい、記者に質問攻めかよ」

　富田はぐるりと首を回して辰吉を見上げた。

「崖の下からここまで省吾を誘《おび》き寄せる必要があったからな。せっかくだから、俺が耕作に教えてやった。血が繋がらないとはいえ、一応親父の仇だ。そいつが生きて戻って来たら、捕まえて罪に問うのが筋ってもんだ」

「だったら省吾だけ捕まえさせりゃよかったんだ。毬さんの前で、弟を二度殺すような真似しなくったって」

「それじゃつまらねえ記事になるだろう」

絶句した辰吉は、忙《せわ》しない瞬《まばた》きを返すほかなかった。事も無げに言い放った富田の悪意の底を覗いても、どこにも本体が見当たらない。水面に映った花影にはどうあっても触《さわ》れないように、蛇《へび》に似た冷たい富田の眼にはただ、無数の誰かの悪意が映っているだけだった。豪商の愛妾たちにも、罪人をかばい続けた毬にも、富田自身は何の悪意ももたない。富田はただ、こめかみの裏側を神経質にぴりぴり震わせて、執拗に、貪欲《どんよく》に、情け容赦《ようしや》なく、群衆の悪意にまみれた興味を聞き届けるだけなのだ。

心中事件、刃傷沙汰《にんじようざた》、妖怪《ようかい》騒ぎ、詐欺事件——。明治に入ってこの方、新聞はそうした市井の醜聞《しゆうぶん》や珍事を、戯作や講談に匹敵する名調子で世間に報せ続けてきた。実際、鮮やかな多色刷りで描かれた錦絵新聞を、辰吉自身面白がって読んだこともある。だが事件の当事者にしてみれば、仕立てられた記事を面白がる読者の興味は、世間から突き刺さる悪意以外の何物でもないのだ。

「あんまりじゃねえか」

辰吉はたまらず、富田の悪意の受け皿に自分の怒りをぶちまけた。

「お前なんか、記者の風上にも置けねえ最低野郎だ。てめえの都合のいいように人を騙して動かして、何が記事だ。何が記者だ。新聞を馬鹿にするな。一生懸命泣いたり笑ったりして暮らしてる町の人を馬鹿にするな！」

「最低で結構。良い子ぶって下世話な記事が書けりゃ苦労はいらねえ。そもそも世間がみんな良い子ぶってりゃ、下世話な記事なんていらねえ。——だが俺より最低な奴はいるぜ。お前が気づいてないだけだ。妹の足のことだってそうだろう」

「おい、何の話だ……」突如自分の脳天を襲った震えに、辰吉の丸い黒目が激しく振れた。

「何の話だ！」

「本当に何も知らねえのか。考えてもみろ、町なかに都合良く暴れ馬が現れると思うか」

息を吸おうと思ったが巧《うま》くいかず、辰吉は必死に口をぱくぱくさせた。昔から、肝心な時に限って頭が混乱し、言葉が出てこない。

「お前の妹はな、運悪く巻《ま》き添《ぞ》え食らったんだよ。瓦斯局ってぇ腐った食い物の周りに、《鼠《ねずみ》》が出たって話さ」

「瓦斯局……？　あん時に瓦斯局で何があった？」

「知りたきゃてめえで調べな。こちとら慈善事業じゃねえんだ。——おっと、あちらは無事に済んだようだぜ」

裾の泥を手早く払い、富田は鋭い笑み一つを残して立ち上がった。風がごうと吹き、桜の花が乱舞する伊勢山の夜に、引っ立てられた弟を追う毬の悲痛な泣き声が散っていく。

辰吉は横濱の灯火を見下ろしながら、何度も手のひらで顔をぬぐった。どこからか流れてくる土ぼこりで口中が苦くてたまらず、吐き出した唾には桜の花びらが混じっていた。

そうして、省吾が逮捕された夜から二週間ばかりが過ぎた。

桜はすでに葉桜へと変わり、初夏へと向かう光が家々の漆喰《しっくい》の壁や瓦屋根に眩しく跳ね返っている。海はいっそう明るく、点々と浮かぶ蒸気船が、さながら蟻《あり》の行列のように黒々と際立っていた。

どこからか話を聞きつけてきた地獄耳の小見山が、ある朝裏長屋を訪れた辰吉へ事件の全貌《ぜんぼう》を教えてくれた。

省吾が浮浪者になった経緯は、ほとんど富田の推測通りだった。富田が辰吉にあえて語らなかったのはその先――按摩を殺して逃げるように戦へ行ったため、帰還した省吾は余計に人目を避ける必要があったということだった。省吾は六年前、入営前の遊ぶ金欲しさに按摩に目を付け、人気のない所に誘い込んで金銭を奪った。その際抵抗されたので、勢い余って殺してしまったのだと警察に語ったそうだ。

毬は東京に弟を連れて行き、誰も知らない新天地で新たな人生を送らせる腹づもりだったらしい。

「だがその計画もご破算だ。たとえ省吾が伊勢山にほど近い戸部の監獄《かんごく》に収監《しゅうかん》されたとしても、高い塀の中からでは桜さえ望めまい。おいたつ坊、まさか気に病んでるんじゃないだろうな。君はまかり間違えば、崖から落ちて頭を打つか首を折るかで死んでたんだぞ。桜の時季は終わったんだ。桜の精の幻でも見たと思って、今回のことは忘れなさい、ね」

布団からうつぶせのまま這いずり出て言った、まったく心のこもらない早口の慰《なぐさ》めではあったが、この二週間の辰吉のもやもやした思いを、寝起きの小見山が少なからず言い当てているのに驚いた。

辰吉は事件後、何度か野毛山の屋敷の近所をうろついてみたが、そのつど悪い噂が耳に入ることを恐れて、ついに立ち寄ることを諦めた。毬があれから何らかの罪に問われたのか、予定通り五月に東京へ移るのか、知りたいような、そっとしておきたいような複雑な気持ちになったのは、富田に騙されたにせよ、省吾の逮捕に少なからず関わってしまったという後ろめたさがあるからだった。

それと同時に、一歩間違えれば自分を殺していたかもしれない毬を不思議と許せたのは、弟をかばい続けた毬の選択が、ひょっとするとこの先あるかもしれない辰吉自身の姿に思えたからだ。

——瓦斯局ってぇ腐った食い物の周りに、《鼠》が出たって話さ。

絹の足。暴れ馬。瓦斯局。そして《鼠》。

もし故意にあの事故を仕組んだ者がいたとしたら、恐らくその時こそ、自分はそいつを許さない。

「俺はね、小見山さんと違って繊細なんです。散った恋を引きずってね、毎日枕を涙で濡らしてますよ。今度はそういう〝もののあはれ〟が分かる男を、小説に出してください。読んでみたいな、コタツ源氏《げんじ》」

「誰がたつ坊みたいなずんぐりむっくりの恋愛遍歴を読んでみたいと思うのよ」

「ちぇ。いいと思ったんですけどね」

コンビーフのにおいがする小銭をもらい、裏長屋を後にした。口には出さないが、辰吉にとって小見山は今でさえ頭の上がらない恩人だ。これ以上絹の事故のことで手を煩《わずら》わせるわけにはいかない。辰吉兄妹が横濱での暮らしになじもうと必死だった当時、一体瓦斯局で何があったのか、つらつら考えながら目抜き通りの本町を歩いていると、時計塔がそびえる町会所の前で、人力車に乗ろうとしていたチョビ髭の男に再会した。

「旦那！」

辰吉が思わず声をかけた今日のチョビ髭は、意外にも中折れ帽に洋装という洒落《しゃれ》た出で立ちで、突然駆け寄ってきた新聞売りを記憶の中から引っ張り出すのに、大した時間はかからなかった。

「君は確か、くつろぎ亭で……」

「『絵入朝野』、もう買っちまってます？」

「まだだけどね……」

「そりゃいけません。旦那がもたもたしてるうちに、『絵入朝野』は今月三日、わずか数ヶ月で『朝野新聞』の傘下になっちまいましたよ。これからはきっと『朝野』の姉妹版でどんどん力を伸ばしていきます。同じ立憲改進党系ですからね、『郵便報知』を読んでる旦那も、きっと楽しめまさ」

「ずいぶん付け焼き刃な気がしないでもないが……君、あれから調べたの」

「へいそりゃもう、一家言ある御仁のありがたい忠言を素直に聞くのが、新聞コタツの取り柄でございますからね。あ、〝朝野〟って言葉はね、〝朝廷と在野〟転じて〝世間〟て意味でございますよ。だけど世間広しと言えども、まさか美女が政談演説会で祝文を読む日が来ようたぁ誰も思わない。その時代の流れをスパーンと創刊号で打ち出したのが、そう、くだんの『絵入朝野』だったんですねえ」

初めは、新聞売りが新聞の内容まで知る必要はないと思った。だが新聞を大事な商品としてきちんと見始めた時、新聞にも人間と同じように、個々の性格があると改めて気づいた。

自由党系、立憲改進党系、不偏不党の大衆新聞、地方新聞、貿易新聞、錦絵新聞――そうしたいくつもの特性が、各紙の雰囲気《ふんいき》を作っているのだ。

妹の絹と、可愛いというほど可愛くはない野村ハナと、顔も乳もでかい『ぶらぼ』のおよねさんを「女」で一括《ひとくく》りにできないように、新聞にも性格や性質がある。そして読み手はそれぞれの新聞の主張する声高な叫びを聞き、同調し、あるいは反発する。その声を世間様に届ける使いが新聞売りなのだと知ったら、少なくとも新聞とその新聞を愛読する読み手とが、今までとは違って見えるようになった。

新聞は新しい世界の音を報せてくる一方で、一歩間違えれば人を傷つける凶器にもなる。誰かの望む言葉を拾い上げた結果として、善くも悪くもそこから何かが萌芽《ほうが》するのだ。

毎日出会う町の人とのたわいないやり取りが楽しいなら、新聞が伝える誰かの声もきっとそれぞれ面白い。この横濱の巷《ちまた》に溢れる世界の音は、富田の信じる不協和なものばかりではないはずだ。

そしてそんな新聞の面白さに気づかせてくれたのが、この旦那だと言える。それで辰吉はとっさに声をかけてしまったのだった。

「いかがでしょう？」

旦那は苛《いら》つく車夫をその場で待たせ、しばらくチョビ髭をなでつけて思案していたが、やがておもむろに言った。

「それじゃあ頼もうか。今、一部。明日からは家に。支払いは月末でいいね」

「よっしゃ、決まった。ありがとさんです！」

辰吉は嬉しさのあまり盛大に膝を打ち、新聞箱の蓋を勢いよく開けた。

箱の中に折り重なった新聞紙は、やはり剪定し終えた庭に積もった落ち葉の、懐かしいにおいがした。

二章　洋火の果つる夏

1

さわやかな空色の新聞箱が、辰吉《たつきち》の背で七月の日差しに炙《あぶ》られている。

英国人のもとで女中をしている野村《のむら》ハナが、商館の鎧戸《よろいど》を塗《ぬ》ったペンキの残りをもらってきたので、どうせ流し歩くなら新聞箱も目立つ方がいいと思い、鮮《あざ》やかな色に衣替《ころもが》えした次第だった。

そのハナは今、どさくさに紛《まぎ》れて辰吉に腕《うで》を絡ませ、無理やり人混みの中へ割り込んでいく。洒落込《しゃれこ》んだ鴇《とき》色の着物は色黒の肌には似合わず、柘植《つげ》の櫛《くし》も多すぎる髪《かみ》に埋《う》もれて、太い眉《まゆ》もどんぐり眼《まなこ》も団子っ鼻も、やはり可愛《かわい》いというほど可愛くはない。

何度聞いても覚えられない名のミスタ・なんちゃらは、そばに置いても惚《ほ》れる心配がなく、かつ見苦しくないぎりぎりの辺りでハナを雇《やと》ったと見える。

「今日はミスタ・ゲインズバラが東京へ仕事に行ってて帰らないから、羽を伸ばせるの」

「こんな日まで商売熱心だな」

「どうかしら。東京での商談は口実で、ただ今日の横濱《よこはま》にいたくないからなのよ。英国の御人《おひと》にしてみれば、自分の国から米国が独立した日を祝おうって気にはならないもの」

だとすれば、アメリカの独立記念日を毎年七月四日に祝うこの場所は、一体どこの国だというのか。新聞を売るついでに横濱名物の西洋式花火を見ようと、辰吉も勢い込んで港に足を向け、目立つ新聞箱のせいでハナに見つかったのだ。

さして広くはない海岸通りは土ぼこりで黄色く霞《かす》み、人いきれと馬糞《ばふん》の臭《にお》いで呼吸もままならない。海に臨んで建ち並ぶ洋館の窓にもバルコニーにも、洋装の紳士淑女《しんししゆくじよ》がこぼれ落ちんばかりに溢《あふ》れかえり、色とりどりの眼差《まなざ》しをきらきら輝かせて、祝いの花火が上がるのを今か今かと待っている。

背丈の低い辰吉は、人の頭と背中に挟《はさ》まれ揉《も》まれ、清《しん》国人の甲高《かんだか》いお喋《しやべ》りと、悪名高い横濱車夫の罵詈《ばり》雑言《ぞうごん》と、観光に来た田舎者の無節操な足取りに翻弄《ほんろう》されながら、前を行くハナと怒鳴るように話を続けた。

「英国人は、みんなアメリカ人と仲が悪いのか？」

「そんなことはないと思う。ミスタ・ゲインズバラもね、普段はアメリカ人の耶蘇《やそ》教の先生と親しくしてるもの」

「牧師さんてやつか？」

「ううん、みんなジェームズ先生って呼んでるから、正式な牧師さんとはちょっと違うみたい。もともとは香港《ホンコン》でお商売してたらしいんだけど、日本に渡る船の中で神様からお告げがあって、みずから進んで教えを広めることにしたんだって。今は汽船会社で事務をしてるかたわら、日本人相手にご自宅で耶蘇教の経典を教えてらっしゃるの。聖書《バイボ》って言ったかしら」

「何だお前、ずいぶん詳《くわ》しいじゃねえの。——ああ、すんません、ちょっと通しておくんなさい」

夏冬兼用の厚い印半纏《しるしばんてん》を着ているせいもあり、人をかき分けていくうちに汗びっしょりになった。「ホラ、見えた！」とハナが指差す先には、波一つ無い凪《な》いだ海と、点在する各国の蒸気船。その中の米国船には星条旗がはためき、みずからの自由と独立を誇《ほこ》らしげに讃《たた》えている。

商売道具の新聞箱を置いて一息ついた辰吉は、今日のために余計に仕入れた新聞紙を右手に掲げて、さっそく裏声を張り上げた。そもそもこのためにやって来たのだ。

「新聞んー、エェー、新聞んー、よろず取扱《とりあつかい》ィー、新聞のォー、コタツゥー！」

やかましく頭上を舞うカモメに負けじと、辰吉は続けた。

「さあさあ花火見物のみなさん。ご存じ、七月四日のアメリカ独立記念日名物〝平山《ひらやま》の昼花火〞！　こいつが何と、本国アメリカに特許を出願してるってんだから驚《おどろ》きだァ」

さっそく物見高い連中が野次を飛ばす。「トッキョってのは何でえ、東京トッキョか！」

「よくぞ聞いてくださった。特許ってえのは、これぁあんただけが売ってよろしいっていうお墨付《すみつ》きのことでさあ。これさえもらっちまえば、ほかの奴《やつ》は真似《まね》できねえ。だから花火師の平山親方が、ご自分の花火の〝特許〞ってやつを、ななんと米国に願い出た」

発端は明治十年（一八七七年）。天長節に横濱公園で花火大会が行われ、主催者の花火師・平山甚太《じんた》は内外人から喝采《かっさい》を浴びた。その後、明治十三年からアメリカ独立記念日の花火をも請け負うことになった平山は、さらなる技術修得の目的も兼ね、十四年に職工五人を米国へ派遣。かの国の大都会で花火を打ち上げ、これまた大成功を収めた。そうして「模造品」の出回りを防ぐべく、平山はついに米国での特許取得に乗り出したのだった。

だが辰吉は皆まで言わず、ここぞとばかりに手にした新聞を叩《たた》いた。

「サテ、ここに取り出したるは一昨日《おとつい》付の『時事新報』！　あの福沢諭吉《ふくざわゆきち》先生が昨年お立ち上げなすった、不偏不党のありがてえ新聞だい。何とここに、その特許が間もなく取れそうだってえ記事が事細かに書いてある。福沢先生お墨付《すみつ》きの花火記事だよ、今日だけ特別に、一昨日の新聞も大放出だよ。これを読んだらたちまち事情通。今から始まる花火のありがたみもいっそう増すってもんだ。さあさあ、早いもん勝ちだよ、買ってってくんな！」

「それなら一部おくれ」「俺も」「こっちにも一つ」

「はいはい皆《みな》さん、いっぱいありますからね、押さないで、押さないで」

次々伸びてくる手に、もくろみが当たった辰吉はほくほくだった。この調子なら、商売敵《がたき》の〝新聞小政《こまさ》〟にも一泡吹かせてやれる。

チョビ髭《ひげ》の旦那《だんな》の影響《えいきょう》もあり、取り扱う新聞に毎朝ざっと目を通す癖《くせ》がついていた辰吉は、一昨日も何気なく『時事新報』を読んでくだんの記事を見つけた。これは独立記念日にかけて売れるかもしれないと、その足で大量に仕入れたのだ。折しもその日は国が発行する日刊紙『官報』の創刊日で、各種新聞取扱店でも『時事新報』はたくさん売れ残っていた。

「辰吉さん、江戸の読売みたい。うまいうまい」

団子っ鼻に大粒の汗の玉を浮かせてはしゃぐハナの顔も、小銭の嵐《あらし》の中では先ほどよりも可愛く見える。たまには帰りに飴玉《あめだま》でも買ってやろうかと辰吉が鷹揚《おうよう》に考えていると、ハナが群衆の一隅《ひとすみ》に向かって手を振った。

「あ、お咲《さき》ちゃーん」

十六、七の若い娘が、四苦八苦しながら人垣《ひとがき》をかき分けて出てくる。ハナにつられて視線を向けた辰吉は、その場で雷に打たれたように固まった。

優しく垂れた黒目がちの瞳《ひとみ》は艶《つや》やかに潤《うる》み、涙《なみだ》でもこぼれ落ちたかのような泣きぼくろが一つ。ともすれば婀娜《あだ》っぽくなるぽってりした唇《くちびる》も、蕾《つぼみ》のように小さく可憐《かれん》だ。丸みを帯びた肩も、昼夜帯《ちゅうやおび》をしめただけのしなやかな柳腰《やなぎごし》も、今にもしなだれかかってきそうに見える。

春に毬《まり》の一件で散々な目に遭《あ》ったはずだったが、そばで支えたいという恋慕《れんぼ》の情が性懲《しょうこ》りもなく湧《わ》き起こり、辰吉は途端《とたん》に落ち着かなくなった。

気をつけろ、薄幸《はっこう》な美女に騙《だま》されたばっかりじゃねえか。

下手に惚《ほ》れるなと自分を戒《いまし》める一方で、要は目の前の娘が「薄幸そうな美女」なら平気だろうと、都合良く考えてみたりもする。

「あの、こちらのお嬢《じょう》さんは……？」

「さっき話したジェームズ先生の所でお手伝いしてる、お咲ちゃん。ね、お咲ちゃん、こちらが新聞売りの辰吉さんよ」

「咲です。うふふ、いつもおハナちゃんからお噂《うわさ》はかねがね」

笑みを含《ふく》んだ甘《あま》ったるい声で挨拶《あいさつ》された。

「きゃあ、お咲ちゃん、駄目駄目《だめだめ》、そういうのは内緒《ないしょ》だってばあ」

「あら、いいじゃない。口を開けば辰吉さん、辰吉さんて言ってるんだから」

ハナ相手にはしゃぐ娘《むすめ》らしい仕草も、翳《かげ》りのない健やかな色っぽさだ。

薄幸そうな、明るい美女――。

辰吉の頰《ほお》がだらしなく崩《くず》れていったその時、グランドホテル前の海上で花火が上がった。

じつのところ、アメリカ政府も認めつつある平山の昼花火は、圧巻の一語に尽《つ》きた。

用事のある咲はすぐに帰ったが、辰吉はハナと二人でしばらく花火見物をし、結局かなりの時間波止場《はとば》界隈《かいわい》をうろついてしまった。

「ああ、楽しかった。今日の辰吉さんとあたし、恋人《こいびと》同士みたいだったわね。そうだ、今度栗毛《くりげ》先生に書いてもらおうか」

「祭はもう終わったの。さっさとミスタの商館に帰った帰った」

ハナと別れ、いまだ人波の途切れない外国人居留地から『ぶらぼ』へ向かう道すがら、花火の炸裂音《さくれつおん》と群衆の歓声を耳の奥に蘇《よみがえ》らせて、辰吉は絹《きぬ》も連れてきてやりたかったな、と改めて思った。二年前、杖《つえ》を片手に花火見物へ行った絹だったが、ぶつかったりつまずきかけたり、あまりの人混みで何度も危ない目に遭《あ》った。以来兄に遠慮《えんりょ》して、どんな祭も見世物もけして「行きたい」と言わなくなった妹が、辰吉は不憫《ふびん》でならなかった。

ましてや、絹を襲《おそ》った暴れ馬が、ただの事故ではないと聞いた今となってはなおさらだ。

〝瓦斯《ガス》局事件〟――。

新聞記者・富田《とみた》の「耳打ち」に始まり、辰吉はこの数ヶ月、当時の瓦斯局で何があったのか、熱心に調べて回った。事情通を自負するご老体たちと縁側でお茶を飲むこと数回、そうして行き着いた答らしきものが、世に言う〝瓦斯局事件〟だった。

――瓦斯局の財政が苦しいって時にサ、一萬《いちまん》なんぼの莫大《ばくだい》な金を、区長が勝手に前の経営者へポンとあげちゃうんだから。瓦斯局は町会所のもんだ。言うなれば横濱のみんなのもんだ。そんな専横許しちゃおけねえって、商人がそろって裁判起こしたんだよ……。

お前さんは覚えてねえのかとご老体たちに問われたものの、当時十八歳の荷運びだった辰吉は、民権の闘争《とうそう》なんぞにまったく興味がなかった。

――結果はどうなったんで？

――まず訴え出た方の負けサ。端《はな》から何となく弱腰なんだもんな。結局和解して金返してもらったって、こちとらすっきりしねえよ。

ご老体たちの話をまとめると、商人が区長らを訴えたのが明治十一年一月の初め頃。時期としては、絹の事故と重なる。

だが、それが絹の件とどう繋《つな》がるのか分からなかった。当時のことを聞きたくとも、絹が奉公していた『八幡屋《やわたや》』はすでになく、辰吉一人で調べるのはここらが限度で、それもまた兄としてふがいない。

気づけば、ようよう暮れていく目抜きの本町通りで、瓦斯局の人間が梯子《はしご》片手に瓦斯灯へ火を灯《とも》し始めている。

　腹が減ってちゃ戦もできねえよな――。

　足を速めた辰吉が四つ辻《つじ》を曲がりかけたその時、黒い影がいきなり背後を覆《おお》った。

「辰吉。おめえ、辰吉か？」

　低い声に恐《おそ》る恐る振り返れば、紺地《こんじ》の印半纏に股引姿《ももひきすがた》の馬鹿でかい図体が、辰吉を見下ろしていた。

「ええっと、あの……」

「マル安《やす》運送にいた、辰吉だろ？」

　確かに五年前の絹の事故まで、辰吉は『マル安運送』に住み込んでいた。だがその店の人間でもなし、ほかに当時のことを知っているとなると、得意先の客か何かか。

　とまどった辰吉を、男は目力で殺さんばかりに見つめてくる。年の頃は二十の後半、背丈は六尺（約一八二センチ）あまり。男らしい眉と鋭《するど》い目つき、鼻筋の通った顔貌《がんぼう》は、異人のように彫《ほ》りが深い。仁王像《におうぞう》を少しばかり細身にして、滅法《めっぽう》男前にしたらこうなる。

「こ、こりゃあ……」

　言葉を濁《にご》している間に、相手を思い出した。

「源二《げんじ》さん。〝長男だが源二だ〟の高瀬《たかせ》源二さんだ！」

「おうよ、俺《おれ》だ、久しぶりじゃねえか！」

源二は途端に両腕を広げて仰《の》け反《ぞ》り、頑丈《がんじょう》そうな歯を見せて豪快《ごうかい》に笑った。辰吉もつられてエへへとだらしなく笑い、当時の仲間から「仁王像に踏まれた小鬼《こおに》」とからかわれたことまで思い出した。

「元気でやってるか。その様子じゃ元気そうだな。五年前《めえ》、急にマル安運送からいなくなっちまったんで、心配《しんぺえ》してたんだ」

「今はしがない新聞売りでさ。すっかり不義理しちまって。源二さんはずいぶん喋れる言葉が増えましたね、と言いかけて唾《つば》と一緒に呑《の》み込んだ。おもに艀《はしけ》運送や水揚げを渡世とする『高瀬屋』の長男坊は、水主《かこ》同士の諍《いさか》いを仲裁したり、賭博《とばく》から抜け出せない仲仕《なかし》を連れ戻したり、鑑札《かんさつ》を持たない男たちの横行を防いだりと、とかく力に物を言わせた荒仕事《あらしごと》に精を出していた。口から出る言葉といえばわずかに「うめえ、すげえ、てめえ」。あとはたいがい「アレがアレしてアレ」。

——」

横濱の海は遠浅で大船が波止場に接岸できないため、貨物は艀によって積み下ろしされる。『高瀬屋』はその艀を操る船頭や水主、波止場や海上での荷の揚げ下ろし作業をする仲仕などを差配して生計を立てている。辰吉がいたマル安運送は陸送専門だったが、たまたま波止場で争っていた仲仕たちをなだめすかして丸く収めていたところ、駆けつけてきた源二になぜか気に入られたのが出会いのきっかけだった。

――こっちは拳骨《げんこつ》の高瀬、そっちは口車のマル安！

以来、誰かが言い出した揶揄《やゆ》を、褒《ほ》め言葉と勘違《かんちが》いした源二本人が上機嫌《じょうきげん》で使うようになり、辰吉は町中で顔を合わせるたび相棒扱いされたものだ。

それがたったの五年で記憶の端から吹っ飛んでしまったのは、一つには絹の事故で動転していた自分自身の事情もあろうが、もう一つは今の源二から当時のちんぴら風情が綺麗《きれい》さっぱり消えていたからだった。

あの頃は暑苦しいだけの源二だったが、今は三十も間近になって肉付きにも貫禄《かんろく》が出てきたせいか、恐ろしい形相もいくぶん落ち着いて見える。お互《たが》いに懐《なつ》かしさも手伝い、ちょっと伊勢佐木《いせざき》町辺りで飲もうということになった。

「今、どこに住んでんだ」

「妹と二人で弁天通りの土産物屋《みやげものや》に間借りしてるんで。『ぶらぼ』って店です」

「何だ、ずっと目と鼻の先にいたんじゃねえか」

「すぐそこですよ。新聞箱置いて、馬車道通りから伊勢佐木町へ渡りましょう」

北仲通りの『高瀬屋』の方には寄らなくていいのかと尋《たず》ねると、源二は渋面《じゅうめん》を作って手を振《ふ》った。

「勘弁してくれ、今日の仕事は終《しめ》ぇだ。花火のせいで荷揚げが大幅に遅《おく》れてよ、仲仕もそわそわして仕事にならねえ。おまけにイギリス波止場の前で荷車が立ち往生。そっからずっと税関官吏《かんり》まで巻き込んで大喧嘩《おおげんか》よ。毎年のこととは言え、えれえ目に遭《あ》ったぜ……」

「相変わらず源二さんが出張るんですか。現場のことは仕手頭《してがしら》か誰《だれ》かに任せて、跡取りは店ん中でデンとかまえてりゃいいのに」

「この仕事は舐《な》められたら終ぇだ。揉め事になったら、人に任せちゃいられねえ。大黒柱の親父《おやじ》ならいざ知らず、跡取りの俺が率先《そっせん》して動かにゃ、幅きかせてる同業に仕事取られて商売が立ちゆかねえ。さいわい細《こま》けえことは、姉貴夫婦がやってくれてる。俺ぁ店の若ぇもん連れて外にいた方が性に合ってるんだ」

「その顔で若い人引き連れてたら、高瀬一家じゃないですか。よッ、源二親分ッ」

「はは、言うじゃねえか、おめえ口八丁に磨《みが》きがかかったなあ」

腰高《こしだか》の障子や硝子戸《ガラスど》から漏《も》れ出る店の明かりが、薄暗い道に点々と続いている。異人の土産物ストリートという感のある弁天通りは、夕涼《ゆうすず》みに散歩する異人客を見込んで、多くの店が夜まで店を開けている。

源二を表で待たせて勝手口に回ると、白い浴衣姿《ゆかたすがた》の絹が杖をついて辰吉を出迎《でむか》えた。およねさんが店番をしている間、近所の女たちと連れだって湯屋に行ったのだろう。洗い髪はいまだ艶《つや》やかに濡《ぬ》れており、きめ細かい白肌が微《かす》かに上気している湯上がりの素顔は、我が妹ながら天晴《あっぱ》れな美しさだった。

「お兄ちゃん、夕ご飯は？」

「まだだが要らねえよ。珍しい知り合いと会ったんで、一杯《いっぱい》引っかけてくら」

「ちょっと話したいことがあったんだけど……」

「悪《わり》ぃ、明日にしてな。先に寝てていいから。二階上がる時は、くれぐれも気を——」

すると突然、店側の四畳半にいたおよねさんが、ぎゃあと叫《さけ》んで尻餅《しりもち》をついた。見れば源二が硝子戸に張りつき、ただでさえ大きい目玉をひん剝《む》いて中を覗《のぞ》き込んでいる。慌《あわ》てて表に回り、「どうしました」と辰吉が尋《たず》ねると、源二は阿呆《あほう》みたいに口を開けて絹を指差しながら、貧相な言葉数で胸中の感動を打ち明けてきた。

「アレ、おい、すげえ……」

面倒なことになる——。

すっかり五年前の状態に戻ってしまった源二を目の当たりにして、辰吉はその時、漠然《ばくぜん》とそう感じたのだった。

結局悪い予感は的中し、伊勢佐木町の飲み屋では「兄貴に全然似てねえ美人の妹」の話ばかりになった。

「俺もそろそろ嫁をもらわなきゃいけねえんだが、あんな別嬪《べっぴん》なら毎日嬉《うれ》しい。頼《たの》む、ぜひともおめえの妹を俺にくれ」

「とんでもねえ。あいつは足が悪いから、運送渡世の女房なんて務まりませんや」

「なんの。俺ぁ力だけはあるんだ。女の一人や二人、どこにでも担《かつ》いでいける。おふくろも姉貴も下女もいるから、奥のことも心配ねえ。だから頼む、俺にくれ」

どちらもへべれけになった末の押し問答だ。

「駄目ですよ、源二さんは仁王様でも刳《く》り抜き式だから」

「へ、へ、その心は？」

〝頭がからっぽ〟――。

さすがにそこまで言った覚えはないが、翌朝は二日酔いの頭痛に加えて、原因不明のたんこぶが痛んだ。頭をさすって框《かまち》に座っていると、絹が物言いたげに近寄ってくる。

「お兄ちゃん、ほんとに大事な話があるのよ……」

「辰《たつ》ちゃん、ちゃんと聞いてやりな。大体あんた、昨日だって……」

「うんうん、今日は絶対に聞くから。とにかく今は勘弁な、ハイ、行ってくら」

顔を曇《くも》らせる絹とおよねさんの小言を適当にいなして、辰吉は呻《うめ》きながら『ぶらぼ』を出た。

七月のお天道様は容赦《ようしゃ》なく辰吉の脳天と喉《のど》を灼《や》き、水を所望していつもより早く立ち寄った南仲通りの裏長屋では、やはり酒臭い小見山が柄杓《ひしゃく》片手に土間に倒《たお》れていた。なんと瓶《かめ》に水がない。ひいひい言いながら辰吉は裏の井戸を何度も往復し、先に小見山へ水を飲ませてやると、わずかに生気を取り戻した小説家は、「花火が悪い」と青い顔で呟《つぶや》いた。

「あれは大砲と同じだよ。頭の中が吹っ飛ばされて、何も考えられないから飲むしかなくなる。知り合いにばったり会って、結局明け方まで大騒《おおさわ》ぎさ……」

花火を見ると、誰《だれ》でも正体をなくすのだろう。ついでにあの咲という娘の泣きぼくろが頭を過《よ》ぎり、辰吉は顔をほころばせた。

「俺は波止場で美女に会いました。すごく好みの美女。ぱっと咲いて散る大輪の花みてえに、明るいけどどことなく薄幸そうで、はかなげで、淋《さび》しそうでね」

「懲《こ》りないね。幸薄い美女はやめろと言ったろう」

「心配ご無用。薄幸なのは面立ちだけで、実際は何かこう、甘《あま》え声の可愛い女なんで。こういう美女としっぽり花火を見てる男、書いてくださいよ」

「たつ坊、僕《ぼく》はね、今何だか無性に蜆《しじみ》の味噌汁《みそしる》が飲みたいんだ。この長屋には蜆売りが来ない。僕と、反対側の端っこにいる耄碌《もうろく》した爺《じい》さんしか住人がいないからだ。もし今僕に蜆の味噌汁を恵んでくれたら、ずんぐりむっくりの逢《あ》い引《び》きを書いてやってもいい」

「本当ですか」

味を思い浮かべたら、辰吉も無性に蜆の味噌汁が飲みたくなってきた。それと同時に、先ほど『ぶらぼ』の土間に漂《ただよ》っていた匂《にお》いを思い出す。

「そうだ、今朝うちは蜆の味噌汁でした。行きましょ、小見山さんが久しぶりに顔を出したら、きっと絹も喜ぶ」

「いやだ、暑い、出たくない。僕はここで飲みたいんだ」

「何てわがままな御人だろう。だったら諦《あきら》めて下さい。俺は作れねえもの」

どのみち、小見山は滅多に『ぶらぼ』に来ない。年に何度か、絹がお裾分《すそわ》けに持たせた器を、汚れたまま返しにくるだけだ。朝は寝ており、昼間はどこぞの溜《た》まり場でほかの暇人《ひまじん》と将棋《しょうぎ》を指して過ごし、夕はたいてい安い酒場で安酒を呷《あお》り、夜は明かり代を無駄にして『くだん新聞』の連載小説《つづきもの》を書く。辰吉の職を世話してくれた恩人とは言え、自堕落《じだらく》な貧乏《びんぼう》作家をどうして絹がそれほど気に入っているのかは、〝栗毛東《とう》海《かい》〟の泥沼《どろぬま》小説を女たちがもてはやす理由と同じくらい、よく分からない。

「もう。後悔したって知りませんからね」

「僕の後悔は嵩《かさ》み過ぎてる。今さら一つや二つ増えたところで、痛くもかゆくもないんだ」

再び万年床に寝転がってしまった小見山に愛想を尽かし、辰吉は裏長屋を出た。

正午近くになっても一向に気分は良くならず、とうとう居留地の真ん中にある彼我《ひが》公園で休むことにした。日本人にも開かれている場所とはいえ、もと庭師の息子が西洋式庭園に膝《ひざ》を折るとは、父親が知ったらさぞや無念に思うだろうと、辰吉は後ろめたさ半分、クリケット場を囲む木陰に寝転んで目を閉じた。

「辰吉さーん」

蟬《せみ》の声に交じり、何やらハナの幻聴《げんちょう》まで聞こえてくる。辰吉は朦朧《もうろう》としながらも、何とかハナの声を咲のそれに変えようと試みたが、声はますます大きく近づいて来るばかり。ハナの声は「辰吉さん」を繰り返し、そのたび花火のように炸裂《さくれつ》する自分の名が、頭の裏でがんがん響《ひび》いた。

「うるせえ……」

呻いて目を開けたら、本当にハナがいた。

「やっと見つけた。空色の新聞箱の足取りを追うの、大変だったんだから」

「もっと静かに話せって……」

「嫌だ、お酒臭い。それより大変なの。辰吉さん、力を貸して。何でも屋さんでしょう」

「俺は新聞売り。悪ぃけど今はそんな気分になれねえし、お前と遊んでる暇もねえの」

「あたしじゃなくて、昨日会ったお咲ちゃんがすごく困ってるのよ」

「……話してみな。俺にできることなら何でもする」

辰吉の変わり身の早さにもかまわず、ハナは頷《うなず》いて海の方角を指差した。

「――昨日、ジェームズ先生が殺されたの。このままだとお咲ちゃんが疑われちゃう」

2

言わずもがな、辰吉は新聞売りだった。

毎日各種の新聞を売り歩き、ついでに言伝《ことづて》や野菜の配達もすれば、男手のない家に請われて草むしりや水汲《みずく》み、薪割《まきわ》り、修繕《しゅうぜん》、時には独居老人の茶飲み相手もする。だがこうした雑用は請け負えても、さすがに人殺しの下手人を挙げる芸当はできない。ましてや、治外法権が絡む異人の事件だ。

できることといえば咲のそばにいて話を聞くくらいだったが、それでも辰吉はハナに急《せ》かされて、きれいに植樹された幅広の日本大通りを海の方へ走ったのだった。

「お咲ちゃんが疑われるってのは、どういうことだよ」

「あのね、あたしたちと会ったあの時、本当はイギリス波止場の入り口でジェームズ先生と待ち合わせしてたんだって。一緒に花火を見る約束してたらしいの。だけどちっとも現れないから、そのままお家《うち》に帰ったんだって……」

「だったら疑われるこたぁないでしょ。会ってねえんだから」

「先生は、お咲ちゃんとの待ち合わせのために家を出て、それで殺されたのよ」

「一体、どこで」

答える代わりにハナは足を速め、追いかけた辰吉の歩調に合わせて新聞箱の鈴も忙《せわ》しなく鳴った。波止場の入り口へ向かう間にも、ジャーディン・マセソン商会の脇《わき》にずらりと並んでいた人力車夫たちが、興奮した面持ちで次々と東突堤に駆けていく。

「ハナ。先生は、イギリス波止場の東突堤で死んでんのか」

イギリス波止場は、突堤が二本向かい合っており、そのうち東側の突堤は象の鼻のように大きく湾曲して海に迫《せ》り出している。その中ほどに建った簡素な作業小屋の前に、黒山の人だかりができていた。

近づくにつれ、辰吉は我が目を疑った。どさくさに紛れて波止場へ入り込んだ野次馬連中の真ん中で、頭一つ突き出た仁王立ちの男が、制服姿の警官《ポリス》と激しく言い合っている。

「持ち主は確かにお前の店で間違いないのだな」

「だから何度も言わせるんじゃねえ。こっちだっていい迷惑だ。餅《もち》が喉詰まって死んだら下手人は餅屋か。たまたまうちの艀の中で死んでたからって、仕事の邪魔《じゃま》されちゃたまったもんじゃねえ」

「ちょっとちょっと、源二さん。なんでこんな所にいるんで？」

無理やり人垣《ひとがき》の間から顔を出した辰吉に、源二は一目で二日酔いと分かる無精髭《ぶしょうひげ》だらけのひどい面《つら》を振り向けて、「おう、辰吉じゃねえか！」と怒鳴るように言った。

「言ったろ、昨日ここで一悶着《ひともんちゃく》あったって。ようやく収まって今朝仲仕たちが来てみたら、うちの艀にアレが転がってるってんだ。ほら、アレ！」

節くれ立った源二の指の先を見れば、無数に浮かんだ艀の一つに、薄茶の洋服を着た男が倒れていた。栗色《くりいろ》の髪と高い鼻、均整《きんせい》の取れた体格で、すぐに異人と分かった。

ジェームズ先生だ。

不意に命を絶たれた人間を見るのが初めての辰吉は、血の通わぬ軀《むくろ》の沈黙《ちんもく》に畏《おそ》れをなして、さっと目をそらせた。源二は「畜生《ちくしょう》め、こんだけ艀があってなんでうちのだ」と乱れた頭をさらにかきむしる。

警官のそばで縮こまる咲のそばには、すでにちゃっかりとハナが陣取り、「昨日、花火の時お咲ちゃんに会ったんです」とか、「今朝うちの商会の前で挨拶してた時に死体発見の報せが来て」などと、聞かれてもいないことを喋《しゃべ》り続けている。

「辰吉さん。あたし、ミスタ・ゲインズバラの所に戻らなきゃいけないの。ポリスさんがこれから先生を一度警察署に運ぶから、辰吉さんはお咲ちゃんについててあげて。信者さんにはまだ連絡してないし、下男の人もてんてこ舞《ま》いだから、きっと心細いと思うのよ」

「でも、俺がいたって……」

できることは何もないと言いかけ、咲の潤んだ瞳にぶつかった。不安で今にも崩《くず》れそうになった大きな目が、助けてくれと取りすがってくる。

折から聞こえた波の音に、辰吉の心はどきどきと揺《ゆ》れ動いた。

この可憐な泣きぼくろを、本当の涙で濡らしてなるものか。薄幸そうな美女を、本当の薄幸の美女にさせてなるものか――。

「よっしゃ、このコタツがついていきやしょ」

半纏の胸を叩いて言い放った辰吉に、咲ではなくハナが「かっこいい」と手を叩いた。

殺されたジェームズ先生の住まいは、居留地の内外を分ける派大岡川《はおおかがわ》の近くにあった。

海からは離れた一画で、清国人の居住する南京町《なんきんまち》に接している。西洋の商館はベランダ付きの二階屋が多いが、店舗《てんぽ》の要らないジェームズ先生の家は平屋だった。

「ごめんね、辰吉さん……。お仕事があるのに」

「何の、困った時はお互い様でさ。俺みてえなのでよければ、いつでも」

通された台所には、鉄製の四角い竈台《レンジ》と、野菜やパンの載《の》った作業テーブルが置いてある。笊《ざる》いっぱいの赤い唐柿《とうがき》を隅《すみ》にのけ、咲は背もたれのない簡素な椅子《いす》をテーブルに引き寄せて辰吉に勧めた。下男の丸山《まるやま》という男が信者に訃報《ふほう》を伝えて戻って来るまで、ここで待つことにしたのだった。

窓は開け放しているものの、風はそよとも吹き込まない。時間ばかりがじりじりと過ぎ、首に巻いた辰吉のてぬぐいがだいぶ汗を吸った頃、今まで黙りこくっていた咲がぽつりと言った。

「……先生、頭を殴《なぐ》られて、胸を銃《じゅう》で撃《う》たれたみたい。おでこの横が血まみれだったし、左胸は……」

警官《ポリス》に言われて艀《はしけ》の死体を確認した時、薄茶の服の左胸が赤黒く染まっていたそうだ。

「だけどお咲ちゃん、頭から血が出るほどなら、素手じゃないでしょ。相手は銃を持ってるのに、頭を殴る時はわざわざ別の道具を使ったんで？」

「最初誰かが殴って、別の人が撃ったのかしら……」

「失礼ですが、心当たりはねえんで？」

「先生は誰からも好かれてた人よ。殺されるようなことなんて、してない」

ぽってりした唇を嚙《か》みしめてうつむく咲に、辰吉は先ほどから気になって仕方のなかった問いをぶつけてみた。

「花火を一緒に見るって言ってましたけど、その、ジェームズ先生とはどういう……」

「私のこと、とても好きだって言ってくれた。これからの人生を一緒に歩いていきたい、愛してるって」

愛してる。耳慣れない言葉に背中がこそばゆくなり、辰吉は落ち着きなく体をもぞつかせた。「それで、お咲ちゃんは……」

「嬉しかったけど、先生は異人さんだもの。それに四十近いのよ。お気持ちは受け取れないって言ったら、とっても悲しそうに笑って――」

日本で覚えた、お得意の台詞《せりふ》を言ったのだという。ソーデスネ、アナタ、ソノトーリ。

ジェームズ先生は、アメリカから一旗揚げようと香港に渡り、数年前に横濱へ来た。汽船会社で働くかたわら、昼時や日曜に自宅で熱心に布教活動をしていたという。いつも眠《ねむ》たそうな目が優しげで、誰に対してもゆっくりと穏やかに話し、その人柄に惹《ひ》かれて集まる信者も多かった。咲もまた先生の信じる神だからこそ、信じてみようという気になったらしい。

「先生のお申し出を断ってしまって、私とても心苦しかったの。だから、花火を一緒に見ようってお誘いは、私がこれからも気兼ねなく働き続けられるようにっていう先生の心づかいだったと思うの」

「お咲ちゃんは、なんで先に待ち合わせ場所へ？」

「私は次の礼拝に必要な品を買い足したりする雑用があったから、ひと足先に出たの」

そうして後から家を出たジェームズ先生は、向かいの商会の使用人に挨拶したのを最後に、雑踏の中へ消えた。翌朝死体で発見されるまでの経緯は、今のところ分からない。

「だけどこんなことになるなら、一緒に出かければよかった……」

「泣かない、泣かない。泣いたら美人さんが台無しですよ。あんたのせいじゃないんだから、ね」

誰かが痛ましい目に遭《あ》った時、周りの者は何をしても必ず後悔するものだと、辰吉は泣き出した咲を慰《なぐさ》めた。辰吉自身、あの時ああしていればこうしていればと、絹の事故の因果を遡《さかのぼ》り遡りして、なぜ自分の目の届く所に置いておかなかったのかと、今でも詮《せん》ない後悔をし続けている。それと同じ思いを、咲にさせたくはなかった。

「お咲ちゃんが悲しんでたら、きっと先生も浮かばれねえ。生きておられた時のことを話してくださいよ、ね」

咲はしゃくり上げながら、いじらしく頷いた。

「前にね、神様からのお告げを受けた時はどんな感じがしたのか、先生に聞いたことがあったの。日本に来る船上でのことよ。先生は当時気鬱《きうつ》の病に罹《かか》ってらして、気分を晴らそうと甲板に出たんですって」

季節は夏。香港からの蒸気船は、群青《ぐんじょう》の海を裂いて江戸湾に舳先《へさき》を向けていた。甲板に出たジェームズ先生の青い眼《まなこ》いっぱいに映ったのは、あたかも天空の宮のごとく悠然《ゆうぜん》と浮かび上がった、富士山の雄姿だった。

「その時、花火みたいに心の中でパアッと光が弾《はじ》けたんだって。それで神様の声が」

――〝悔い改めよ、神《デウス》の愛に生きよ〟

「それで先生は、横濱の地で神の教えを広めることにしたの。自分の心に従って耳を澄《す》ませれば、必ず私たちにも神様の声が聞こえるって。自分が善《よ》いこと、正しいことと信じるものの僕《しもべ》となれって」

よどみなく語られる信仰の道に辰吉が応《こた》えあぐねていた時、玄関の呼び鈴が鳴った。下男の丸山が帰ってきたのかと思い、咲と二人で廊下に顔を出すと、細い弁髪《べんぱつ》を垂らした小柄《こがら》な清国人が戸口に立っていた。商人とも労務者とも見えない、動きやすそうな清国の短衣を身につけた、職人風の中年男だった。

「ミスタ・ジェームズはどこか。留守か」

「お宅はどちらさんです」

「ワタシ洋琴《ピアノ》屋の洪《こう》よ。堀川の前に店ある。ここのピアノもワタシ作った」

無愛想だが、口調は誇《ほこ》らしげだった。

南京町には、輸入商や両替商のほかにも、ペンキ工、印刷工、大工、西洋家具を手がける職人も多く住んでいる。居留地で生活する西洋人相手に商売をするだけでなく、開港当初の日本人に西洋文化の一端を教えたのは清国人だ。彼らは上海《シャンハイ》などの都市で技を学び、西洋商会の横濱進出にともなって一緒に来日する。

ピアノ製作の職人も、そうした経緯でやって来たのだろう。

清国人の視線につられて辰吉が玄関脇の広間を見ると、通りに面した窓際に焦《こ》げ茶色の小さなピアノが置いてあった。神を讃《たた》える歌を、皆で歌う時のためらしい。

「ミスタ・ジェームズ、いないのか。ワタシ昨日の話、続きしようと思って来たね」

「えっ、ジェームズ先生に昨日会ったんで？　いつ」

「花火始まる前、ここで商談したよ。ミスタの知り合いがピアノ売りたい、だからワタシに買い取りできるか聞いた。でもワタシ、ピアノ作るの人だから、他人のピアノは引き取れないと断った。それからミスタ、用事あって家出たね」

咲は辰吉と顔を見合わせ、小さく首を振った。咲が知らないとなると、ピアノ屋が来たのは咲がここを出た後だ。

「ワタシ一晩考えて、ちょっと気になった。だからもう一度来た。ミスタはどこか」

咲はしばし悩んだあげく、「先生は亡くなられた」と打ち明けた。それが銃殺であると知るやいなや、清国人は滑稽《こっけい》なほど慌《あわ》てふためいて踵《きびす》を返した。

「ワタシ関係ない。巻き込まれたら面倒。帰る」

「そんな殺生な。もう少し詳しく昨日の様子を聞かせてくださいよ」

二人で懸命《けんめい》に引き留めたが、ピアノ屋は「やだやだ、ワタシ真面目《まじめ》に生きてる」と心底迷惑そうに手を振り、それから思い出したように付け足した。

「それなら、ワタシよりずっと怪しい奴いた。これほんと。ピアノの話してるの時、窓の外、こちら見てる日本人いたね。ワタシ帰る時もまだいた」

「本当に？　そいつぁどんな奴で」

年は辰吉より少し上、欧米商館かホテルの従業員風情《ふぜい》だったという。怖い顔で睨《にら》んでいたから、ここの信者ではないと清国人は断言した。

「何か恨みある奴に違いないよ。欧米商館の従業員だったら、主人の護身用拳銃《けんじゅう》持ち出せる。ポケットに隠して、ミスタの後つけて、バーン」

親指と人差し指で銃の形を作りながら、清国人は無関係を強調してそそくさと去り、咲は「従業員風」の男にもやはり心当たりはないと首を傾《かし》げた。

どんないい奴も、知らずに誰かの恨《うら》みを買っているのが世の常だ。辰吉はそこでふと、先生が船上で聞いた神の声は、一体何を悔い改めよと告げたのだろうかと思った。


それから続々と日本人信者が集まり出した。

その数、十数人。老若男女、中には若い母親に手を引かれた五歳ほどの女の子までおり、辰吉は改めてジェームズ先生の人徳に驚いた。

「ぐるもうねん、ぽっぽちゃん！」

先ほどの女の子が、棚《たな》に飾ってあった鳩《はと》の置物に英語で挨拶し、悲嘆に満ちた室内を少しだけ和《なご》ませる。顔なじみに囲まれ、咲もだいぶ落ち着いてきたようだし、部外者がいればかえって邪魔《じゃま》になるだろうと考えて、辰吉は帰ることにした。

「それじゃお咲ちゃん、俺は一度おいとまします。もし警察が来たら、さっきのピアノ屋とか、従業員風の日本人のことなんかを話しておけばいい。お咲ちゃんは何も悪いことしてないんだから、胸張りましょ。また様子を見にうかがいますんで」

「ありがとう。辰吉さんが一緒にいてくれて、本当に心強かったわ」

潤んだ瞳に見つめられ、不謹慎《ふきんしん》に心が躍《おど》ってしまった辰吉だったが、ひとたび咲のもとを去ってしまえば、色気より食い気だった。朝飯を抜き、昼の時間もだいぶ過ぎたので、とにかく腹が減っていた。

何より喉が渇《かわ》いてたまらず、咲の持たせてくれた笊いっぱいの唐柿を一つ試してみたら、酸味が強くて食べられたものではなかった。転げるように弁天通りの『ぶらぼ』へ戻ると、およねさんは出かけており、店番をしている絹は辰吉手製の脇息《きょうそく》にもたれかかって「お帰り」の一言もない。ひとまず水をがぶがぶ飲んだ。

「絹、何でもいいから食うものないかな。俺もう腹ぺこで」

「およねさんと全部食べちゃった。お兄ちゃんがお昼に帰って来ないから」

「あのね。兄ちゃんは午前中いっぱい、そりゃあもう忙しかったの。異人殺しに巻き込まれた美女に頼られて、ずっと付き添ってたんだ。嘘《うそ》だと思うなら、ハナに今度聞いてみな」

いつもなら話に興味を示す絹だが、こちらに背を向けたまま売り物の団扇《うちわ》をあおぐばかりで、いっこうに乗ってこない。辰吉は店側の四畳半に入り、絹の正面に回って笊を差し出した。

「ほら、美女からもらった唐柿。英語ではトマトって名前で、何と食うんだってよ。煮《に》たり焼いたり、生の菜っ葉に混ぜたりな。日本じゃ観賞用にしかならねえってのに、さすが異人は変なもんが好きだよな」

絹はちらりと一瞥《いちべつ》して、また開け放した戸の外に目を戻した。妹の不機嫌な理由に思いいたった辰吉は、笊を置いて腹をくくった。これが済まねば、いつまでたっても飯にありつけない。

「ところでお前、兄ちゃんに話があるって言ってなかったか。それで美女を突き放して、急いで帰ってきたんだ。ごめんな、遅くなっちまって。話ってえのは何だ」

案の定、絹は初めてまともに兄を見返し、わずかに居住まいを正して話し始めた。

「ここへいつも団扇を買いに来るフランス人の旦那《だんな》さん、知ってるでしょ」

「あの、ウシワ・シルヴプレーのやつだろ。あんだけ買えば、台風だって起こせらあな」

「デュボワさんておっしゃって、居留地のウォーター・ストリートで時計を扱ってるかたなの。職人さんを一人雇ってらして……」

「ふうん」

「一緒に住まないかって、言われた」

辰吉は最初耳を疑い、面食らって瞬《まばた》きを繰り返した。咲とジェームズ先生の問題だった対岸の火事が、突然こちらに飛び火した感じだった。「何だと……?」

「若い頃に奥さんを亡くされて、お子さんもいらっしゃらないからずっとお一人なんだって。傷心抱えて横濱に来て、そこで私に出会ったのは運命なんだって」

ようやく事態を呑み込むや、かっと頭に血がのぼった。どいつもこいつも、異人は平気で歯の浮くような台詞を言いやがる。絹に色目を使っているのは知っていたが、兄の留守を狙《ねら》って言い寄ってくるとは、卑怯《ひきょう》にもほどがある。

「まさか、その申し出、受けるつもりじゃないだろうな」

「それもいいかなと思ってるのよ。だって異人さんのお宅には、椅子があるもの。生活するのも便利でしょう」

辰吉の顔は朱を通り越して青くなった。この先、絹が惚《ほ》れた相手と一緒になれるとは楽観的な辰吉もさすがに信じていなかったが、少なくとも一人の女の一生を、椅子と同じ俎上《そじょう》に載せて論じる道理はないと思った。ジェームズ先生を尊敬していた咲でさえ、「異人だから」という理由で夫婦《めおと》約束を断った。恐らく横濱にいる妙齢《みょうれい》の娘たちにとって、異人と一緒になるというのは、それほど大変なことなのだ。

「冗談じゃねえや。兄ちゃんは絶対許さないからな。大体お前はそれでいいのか。本当にそいつがいいのか。お前だって、そんなハゲじじいに好きで嫁ぎたいわけじゃないだろ」

「だけど、あの人は私のことかわいそうかわいそうって言わないもん。お兄ちゃんがいつも私のこと憐《あわ》れんでるの、嫌なのよ」

「憐れんでるたぁ何だ。心配してるだけだろ。兄ちゃんが妹の心配して何が悪い」

「じゃあお兄ちゃんはどうするの。ずっと一緒に暮らせるわけないじゃない。この先ずっと私のこと気にして過ごすの？　お嫁さんに、三人で住もうって言うの？」

「へっ、甘く見んなよ、お前に嫁の心配してもらうほど甲斐性《かいしょう》なしじゃねえや。お前こそ何だ、椅子だの時計だのにつられやがって」

「何よ、その言い草！」

　飛んできた唐柿を辰吉がうっかりよけた瞬間、背後でぐしゃっと嫌《いや》な音がし、振り返った先にいつの間にか立っていた小見山の顔面が真っ赤に染まっていた。熟《う》れきった中身が顎《あご》からしたたり、絹が兄の分と一緒に仕立ててやった三筋立《みすじだて》の単《ひとえ》にぼたぼたと落ちた。

「こ、小見山さま……」

絹は凍《こお》りつき、辰吉は染みついた江戸の記憶に身体《からだ》が従って、考えるより先にその場へひれ伏していた。

「と、とんだご無礼を」

「よしなさい。僕はもう侍《さむらい》でも何でもないんだから」

持ってきた風呂敷《ふろしき》を店先に置き、唐柿まみれの小見山はそのまま一言もなく背を向けた。慌てて後を追おうとした絹を制し、辰吉は弁天通りに飛び出した。上半身がぴくりとも動かない歩き方をしておいて、もう侍じゃないと言われても困る。辰吉が背後に付くと、小見山はいまだ昨夜の酒が抜けないのか、蜆の味噌汁を食い損ねたからか、抑揚のない鬱々とした声で尋《たず》ねてきた。

「妹御に何があった」

「ハゲじじいの異人と一緒になるなんて言い出しやがったんで……」

「乗り気なの」

「そんなわけないでしょ。この先俺の足手まといになるんじゃねえかって、気にしてんです、あいつ。気に病むことなんて、何もねえのに」

「妹御は自棄《やけ》になると何をしでかすか分からない。ちゃんと見守っててやりなさいよ」

「こいつはかなわねえや――」

　年に数度しか顔を合わせない小見山が、絹の性分を兄よりよく分かっている。これでは絹が小見山を気に入るのも無理はないと、辰吉は密《ひそ》かに舌を巻いた。はからずも小見山の受難で、辰吉自身の昂《たか》ぶっていた気持ちも少しほぐれた。

「ところで、何の御用だったんで？　あの風呂敷は一体……」

「借りっぱなしだった器。あとは横濱銘菓《めいか》の〝かりんとう〟も入れておいた。着物を仕立ててもらった礼もあったんだが、言うのを忘れたな」

「それにしたって間《ま》が悪い。どうして今になって返しに来るんですか」

「筆立て飾りの孔雀《くじゃく》の羽で、部屋の蠅《はえ》を追っていたんだが、ちっとも数が減らない。どこに集まるのか探してみたら、固まったぼた餅の残りに突き当たったというわけだ」

　返事をする気も失《う》せたその時、十メートルばかり先の辻《つじ》を二人の男が過ぎていった。ともに羽織姿の商人風だったが、堂々とした恰幅《かっぷく》のよい男に比べて、チョビ髭《ひげ》の旦那はいかにも小柄で頼りなかった。その飄々《ひょうひょう》とした足取りにつられ、辰吉は思わず口を開いた。

「俺、今あの人の家に新聞配達してるんです。『絵入朝野《えいりちようや》』」

「へえ、そう」

「言伝《ことづて》があれば、俺が直接言いに行けますよ。野毛の『くつろぎ亭』の年増を通さなくても、俺に任せてくれれば大丈夫です」

「まいったな」

小見山は瘦《こ》けた頰《ほお》をゆがめて苦笑し、ふいに身を屈《かが》めて辰吉に囁《ささや》いた。

「たつ坊《ぼう》は、あの人が何者なのか知ってるか」

「名前と、野毛《のげ》のお宅しか知りません。けっこうなご身分の御方だとは思いますけど、一体何をされてるかたなんです？」

「今は伏せておこう。じつはここだけの話、あの御仁のご息女が僕の小説にぞっこんで、いつも父親交えて逢い引きしてるんだ。お嬢様《じようさま》に妙《みよう》な噂《うわさ》が立っちゃあ困る。内緒だぜ」

「ああ、そういうことで……」

納得はしたものの、すでに妙な噂になるような間柄なのかと辰吉は邪推《じやすい》し、けなげな絹の恋心が金満家の娘の色情に負けた気がして、我知らず口をへの字に曲げた。知らないでしょうが、絹だって毎日欠かさずあんたの小説を読んで、毎日俺からあんたの様子を聞きたがるんだ。どこぞの父娘《おやこ》と高価なシチュウを愉《たの》しむ時間があったら、一度くらい『ぶらぼ』で一緒に飯を食ってくれたっていいでしょう――。

小見山とチョビ髭の旦那の内幕など知りたくはなかったし、絹の縁談を聞いたすぐ後に、しゃあしゃあと別の娘の話をする小見山にも腹が立った。怒るのは筋違いだと分かってはいても、絹の思いを考えるとどうにもやるせない。

今日は何だか日が悪《わり》ぃや――。

元濱町の溜まり場に行くという小見山と別れ、それから辰吉は太田町の一膳飯屋《いちぜんめしや》でアイナメの煮付けを食った。せっかくの好物も、今日は味がしない。新聞箱を取りに戻らねばならなかったが、絹の待つ『ぶらぼ』へ戻る気にもならず、そのまま腹ごなしも兼《か》ねてぶらぶらとイギリス波止場へ向かうことにした。

丸みを帯びた水平線の向こうには、夏らしい入道雲。群青の海にひるがえる、真っ白なカモメの群れ。ごみがそこかしこに散乱した祭りの後の海岸通りでは、一直線に並んだ大手商館、銀行、ホテルなどが土ぼこりに霞《かす》み、日本人の荷運び人夫ばかりが、うだるような暑さの中で動き回っている。

ぬるく湿った海風が、汗ばんだ辰吉の髪をなぶった。

昨日、この通りは花火が始まる前からひどい混みようで、おまけにイギリス波止場の東突堤にはずっと源二たちがいた。

あの人混みの中、昼間にこの場所で先生を殴打《おうだ》して射殺し、艀に転がすのは当然無理。では花火が終わってから夜陰に乗じて殺したのかというと、それでは逆に発砲音が目立ってしまうし、先生が咲との待ち合わせ時間に現れなかった説明がつかない。

ジェームズ先生の家は海から遠いと言っても、せいぜいが狭い居留地内のことだから、波止場までの距離はおよそ一キロ弱。男の足で普通に歩いたら、十五分もかからない。恐らく、波止場に来るまでのわずかな間に先生の身に何かが起こり、下手人は夜になって死体をここへ始末しに来たのだろう。

そうなると怪しいのは、昨日先生宅を睨んでいたという「外国商館の従業員風」の男だ。

辰吉はなおも考えようとしたが、絹のことが気になって集中できない。『時事新報』でたくさんの儲《もう》けを出した昨日と違い、その日は夜まで粘《ねば》っても、結局新聞はさっぱり売れなかった。

だが数日後、事態は簡単に転がる。従業員風の男の正体が分かったと、咲本人が辰吉へ知らせに来たのだった。

3

咲が『ぶらぼ』を訪れたのは、ちょうど辰吉が昼飯を食いに戻って来た時だった。好奇心丸出しのおよねさんの視線に耐《た》えかね、連れだって行きつけの一膳飯屋へ行くことにする。昼時で混み合っている店内の隅に首尾良く落ち着き、辰吉はふっくらした身のカレイの塩焼きとエンガワの炙《あぶ》り、咲は大根おろしを添えた穴子《あなご》の白焼きを頼んで、ようやく本題に入った。

「それで、ピアノ屋の目撃した従業員風の男が分かったってえのは……？」

豆腐の味噌汁を啜《すす》って尋ねた辰吉に、咲は順を追って説明を始めた。

ジェームズ先生の遺体は、夏場ということもあり早々に山手の丘の外人墓地に埋葬された。追悼《ついとう》のため信者同士で先生の宅に集まっていたところ、玄関脇で待っていた洋装の男が、五歳の女の子とその母親に詰め寄ったのだという。

辰吉は、鳩の置物に「ぽっぽちゃん！」と挨拶していた女の子を思い出した。どうやら、男はその母親のもと夫であるらしい。名前は、「野間口銀太《のまぐちぎんた》」。

「居留地のホテルで日本人給仕《ボーイ》をしてるらしいの。そこまでは教えてもらったんだけど、さすがにもと御主人が先生を殺したかどうかなんて聞けないでしょう？」

ハナに何をどう吹き込まれたか知らないが、咲は辰吉が何でも屋だと思っている様子で、要はその辺りを探ってほしいらしい。だが正直なところ、絹のことで頭がいっぱいの辰吉は、もうそれどころではないというのが本音だった。

「変なのはそれだけじゃないの。これ見て」

言うなり、咲は亡くなったジェームズ先生のポケットに入っていたという革表紙の聖書を差し出してきた。

「これは先生がいつも持ち歩いている聖書なんだけど、警察から返されたのを見てみたら、中の一枚がなくなってたの。急いでちぎったみたい。何か事件と関係があるんじゃないかと思って……」

「でもその時になくなったとは限らないでしょ。ずっと前から破ってあったのかもしれねえし。ホラ、例えば便所で拭《ふ》くものがなくて……」

「神の本よ、辰吉さん！　その日私が出かけるまでは、確かにあったの。先生はお気に入りの揺り椅子に座って、次の礼拝で教える箇所を読んでらした。この前の続きだから分かるの。聖書の中の『EPHESIANS《いふぃーじやんず》』という書の四章、十七番目の節からよ。それそこの部分が、栞《しおり》だけ残してちょうどなくなってるの。家中探したから確かよ。それにほら、表紙のこことここ、血みたいな染みがあるでしょ……」

　つまり咲の主張する所によれば、先生は聖書を持って出かけ、殺されるまでの間に破ったに違いないという。

「そのこと、警察《ポリス》には……？」

「言ってない。怪しい男がいるって訴えても、端《はな》から相手にされなかったもの。聖書のことなんて、話すだけ無駄よ」

　警察がジェームズ先生との仲を聞きつけ、何度も咲を訪ねるようになったことは、ハナから聞いて知っている。先生の机の引き出しから拳銃が見つかったことも、警察が咲を疑う一因になっているらしい。

「あたしがジェームズ先生を殺すわけないじゃない。でも自分が疑われることより、見当違いの捜査で下手人を逃してしまうことが口惜《くちお》しいの」

　咲はそう言ってポリスの無能を憤《いきどお》ったが、それより辰吉を本当に動揺《どうよう》させたのは、大人びて見えた娘が、まだ十六だと思い知らされた次の一言だった。

「どのみちポリスは嫌いよ。えばってるんだもの。もとお侍さんが多いって聞くけど、私お侍さんがどれだけえらかったかなんて知らないもの」

　その時辰吉は一瞬異人を見る思いで咲を眺め、侍の世を知らない明治生まれの娘との埋められない溝を感じた。たった七つの年の差で、「世界」はこうも違うのだ。古い心身を引きずる辰吉などの人間がいる一方で、ここには前だけを見つめる咲のような新しい人間がいる。

庭師をしていた辰吉の父親は、死ぬ少し前にぽつりと「町が壊れた」と呟いた。今にして思えば、それは江戸の町が三百年に亘《わた》って綿々と培《つちか》ってきた「心」や「好み」や「考え方」の終焉《しゅうえん》を意味していたのだろう。荒れ果てていく武家屋敷は、庭師や昔ながらの「庭」を愛した人間にとっての、世界の終わりだったのだ。そうして明治の東京では、それぞれ個々の世界を失った大勢の江戸生まれが、失意の内にみずから命を絶った。

今、石の壁《かべ》を持つ西洋風の新しい街並みを歩きながら、辰吉はかつて通った小見山家の長い塀を思い出す。赤坂にあったその屋敷に行けば、いつも庭に面した部屋から秀才と名高い小見山家の次男坊が現れて、「やあ、たつ坊……」と気さくに笑いかけながら、甘い金平糖《こんぺいとう》をくれたものだった。だが今の小見山は、ほとんど辰吉と目を合わせない。恐らく武士の世が去った時、まっすぐにこちらを見つめてきた秀才の世界も潰《つい》えたのだ。

古い世界と新しい世界か――。

この先続々と産まれてくる明治人に辰吉が呆然《ぼうぜん》と思いを馳《は》せていると、咲が聖書を畳《たたみ》に滑《すべ》らせて寄こした。

「これ、渡しておくわね」

「うん……、じゃあ一応、預かっておきますんで」

気乗りせず、ぞんざいに聖書をふところへしまった辰吉を、咲はまじまじと見つめた。

「辰吉さん、何かあったの？　さっきからずっと上の空で、浮《う》かないお顔。やっぱりご迷惑だったかしら。あたし、おハナちゃんと辰吉さんの好意に甘えてつい……」

「あ、違うんで」

辰吉は慌てて頭《かぶり》を振り、迷った末に自分の内情を打ち明けた。妹がいること。片足が不自由なこと。年を食ったフランス人から求婚されていること。

「両親が死んでから、ずっと妹の面倒《めんどう》を見てきたつもりだったんですがね、こういうこたぁ苦手で、もうどうしていいか……。すいません、つまらねえことを」

「ううん、そんなことない」

咲は熱っぽい潤んだ眼差《まなざ》しで、真剣に見つめ返してきた。

「辰吉さんが妹さんを思っているのはすごくよく分かる。でも、士族や大店《おおだな》じゃあるまいし、一番大事なのは妹さんの気持ちだと思うの。辰吉さんは自分の考えを押しつけないで、妹さんを見守ってあげるだけでいいんじゃないかしら」

何とも進んだ娘の物言いに、辰吉はまた少し面食らった。青く、若々しく、眩《まぶ》しい明治生まれの咲は、異人の口説き文句に似た率直さで、妹の決断に任せろと事も無げに言う。だがその「妹の気持ち」とやらが一番不安定だからこそ困っているのであって、「自棄になると何をしでかすか分からない」という小見山の見立ての方が、よほど的を射ている気がする。

それでもいくぶん胸のつかえが取れ、気持ちに余裕が出てきた。

「ちなみにお咲ちゃんは、どんな男がいいんで？」

「あたしはやっぱり、外見《みてくれ》よりも心根の優しい人がいいな。そこはおハナちゃんと同じなの。明るくって、面倒見が良くって、まめまめしく働く人が好き」

「そりゃあまさか……」俺のことじゃあ——。

ぽうっと頭に血が上り、咲の泣きぼくろを前にして、絹のこともフランス野郎のことも霞んでしまった。明らかに辰吉に気があるハナと「同じ」ということは、咲もまたまんざらでもないのだ。

湯呑みを持った辰吉の手に、しっとりした手が重ねられた。

「それじゃあ辰吉さん、どうかお願いね」

「もちろんで！」

ふところに入れた聖書を半纏の上から叩き、辰吉は威勢良く請け負った。

ともあれ、咲はいい娘《こ》だ。しんなりした薄幸そうな風情とは裏腹に、芯《しん》が強く、自立した考えを持ち――そして俺に惚《ほ》れている。

うまくおだてられた気がしないでもなかったが、そこはあまり深く考えないことにした。


咲から事情を聞いた翌日、辰吉は海岸通りから一本裏手に入った〝ウォーター・ストリート〟こと水町《みずまち》通りにいた。一帯には異人の商館が軒を連ねており、絹を口説いたフランス人の時計店もそこにあったが、今日の目的は残念ながら別の所にあった。

『HOTEL CAESAR』という英字の看板《かんばん》が掲《かか》げられた扉を、旅行カバンを持った異人たちがひっきりなしに出入りしている。日本見物に訪れた旅行客や仮住まいの滞在者が、海沿いのグランドホテルよりは安かろうと利用する、異人専用の『シーザーホテル』だ。

鉄柵の脇に陣取る人力車夫とたわいない話に興じながら、辰吉は辛抱強くホテルの様子を窺《うかが》った。咲の甘い「お願いね」にほだされて一役買うことにしたのは、我ながら情けない。だが男子たるもの、一度頼まれたことは最後までやり遂《と》げるのが筋だ。

ようやくホテルから出てきた日本人の従業員に、くだんの「野間口銀太」を呼んできてもらう。ややあって現れた野間口は三十歳と聞いていたが、頭ばかりでかい顔は年よりずっと若く見え、急勾配《きゆうこうばい》のなで肩のせいか、黒いチョッキも蝶《ちよう》ネクタイもあまり似合っていなかった。

「誰だあんた。俺に何の用だよ」

「新聞売りのコタツって者です。どうもお忙しいところ申し訳ねえ。じつは、こちらのホテルに日本語の新聞を入れていただけないかと思ってるんですけどね、『ジャパン・メイル』の配達人から、こちらで働く野間口さんて方なら何とかしていただけるとうかがったんで……」

『ジャパン・メイル』は横濱の異人によく読まれている英字新聞だ。辰吉は取り扱っていないが、ホテルなら当然置いてあるだろうと踏んだ。

「俺はただのボーイだぜ。支配人に話つけろよ」

異人のもとで働いている日本人は、自分まで肌の白い人間だと思い込んでいる節があり、ほかの日本人に対して横柄な態度を取る者が多い。邪険に追い払う仕草をした野間口に、辰吉はすかさず「あれ？」と畳みかけた。

「おたく、この前ジェームズ先生のお家の前にいませんでしたか？」

「知らねえな。人違いだろう」

「いや、確かに見た。自慢じゃねえが、人の顔を覚えるのは得意なんでさ。あれは確か……そうだ、花火の日だ。先生のお家の前にいたでしょう」

にきび跡の残る浅黒い顔が、険悪に引きつった。嘘《うそ》をつけない性分と見たが、力に訴えられても面倒だ。

「離縁した女と娘《むすめ》が、奴の家にいたんだよ。あの異人に妙な教え吹き込まれて、気色が悪いったらねえ。だが離れて暮らしてたって、俺の娘だからな。集会に乗り込んで、やめさせようとしたんだ。お前、年はいくつだよ」

「へ？　二十三ですが」

「だったら分かるだろう。耶蘇《やそ》教嫌いはな、もう理屈じゃねえんだよ」

明治六年――。キリスト教が解禁になったのは、今からたった十年前だ。それまではこの横濱の地でさえも、異人の神は彼らの風貌と同様に異様だった。お上が「害悪」と認めている以上、どんなに理路整然と神の道を説かれても、日本人にとっては受け入れがたいものの一つに違いない。幼い頃にすり込まれた物事の是非《ぜひ》は、政府の方針のように二転三転はできないのだ。

ここにもまた古い世界に属している人間がいた、と思いながら、辰吉は何気ない風をよそおって顎をさすった。

「ははあ、それで文句を言おうと。……あれ、でもおかしいな。あの日俺は下男の丸山さんに新聞代を請求しに行ったんですが、信者さんはいませんでしたよ。うん、丸山さんもお咲ちゃんもいなかった。花火ですからね。だから先生も——あッ！」

辰吉はそこで大げさに腰を引き、野間口を指差した。

「先生が死んだのはあの日だ。ま、まさかあんたが！」

言い終わらないうちに飛んできた拳《こぶし》を、最初の一発だけかろうじて避《よ》けた。続けざま襲《おそ》ってきた二発目をまともに腹にくらい、反動で振り回した新聞箱の鈴が耳障りに鳴った。喧嘩《けんか》好きな人力車夫たちが、とたんに騒ぎ出す。

「待って、待って。待たないと困るのはあんたですよ」

次の拳が来ないうち、辰吉は素早く二メートルほど離れて手を広げた。とっさに新聞記者の富田のやり口を思い出し、春に手ひどくやられた分、利用させてもらうことにした。

「知り合いの新聞記者が、この事件を追ってる。ポ、ポリスにも伝手《つて》がある奴で」

「てめえ、俺を脅《おど》してんのか！」

「このままじゃ、あんたが疑われちゃいますよ。可愛い娘さんだっているんでしょ。殺《や》ってないなら、正直な所を話してくださいよ。そうしたら、ちゃんと俺が記者に伝えますから。さもないと、明日の『はまなみ新聞』にあんたの名前が載《の》りますよ」

殴られた腹の辺りがむかむかしたが、辰吉は笑顔さえ作って「ね、ね」と野間口をなだめ続けた。肩で息をする野間口は、それでも凶暴そうな細目を光らせて唸《うな》りながら、吐き捨てるように言った。

「俺は殺してねえ。尾《つ》けただけだ」

「尾けた？　先生をですか。何でまた……」

「最初は奴の家に怒鳴り込むつもりだった。だが頃合いを見計らってるうちに奴は出てった。それで、途中で話をしようと後を尾けた」

自宅を出たジェームズ先生は、この水町通りにある一軒の商館に入り、いつまで経《た》っても出てこなかった。諦《あきら》めた野間口は、そこで花火を見に行ったのだという。

先生は咲と待ち合わせる前、別の場所に立ち寄ったのだ。

辰吉は新たな展開に興奮し、咲が預けてきた物を急いで新聞箱から取り出した。

「じゃあ野間口さん。この聖書、見たことあります？」

「何だそりゃ」

「ジェームズ先生がいつもポケットに入れて持ち歩いていた神の本です。野間口さんが先生を尾けた時、道中この聖書を取り出しませんでしたか」

「知るかよ」

けんもほろろな口調だったが、嘘をついている感じはなかった。そうなると咲の推測通り、殺されるまでの間に頁《ページ》を破った可能性が高い。

ならば問題は、ジェームズ先生が入って行ったという商館だ。

辰吉は野間口から詳しい場所と店名を聞き出し、ホテルを去ったその足で、意外にも目と鼻の先にあるその商館へと向かった。

『Carter & Co.』。

野間口によれば、この『カーター商会』はおもにアメリカから雑貨を輸入しており、以前は香港で商売をしていたが、一年前の秋に来日してここへ店をかまえたという。噂ではずいぶん強引なやり方で前の借り主を追い出したらしく、近所での評判は芳《かんば》しくない。

辰吉は日陰になった通りからベランダ付きの二階屋を見上げ、あれこれ考えを巡《めぐ》らせた。以前は香港にいたというのが引っかかる。ジェームズ先生もアメリカ人で、日本に来る前は香港にいた。もしや二人は、香港時代の知り合いだったのではないか。

とにかく、先生は何らかの理由で『カーター商会』を訪ね、その後咲との約束に現れなかった。つまり、先生はここで殺された可能性が高いということだ。『カーター商会』は海岸通りの一本裏で、イギリス波止場にもほど近い。日中、カーターがこの家で先生を殺したのなら、花火の音で銃声はかき消されただろう。店の向かいは海岸通りに建つ商会の倉庫になっているため、夜陰に紛れてこっそり死体を運び出しても見られる心配がない。

さて、どうしたものか——。

せっかく怪しい男を突き止めたものの、次の一手が見つけられずに辰吉は唸った。まさか商会に踏み込めるわけもない。居留地の開け放たれた窓から漏《も》れてくる様々な国の言葉は、辰吉こそがここでは異邦人なのだと告げてくるようで、さしもの口八丁も治外法権の壁に阻《はば》まれてしまえば、もう手も足も出ないのだった。

南無三《なむさん》、今日はここまでだ。

尻尾《しっぽ》を巻いて退散しかけたその時、ポーンという何かの音が辰吉の耳を打った。しばし立ち止まり、カーター商会の物音に耳を澄ます。と、再び一つ。ポーン。

やがて日本の楽器ではありえない粒《つぶ》だった旋律が、一階の奥から流れ出てきた。

ピアノだった。

「何だお前、何しに来た。ピアノ買う気ないなら帰れ」

壁に掛かった道具、複雑な形をした部材、中身が剝《む》き出しになった数台のピアノ、作業机、丸椅子――。雑然とした工房に埋もれた小柄な清国人は、声ばかり大きく張り上げて辰吉をあしらった。

「見ての通り、ワタシとても忙しい。お前と遊んでる暇ないよ」

ほかに従業員が二人、時おり首に巻いた手ぬぐいで額《ひたい》の汗を拭《ぬぐ》いながら、黙々と象《ぞう》牙《げ》の鍵盤《けんばん》をはめ込んでいる。どのピアノも前板ははずされており、ぴんと張られた無数の弦《げん》が精巧な部材と組み合わさっているのが見えて、一つの音を出すのにあれだけ大げさな仕掛けを要するとは、いかにも西洋の楽器らしいと辰吉は思った。

水町通りのカーター商会から、居留地の端目指して十分ほど足を延ばした所だ。

海に注ぐ堀川沿いには、木材などの資材を運搬《うんぱん》する都合から、大工や家具製作所、建築請負などの店が多い。洪のピアノ屋もその一画にあり、すべての戸をはずした工房内には、艀《はしけ》溜まりのどぶくさい臭《にお》いが漂っていた。連日の暑さと、対岸の山手の丘から降ってくる蟬時雨《せみしぐれ》に、職人の機嫌《きげん》も簡単に茹《ゆ》で上がるようだった。

「ミスタ、すでに墓の中。ワタシ何も悪いことしてない。ほんとよ」

「洪さん、そんなつれないこと言わないでくださいよ。この前、ジェームズ先生に何を言いに来たんです？　もしかしたら、ピアノを売りたい知り合いってのは、水町通りの『カーター商会』じゃ？」

辰吉がしつこく食い下がると、洪は渋々といった調子で答えた。

「そうよ。ワタシ、最初はミスタ・カーターのピアノ買い取るの断ったが、気になることあって、一昨日《おととい》店に出向いてもう一度ピアノ見せてもらった。全部で三台」

「それで、結局買い取ることにしたんですか？」

「ううん、駄目駄目」洪は細い目をさらに細めて手を振った。「やはり無理だったね」

音が悪い。最初ピアノを検分した時、洪はそう感じたという。ジェームズ先生に連れられ、カーター商会を訪れた時のことだ。三台とも音がひび割れ、およそ新品とは思えない響きに、洪は中をあらためもせず買い取りを断ることに決めた。他人のピアノに修理や調律の手間をかけるなら、一台でも多く自分の作ったピアノを売りたいと思ったからで、洪は花火当日、そのことを告げにジェームズ先生の宅へ行ったのだ。

「ミスタ・ジェームズは、新品のピアノの音が悪いの、しきりに気にしてた。なぜなのか聞かれて、ワタシ自分の考えたことを話したよ」

しかしそうなると、今度は職人としての好奇心が頭をもたげてきたそうだ。音の割れる原因が、本当に自分の予想通りかどうか確認してみたくなり、二度手間を悔やみながら一昨日もう一度カーター商会へ行った。結果、どんぴしゃり。洪は亡くなったジェームズ先生に代わり、はっきりとカーター本人に買い取りを断った。

「ひどい音になった理由ってのは、何だったんです？」

「お前に分かると思えないが、説明してやるね」

洪は作業途中のピアノに歩み寄り、弟子をどかして辰吉へ顎をしゃくった。

「ピアノが鳴る仕組み。鍵盤押すと、力がハンマーに伝わって弦を叩く。その振動が、すなわち〝音〟ね。だけどその音とても小さい。大きくするには響かせるしかない。その役目をしてるのが、この板」

洪が指差したピアノの下側、剝き出しになった部材の下に一枚の板がのぞいている。

「これ、ピアノの命。平らなようで湾曲してる、とても繊細《せんさい》のもの。湿気たり乾燥したりして亀裂《きれつ》入ると、ピアノ使い物ならない。修理もかなり手間と金かかる」

カーター商会の輸入したピアノは、それが三台とも割れていたという。欧米諸国からの船便は時間がかかり、こうした問題も多々起こりえるのだが、それにしても相当ひどい運び方をしてきたに違いないと洪は言った。

「おまけに、手入れがなってない。ワタシ一昨日、ピアノの天屋根あけたら、紙くず入ってた。ピアノはくず入れと違うよ。まったく、腹立たしい」

ジェームズ先生は花火当日、洪からその話を聞いた後すぐにカーター商会へ行った。それがとっさの行動だったとすると、内容はピアノの件と考えていい。

先生がピアノのことで血相を変えた理由は分からないが、とにもかくにも下手人は十中八九カーターで決まりだった。

辰吉は確信を深めたが、それを咲に話すべきかどうかためらった。殺されたのも殺したのも異人となれば、ますます日本人の手に負えない。おまけに異人は弁が立つ。知らぬ存ぜぬで通されれば、証拠がないので警察も滅多に動いてはくれないだろう。咲へ中途半端に事実をさらして、何もできずにいることほど辛《つら》いことはない。

結局、咲が警察から疑われるのも一時のことだと判断し、「どうなった？」としつこいハナにだけは事の経緯を打ち明けて、辰吉はひとまずこの件から手を引くことにした。野間口が下手人でないと分かっただけでも、じゅうぶん筋は通したと思う。

一番の問題は、今や我が家だった。あれから絹は、必要なこと以外ほとんど話さない。元来が意地っぱりの妹は、もう何が何でも異人の所へ嫁いでやるという勢いだったし、内心気が気でない辰吉も「聞く耳持たず」を貫き通して、ますます火に油を注ぐ。「いやだよ、兄妹《きょうだい》そろって強情っぱりで」とぶつくさ言うおよねさんの大顔を横目に、どちらも引き下がれないまま日ばかりが過ぎていく。

そんな折、無言のまま互いに牽制《けんせい》し合う夕飯時の『ぶらぼ』に、若い者二人を引きつれて、源二がやってきた。

再び、何だか面倒くさそうな予感がした。

水気を多分に含んだ夏の薄闇《うすやみ》と、商品を照らすぼんやりした行灯《あんどん》の火に、彫りの深い源二の面立ちばかりがくっきりと浮かんでいる。

「頼もう！」の挨拶一声、柿渋《かきしぶ》地に太い棒縞《ぼうじま》の着物をまとった馬鹿でかい立ち姿は、両脇に従えた眷属《けんぞく》二人の悪相と相まって、どう見ても暑苦しいやくざ者にしか見えない。

「お絹さん。今日はあんたに話があって来た。——いや、そのままでけっこう」

立ち上がろうとした絹を止め、戸口の土間に三人でひざまずいて大音声で言うものだから、さっそく物見高いご近所連中が、続々と表に出てきてしまった。絹はおよねさんの大きな胸になかば半身を隠しながら、「はあ」と気のない返事をした。

「お絹さん。俺ぁここ数日あんたの所へ通い詰めて、ただの別嬪さんじゃねえってことがよっく分かった。あんたは顔と同じくれえ美しい、まっすぐな心根をお持ちだ。自慢じゃねえが、人を見る目だけはある。俺はとことんあんたに惚れた」

箸《はし》をくわえたまま目を剝いた辰吉に、およねさんが「そうなのよ。毎日のように来てたんだから」と今さら大変なことを打ち明けてくる。

「源二さん。俺、何にも聞いてませんが……」

「何度も言ったじゃねえか、居酒屋で。俺にくれって」

酒の席でのやり取りを勘定《かんじょう》に入れる奴があるか。

辰吉は睨みつけてきた絹へ弁解がましく首を振り、そうした繊細な目配せには何一つかまうことなく源二は続けた。

「俺はぜひともあんたを高瀬屋へ迎えてえ。だが、聞けばあんたはフランス人のところへ至急嫁ぎてえと言う。――そこでだ。俺に妙案が浮かんだ」

刳《く》り抜き式の仁王様の考えなんぞ、どうせろくでもない。危ぶんだ辰吉が口を挟むより早く、源二は頑丈《がんじょう》そうな歯を見せて勇ましく笑った。

「俺はフランス人と決闘する。お絹さんは、勝った方に嫁ぐ。どうでえ」

「ほらもう、やっぱりそういうこと言い出すんだ源二さんは」

鼻の穴を膨《ふく》らませて怒る辰吉に、源二は「てめえは黙ってろ」と一喝《いっかつ》、切れ長のでかい眼《め》を絹に据えて凄《すご》んだ。

「もし俺が勝ったら、あんたは身一つで、大船に乗った気で嫁いでくりゃあいい。絶対に不自由はさせねえ。俺ぁ見ての通り頑丈で商いも上々、奥もそれなりに回ってる。フランス人の家と比べても遜色《そんしょく》はねえはずだ。何なら、椅子だってテーブルだって時計だって用意する。だから、あんたはどっちに転ぼうと心配するこたぁねえ」

「やめてください。私、困ります……」

「困る？　だが至急嫁ぎてえって言うから、俺も名乗りを上げたんだ。あんたが兄貴のために決心したことは、要するにそういう話だろう」

絹は肩を強張らせて真っ青になり、辰吉は妹のやけっぱちの決意を見抜いた源二の慧眼《けいがん》に驚いた。嵐《あらし》のように突然やって来た男は、嵐のようにこの場を引っかき回すと見せかけて、ひょっとするとこの一件をうまく収める腹づもりなのではあるまいか。そういう力ずくの算段ができねば、烏合《うごう》の衆《しゅう》の人足をまとめて差配する仕事など、できるはずもない。

そうだ、そうに決まってる——。

源二は皆まで言うなとばかりに辰吉へ一つ大きく頷《うなず》き、「そういうわけで、待っておくんなさい」と絹に辞儀をして、店の若いの二人とともに、棒縞のいかつい背中をそびやかしてさっさと出て行ってしまった。

絹は泣きそうな顔で「お兄ちゃん……」と呟き、辰吉は源二が整えてくれた機会を無駄にしないためにも、今こそはっきりさせるべきだと思った。

「どうなんだ。源二さんはああ言ってる。お前は、どっちに勝ってほしいんだ。兄ちゃんにだけは、ほんとのこと教えろ。どっちと一緒になりたいんだ」

小さい頃から、辰吉はきれいな妹が自慢でならなかった。絹が通りを歩くたび、悪《わる》がきたちはみな鼻を垂らして見惚《みと》れ、こまっしゃくれた娘たちは嫉妬《しっと》し、大人たちは口々に褒めそやしたものだ。お絹ちゃんは器量よしだね、明るくって気立てもいいし、大きくなったら引く手あまただよ――。

「余計なことは何も考えなくていい。ただ、どっちがいいのかだけ、兄ちゃんに教えろ」

絹はきれいな目に涙をいっぱい溜めて辰吉を見、およねさんの大きな顔を見、店の前に集まってきたご近所の好奇の顔を見、再び兄の丸顔に視線を戻してわないた。

「どっちもやだ……」

「よっしゃ、待ってな！」

辰吉はその確かな本音を聞くやいなや、野次馬を押しのけて『ぶらぼ』を飛び出した。

　通りに光と影を滲《にじ》ませる店々の明かりは、さながら夏の夜に打ち上がった花火だった。「高瀬屋」と書かれた提灯には、弁天通り二丁目の辺りですぐに追いつき、今まで密《ひそ》かに源二を馬鹿呼ばわりしてきたことを心の中で詫《わ》びながら、辰吉は深々と頭を下げた。

「手数かけました。おかげで絹も目が覚めました。全部源二さんのおかげです」

「目が覚めたってのは、何でえ」

「ですから、決闘芝居《しばい》はもう必要ねえです。絹はしばらく、どこにも嫁ぎません」

　滅法男前の仁王は辰吉をまじまじと見下ろし、それから低い声で一言、「芝居って？」と尋ねてきた。やはりただの馬鹿だったのかと辰吉はがっかりし、もう絹には絶対に店番をやらせないと決めた。

　と、その時一丁目の方から「辰吉さーん」と別の面倒が近づいて来た。繰り返される自分の名が、角灯《ランタン》の火とともに大きくなってくる。「本気の決闘だ、断じて芝居なんかじゃねえぞ」と怒鳴る源二の声を右耳に、「大変、辰吉さん、大変」と叫び続けるハナの声を左耳にして、夜の辻に立った辰吉は心底うんざりしてしまった。

「辰吉さん、ごめんなさい、怒らないで」

息せき切って駆《か》けてきたハナは、呼吸する間も惜しいのか、一気にそう言った。

「何だよ、今度は何があったの」

「怒らない？　怒らないでよ？　話しても怒っちゃいやよ」

「まず話さなきゃ、怒るかどうか分からねえでしょ」

「ごめんなさい、あたし良かれと思って、お咲ちゃんにカーター商会のこと話しちゃったの。そうしたら、私は私の神の声に従うって言って、飛び出して行っちゃったの」

「馬鹿、何てことしてくれちゃったんだ！」

それでは咲の身が危ないではないか。辰吉は地団駄《じだんだ》を踏んで焦《あせ》り、「おい、どうした、落ち着きやがれ」という源二の呼びかけで我に返った。

そうだ、喧嘩には頼もしい味方がいる。

「源二さん、決闘の代わりと言っちゃあ何ですが、高瀬屋の艀《はしけ》に死体を放り込んだ野郎の所へ、一緒に行ってもらえませんか。おいハナ、お前はカーター商会にポリスを連れて来な」

すぐさまハナは駆け出し、源二一党は事情をよく呑み込まないまま、「おう！」と快く横濱の夜に吼《ほ》えた。

4

異人の商館は、多くの場合一階が店舗、二階が住居になっている。

瓦斯灯《ガス》の明かりに引き寄せられた蝙蝠《こうもり》の群れ飛ぶ町を抜け、辰吉と源二一党はカーター商会の扉を力任せに叩いた。「オープン、プリーズ、ミスタ！」

「イエス、どちらさん……」

白い観音開き《かんのんびら》きの戸が開き、鼻の下が長い猿《さる》のような日本人が顔を出すや、源二がすかさず片足を中に差し入れ、「ハイ今晩は、マル辰《たつ》運送です」と強引に室内へ肩を滑り込ませた。源二には、異人殺しの下手人から美女を取り戻しに行くのだと説明してあった。

「ピアノ、引き取りに上がりましたぜ。——ほら辰吉、行きな！」

猿が源二の馬鹿でかい体を押し戻す努力も虚《むな》しく、その間に高瀬屋の若い衆と辰吉が玄関ホールになだれ込んだ。両側に観音開きの戸があり、廊下の先は階段になっている。その両脇にも扉があるが、こちらは片開きだった。

「誰か、誰か来てくれ！」

猿が奥へ向かって声を張り上げると、同じような尻ばしょりの日本人が数名飛び出してくる。高瀬屋の二人が辰吉の背を押して促《うなが》した。

「辰吉さん、ここは俺たちに任せてお行きなさい」

ピアノを出し入れする都合と、先日おもてに漏れてきたピアノの音から考え、辰吉はホール右手のドアを素早く押し開けた。

「誰だ、騒々《そうぞう》しい！」

暖炉の前に立っていた短軀《たんく》の異人が、すかさず英語訛《なま》りの濁声《だみごえ》を飛ばしてきた。太い首にのった派手はでしい赤ら顔と白くなりかけた金髪とが、いかにも押しの強そうな商人の気性を表しており、勢い込んで侵入した辰吉を一瞬《いっしゅん》ひるませた。

「お宅がミスタ・カーターですか。ミスタ・ジェームズから、ピアノを運ぶよう仰《おお》せつかってきました」

「頼んでない。ジェームズは死んだ」

「下働きの娘が、一足先にここへ来ているはずですが」

「サァ、知らない。不愉快《ふゆかい》だ。帰れ」

二箇所ある窓の鎧戸《ガウン》は閉まっており、二つの洋灯《ランプ》がピアノの収まった室内を照らしている。シャツに室内着をまとったカーターと、まったく同じ顔をした壁の肖像画《しょうぞうが》に睨まれ、辰吉が居心地悪く言葉を探しているうち、源二が遅れて入ってきた。

「おう辰吉、こいつか、異人を殺して美女をさらった悪党ってのは」

ずいぶんと単刀直入に尋ねてくれた源二のおかげで、辰吉も開き直るしかなくなった。さりげなく鉄製の火かき棒をつかんだカーターに源二が身構え、辰吉はハナが警察を連れてくるまでの間、何とか時間を稼ごうと試みた。廊下《ろうか》の騒ぎは、まだ続いている。

「花火の日も、それでジェームズ先生を殴ったんですか」

「私はちょうど花火を見に行っていた。ジェームズは殺していない」

反論するカーターの日本語はたどたどしかったが、言わんとするところはつかめた。

「花火見物なら、殺してからだってじゅうぶん行けますよ。花火の音にかぶせて銃を撃ったんでしょう」

「言いがかりだ。私はスタッフと一緒にずっとグランドホテル前にいた。真正面にいなければ、昼の花火は見えづらいからな」

喧噪と歓声に溢れたあの日の波止場の光景が、辰吉の脳裏で花火のように眩しく弾《はじ》ける。カーターの破れた嘘は、繕《つくろ》いようもなかった。

「そんなはずはねえ。あんた、花火には行ってない。明るくて見えない？　アメリカのお墨つきを馬鹿にしちゃいけねえや。日本のものと違って、西洋花火は色つきだ。それにな、平山の昼花火は、開いた時にでっかい人形が飛び出すんだぜ！」

これぞ平山の昼花火の真骨頂、〝空飛ぶ人形〟だった。花火が打ち上がるや、外皮を割って様々な人形が飛び出してくる。鳥、金魚、国旗、風船が青空を舞い、白雲に散り、紺碧《こんぺき》の海上にフワフワと落ちてくる華々しさは、まさに筆舌に尽くしがたい。

カーターの顔色が変わった。

たとえアメリカ人と言えども七月四日の横濱以外では見られず、ましてや昨年の秋に日本へ来たというカーターが昼花火を目にする機会は、今年の独立記念日しかなかった。あの日に見ていなければ、カーターが昼花火の何たるかを知りようもなく、波止場で初めて飛び出す人形を見た人々の興奮は、今怒りに頬《ほお》を紅潮《こうちょう》させたカーターの比ではなかった。

「さあ、認めなさいよ。あの日、あんたはこの家にいた。ほかならぬジェームズ先生とね。違うってえなら、一体何をどう見たら昼花火が見づ
らいのか、俺が納得するように説明してもらいましょうか」

「黙れ。たとえ私がここにいたとしても、それでジェームズを殺したことにはならない。どこにそんな証拠がある」

辰吉はぐっと言葉に詰まり、思わず目を泳がせた。レースのカーテン、サイドテーブル、肖像画、暖炉の上の燭台《しょくだい》へと順に目を走らせ、先生が殺された時の痕跡《こんせき》を探してみたが、室内はきれいに掃除され何一つ見つからない。

せめてジェームズ先生の血でも見つかれば――。

その時辰吉は聖書についていた染みに思いいたり、次には先生の頭の傷と撃たれた心臓の謎《なぞ》に移り、最後にはそれが消えた聖書の一頁《ページ》とピアノ屋のぼやきに繋がった。

辰吉は一つ一つ組み上がっていく自分の思いつきを半ば疑い半ば確信し、先生が死の間際に何が何でも自分の痕跡を残そうとした意味について考えた。

こうなりゃ一か八かだ――。

咲の無事と一刻も早い警察の到着を願いながら、辰吉は自分のひらめきに賭《か》けてみることにした。

「し、証拠ならありますよ。そこにあるピアノだ」

カーターと距離を保って三台のピアノへにじり寄り、一番端っこの天屋根を開ける。

だが弦と部材が整然と並ぶばかりで、何も見当たらない。

続いて開いた真ん中も空振り。

頼むよ洪さん、と内心焦りながら、辰吉は最後のピアノの天屋根を押し上げた。

――ワタシ一昨日、ピアノの天屋根あけたら、紙くず入ってた。ピアノはくず入れと違うよ。

「あった！」洪の言葉通り、紙一枚が弦の間に挟まっている。取り上げてみれば、急いで破られたような英字の紙には、点々と血が散っていた。

「どうです、これがジェームズ先生の聖書の切れ端です。血だってついてる。先生が出かけるまでは破られていなかったものですよ。先生は間違いなくここで――」

すんでの所で、振り下ろされた火かき棒をかわした。同時に動いた源二がカーターに突進していき、手首をつかんで揉み合いになった。男二人の体が蓋《ふた》の開いたピアノにぶつかり、低音から高音までの鍵盤全部が激しい不協和音を奏でる。ピアノと窓の間に逃げ込んで難を避けた辰吉は、指を突きつけてカーターを糾弾《きゅうだん》した。

「手癖が悪《わり》ぃや。やっぱりあんたは、最初先生の頭をその火かき棒で殴ったんだな。その一撃で死んだと思ったんだろう」

そうして従業員を呼びに行ったか、不意の用事でも入ったか、とにかくカーターは部屋を離れた。その隙《すき》に、瀕死《ひんし》の先生は自分の持ち物の一部を隠したのだ。簡単には見つからず、かつほかの誰かが見つけてくれる場所――ピアノの中へと。

一人になったジェームズ先生は、栞《しおり》を挟んだ頁をとっさに開き、急いでちぎって天屋根に入れた。聖書を全部放《ほう》り込まなかったのは、あとで確実に自分の物と判《わか》らせるためだ。

その後部屋に戻ってきたカーターはまだ先生が生きているのを知り、今度は取ってきた銃を使って悠々ととどめを刺した。頭の傷と心臓の致命傷は、時間差だったのだ。

「何でだ、どうして善良なジェームズ先生を殺したんだ。この悪党め！」

「悪党はジェームズだ。俺たちが香港で何をしてきたと思う。今さら善人ぶって俺を責め立てたって、あいつもどのみち地獄行きだ」

源二の足を踏みつけたカーターは、再び火かき棒を奪い取って振り回した。白髪交じりの金髪は乱れ、真っ赤な鬼の形相で源二に向かって行く。「黄色い猿め！」

「面倒だ。窓を開けろ、辰吉！」

源二の言わんとするところを察し、辰吉はカーテンを開いて窓に取りついた。見慣れない西洋式の取っ手にとまどっていると、ピアノの裏側へ回ったカーターが襲いかかってきた。「ひい」辰吉が慌てた瞬間、頭上を影が過《よ》ぎって窓ガラスが粉々に割れた。

源二の放り投げたピアノの椅子が、破片と一緒に床板に転がる。源二がカーターの襟首をつかんで引き戻し、辰吉は割れた所から鎧戸の掛け金をはずして、押し開けた先の水町通りへ思いきり叫んだ。「ヘールプ！」

「ワサブロー、書斎から銃を持ってこい！」

花火の日を再現するように、カーターは銃を求めて従業員を呼んだ。だが折よく戸が開いて入ってきたのは、高瀬屋の若い衆一人だった。

「兄ぃ、娘は階段裏の物置に押し込まれてやした」

「よし、その子を連れて外でポリスを待ちな」

一方、辰吉の繰り返す「ヘールプ！」を聞きつけ、通りには日本人と同じくらい物見高い異人連中が、ばらばらと顔を出し始めた。異人の問題に日本人が関《かか》わりづらいならば、ほかの異人に騒ぎを知らせて任せればいい。

源二の拳がとうとうカーターの左頰をとらえ、筋肉質の短軀がたたらを踏んだ、その時だった。「わあ、嬢ちゃん、駄目だよ！」という高瀬屋の若い衆の叫びとともに、ほかならぬ咲が部屋に飛び込んで来た。鬢《びん》はほつれ、歯を食いしばり、手にはジェームズ先生の護身用らしき銃を握りしめていた。

「先生を殺すなんて！」

咲の瞳にぎらつく光は、時おり妹の絹が見せるやけくその眼差しによく似ており、神の声ならぬ突発的な激情に従った末の、後にも先にも引けない無謀な殺意なのだと辰吉は気づいた。ここで止めなければ、咲は異人殺しの罪を背負って不幸な生涯《しょうがい》を送ることになる。そんな悲しい結末を、ジェームズ先生が望むはずもなかった。

「お咲ちゃん、早まっちゃいけねえ」

「邪魔しないで、辰吉さん」

銃を構えた両腕は震えており、辰吉は咲を薄幸な美女にしてなるものかという一心で説得を続けた。

「そんな物騒なもの、こっちに寄こして。ね、もうすぐ警察が来るから」

「日本の警察が捕まえたって、結局領事館に突き出して終わりでしょう。この男がこれからのうのうと生きていくくらいなら、今ここで私が殺してやるの」

「そんなことしたって、先生は喜ばないでしょ」

「私は先生に対して男女の気持ちはなかったけれど、本当のお父《と》さんのように尊敬してた。小さい頃磯子《いそご》村から横濱に里子に出されて、肉親の温かみなんてちっとも知らなかった私に、先生はそれは親切にしてくれた。だからこいつは、親の敵《かたき》も同然なのよ」

「駄目だ、それならなおさらいけねえ。親を悲しませるなんざ親不孝者《もん》だ。俺だって何にも孝行しねえうちに両親が逝《い》っちまった。だからせめて、あの世で見守ってる両親に恥《は》じないよう、真っ当に生きようと思ってるんだ。だからお咲ちゃん、ジェームズ先生のためにも、それを俺に預けて、ね」

片手を差し出して近づく辰吉に、咲がためらいを見せたその時、カーターが鼻で笑った。

「その女、ジェームズの〝ナグサミモノ〟か」

いけねえ――。

みるみる咲の目がつり上がり、辰吉は考えるより早く咲に飛びかかった。夢中で腕をつかんだ瞬間、部屋に乾いた銃声が響き、間一髪でそれた弾が窓枠の上にめり込んだ。我に返った源二が再びカーターを殴り、それをきっかけにして玄関ホールへ次から次へと異人の野次馬が集まってきた。その波をかき分け、高瀬屋の若い衆が「兄ぃ、来ましたぜ！」とおもてを指さし、外から応えたのは「辰吉さーん」の連呼だった。

「辰吉さん……！」

四方で飛び交う異国語の渦に揉まれながら、涙にまみれた咲がしなだれかかるように辰吉の胸の中へ飛び込んで来た。

「ごめんなさい、私おハナちゃんからカーターの話を聞いて、どうしても許せなくって、先生の仇《かたき》が討ちたくなって、それで、それで……」

「うんうん、もう何も心配することたぁありませんよ。先生がね、最期に命がけで悪を暴いてくれたんですよ」

辰吉は自分と変わらぬ背丈の咲を短い腕で抱きしめ、親子ほども年の離れたジェームズ先生が愛した娘のいじらしさを、自分もまた愛《いと》しいと思った。

ジェームズ先生は香港時代、カーターと組んで悪辣《あくらつ》な商売に手を染めていたという。阿片《アヘン》の密輸や密売で暴利をむさぼり、法外な利率で金を貸し、時には現地の清国人を騙《だま》してアメリカ行きの船に乗せることまでした。

だが、慣れない土地での放埒《ほうらつ》な生活がたたったか、あるいは徐々にひどくなるカーターの悪徳に生来の弱気がついていけなくなったのか、先生はやがて気鬱の病に陥《おちい》った。

神経をすり減らし、病状も悪化し、カーターから逃げるように日本へ向かった先生は、そうして霊山《れいざん》・富士を望む船上で神の声を聞いたのだった。

——〝悔い改めよ、神《デウス》の愛に生きよ〟

先生は、その通りにした。正式な牧師にはならなかったものの、横濱で日本人に神の教えを広め、神の教えにかなった生活をし、一心不乱に神の愛を信じた。気鬱の病も癒え、咲と出会い、それなりに満足のいく暮らしを取り戻したのだと思う。

そんな折、カーターが輸入商として横濱へやって来た。再会したカーターは、ピアノの買い取り先を先生に尋ねた。だがピアノの繊細な響板が三台とも割れていたと知った先生は、カーターのかつての悪行を思い出したのだ。すなわち、阿片の密輸だ。日本で厳禁とされる阿片を、ピアノの下前板と響板の間にめいっぱい詰め込んで輸入したのではないか――。

神の正義によって動いた先生は、咲との待ち合わせ前にカーター商会へ真相を問いただしに行った。義憤《ぎふん》に駆られて口論になり、行いを改めねば悪事をばらすとカーターを責めた結果、あの悲劇を迎えたのだった。

辰吉はその一連の顚末《てんまつ》を、事件後しばらく経って咲の口から聞いた。カーターは米国領事の手に渡り、かの国の法律に則《のっと》って裁かれるという。

唐柿《とうがき》の色に染まった夕暮れの外人墓地で、辰吉は会ったこともないジェームズ先生の墓に手を合わせ、咲は破られた聖書の頁《ページ》に書かれていた神の教えを、かいつまんで説明してくれた。

〝以前のような生き方をして滅びに向かっていく古い人間ではなく、神にかたどって造られた新しい人間になりなさい〟――。

「先生の事は悲しいけれど、それに囚《とら》われないで生きていこうと思えるようになったのよ。あの時辰吉さんが必死に止めてくれたおかげだわ。ありがとう。やっぱりおハナちゃんの言った通りの人ね。優しくて、親身になってくれて……」

それは相手がお咲ちゃんだからですよ、と辰吉はもぞもぞ体を動かして思った。ジェームズ先生のお宅は人手に渡るそうだから、咲は女一人でまた働き口を探さねばならず、惚れてしまった以上、辰吉もできる限り力になりたかった。

「これもジェームズ先生が取り持ってくれたご縁だ。困ったことがあったら、何でも言ってくださいよ。それで、もし良かったら、俺の」

好《い》い人になってくれませんかと言いかけた辰吉に、咲が言葉をかぶせた。

「これから私、丸山さんと二人で先生の教えを守っていこうと思ってるの。先生もずいぶん丸山さんを買っていたし、あの人と一緒になるなら天国の先生も許してくださるわ」

〝丸山〟がジェームズ先生の使っていた下男だと思い出すのに時間がかかり、辰吉は「はあ、そう」と答えるしかなかった。

「じゃあぜひ、先生の分まで幸せに……」

結局これが咲と交わした最後の会話で、後日小見山に今回の件を話したところ、

「ほら言わんこっちゃない。薄幸そうなのも考えものだ」とあからさまに同情された。

「それにしたってたつ坊、人間てのは心は変えられても業は捨てられんということだな」

そんな坊さんめいた諦観《ていかん》のおまけ付きだったが、実際日本に来たジェームズ先生は〝罪悪感〟という神の声を聞き、それがもとで過去の自分に殺されたようなものだった。昔の世界から逃れたはずが、巡り巡った因果の末に身を滅《ほろ》ぼしたのだとしたら、やはり小見山の言う通り悪業は一生ついて回るものなのだろう。

だが五年前、妹の絹はどしゃぶりの雨の夜に出かけていき、ずぶ濡れになって戻って来た時には、理不尽に奪われた片足のすべてを受け入れていた。あの夜の絹にもジェームズ先生のような〝声〟が聞こえたのだとしたら、重荷を背負《しょ》ってなお新しく拓《ひら》ける世界もあるのだと、辰吉は信じたかった。

かつて辰吉に新聞取扱店を紹介してくれた時、小見山は言った。

――これからは世界を聞くんだ。

古い世界と新しい世界が混在する今の世で、新聞はただ新しいことを聞くのみならず、人の数だけある「世界」をも聞く手段になるのだろう。

また一つ知った新聞の良さを噛みしめて町を流し歩く辰吉の耳に、あの沸き立つような独立記念日の花火の音が、遠くどこかから届いた気がした。

§　§　§

目抜きの本町通りに面した、『はまなみ新聞社』の二階の一室で、男は先ほど自分が呼びつけた記者を待っていた。銀座に軒を連ねる大手新聞社の洋館には及ばないものの、かつて料亭だった二階屋を買い取って畳を上げ、土足で出入りできるよう調度も洋風にしつらえてある。

社長であり、編輯《へんしゆう》の長《おさ》であり、みずからも時おり筆を執る多忙な男は、今さら一体どの立場で物を言おうかと悩みながら、頭に刻み込まれた座右の銘をなぞり返した。

〝百虚を伝へて民心を動揺せしむるは、一実を記して後世の史料とするに如《し》かず〟。

何より事実を記すこと――。幕末の『中外新聞』で名を馳せた柳河春三《やながわしゅんさん》の言葉は、男が地元横濱で新聞社を興すと決意した時から、常に目指すべき指針として腹の中心に据えられてきた。大衆向けの平易な小《こ》新聞も、一本筋を通してこそ一読に堪《た》えると信じたからで、その方針は明治九年の『はまなみ新聞』創刊以来変わっていない。

幕末当時、最先端の西洋文化だった「新聞」の本質を、すでに慶應《けいおう》三年（一八六七年）の時点で捉《とら》えていた柳河の才気には感服するばかりだが、それこそ日本の新聞界がいまだ持ち切れない報道の姿勢であり、岐路《きろ》に立ったよろずの新聞社が真摯《しんし》に受け止めるべき警鐘だと男は思っていた。

今年四月、反政府的な言論の取り締まりを強化する「改正新聞紙条例」が出され、一月《ひとつき》も経たないうちに四十七紙が廃刊になった。年々厳しくなる政府の弾圧と、徐々に目が肥え始めた購読者相手に、数百ある新聞は進む一手を間違えれば過酷《かこく》な競争に生き残れない。各社は改変を迫られ、政党一色だった大新聞は小新聞の柔らかさに手を伸ばし、小新聞は娯楽一辺倒だった大衆性からの脱却を図ろうとしている。『はまなみ新聞』も、今が正念場だった。

「――お呼びですか、山崎《やまざき》さん」

柱の陰から唐突に聞こえてきた声に、男――山崎篤《あつし》は我に返った。

その記者が先ほど社へ戻り、巻紙へ几帳面《きちようめん》に筆を走らせていたのは知っていた。廊下とふすま数枚を隔てただけのわずかな距離を来るのに、湯が沸《わ》いてしまうほどの時間をかけるというのは、呼びつけた上役に対するささやかな反抗以外の何ものでもなかった。

「何の用です」

ようやくやって来た記者は、〝四民平等〟を盾にしたどこまでも傲慢《ごうまん》な態度で、一言ぶっきらぼうに尋ねてきた。世間への醒《さ》めた軽蔑《けいべつ》と憎悪と好奇心とが、ねじれた縄になって首に巻きついているような面倒な男だったが、だからこそ大衆に媚《こ》びない「一実」を求めうる人材と見込んで雇ったのだった。だが今のところ、釣果は芳《かんば》しくない。

山﨑は、組んだ両手を机に置いて記者を見上げた。

「先だって、君が追い回して記事にした女が心を病んだと、さる商人から苦情があった」

「そうですか。似たような記事ばかりで、どれだか分かりませんがね」

「苦情もこれで三度目だ。この先も続くようだと、君の進退も考えねばならんよ」

「つまり、解雇ってぇことですか」

感情の窺《うかが》えない乾いた面《つら》だったが、下瞼《したまぶた》が微《かす》かに痙攣《けいれん》した。病がちの細君がいると聞いたことがある。

「俺のやり方は卑劣ですか」

「あまり好かん。悪く言えば、そうなる」

「薄汚《ぎたね》ぇ《鼠《ねずみ》》を使ってるあんたよりもですか」

「富田《とみた》」山﨑は眉をひそめ、記者・富田市蔵《いちぞう》を見返した。

横濱は何でも金になる町だ。昨日はあちらの新聞社、今日はこちらの新聞社へと、おのれの持てる知恵を売り渡す素人筋《しろうとすじ》も、少なからず存在する。わずかな謝礼ともてなしで、市井の人間から知りたい情報を得ることは、どの新聞社もやっているはずだ。

「俺はああいう輩《やから》は反吐《へど》が出るほど嫌いでしてね。大した考えもなく、わずかな金と自己満足のためだけに、敵にも味方にも情報を売る。それで世間が動いても、自分は安全な場所に隠れて知らん顔だ。腹を切る覚悟も、腹を切らされる心配もねえ屑《クズ》野郎ですからね」

「もし仮にそうだとしても、君に非難されるいわれはないよ」

「ごもっとも。手前勝手な恨み言ですよ。瓦斯局事件の時、記者でもねえ一匹の《鼠》に負けたもんでね」

瓦斯局、瓦斯局、瓦斯局。すでに決着がついた事件を、どこまでも引きずる男がここにもまた一人。そうでなくとも、戦の砲撃を避けて泥の中を這い進むように、どうしようもない生き難《にく》さを抱えて生き続ける人間が、この町には大勢いる。過去への喪失感ときな臭い未来への予感におののきつつ、さりとて江戸の昔が良かったとは言い切れない焦《じ》れったさに喘《あえ》いでいるのが、この明治という世だ。

「よくご存じでしょう。あの時、功労金の件をすっぱ抜いた『横濱毎日新聞』の記者に元種《もとネタ》を流したのも、訴えた商人連中が裁判で負けるように仕向けたのも、同じ《鼠》です。騒ぎを作って、双方煽《あお》って、新聞も世間も巻き込んで、自分は陰で愉《たの》しんでやがった……」

「もう終わったことだ」

「《鼠》の性根は変わりません。せいぜい気をつけてくださいよ……」

まだ日本が開港したての頃、西欧の文明国には必ずあるという「新聞」なるものを、ぜひ己《おのれ》も作ってみたいと名乗りを上げたのは、じつに様々な階層の様々な動機を持つ男たちだった。思想や世事を広める重要性に気づいた者、新しい文物に商機を見出《みいだ》した者、とにかく物珍《ものめずら》しさに飛びついた者。

そこにはいまだ「記者」という明確な生業《なりわい》があったわけではなく、ただ「新聞人」としか言いようのない寄せ集めで紙面が成り立っていた。筆を執るのは、食い詰めた士族だったり、戯作者《げさくしゃ》や講談師や浮世絵師だったり、一家言ある豪商だったりした。その混沌《こんとん》に金のにおいを嗅《か》ぎ取って、しだいに大きくなっていく町の闇を探り、他人《ひと》様のやましさや弱みを新聞社へ垂れ込む輩が現れたとしても、それは継《つ》ぎ接《は》ぎで作られた新聞にとっては、「寄稿者」と同じくらいの意味合いでしかなかった。

だが、富田がそうやって《鼠》相手にむきになるのは、誰より己が記者だと自負しているからだ。執念深く対象に張りつき、何日も粘り、周囲に網を張って書く富田の記事は、ところどころ作為のにおいは感じても、根本的には正確で嘘がない。力の無駄遣いをしている。山﨑はつくづく思い、改めて訓戒を垂れようと口を開きかけたが、そこにはすでに何物も受け付けないささくれ立った富田の顔があるばかりだった。

「クビにするってえなら、どうぞやって下さい。だがその前に、あんたが今追ってる件、《鼠》より先に俺が暴いてやりますよ」

「富田！」

ひらりと障子格子《しょうじごうし》の袖を翻《ひるがえ》して富田は部屋を出て行き、後にはじりじりと粘つくような蟬の声だけが残った。

どうにもやりにくい――。

山﨑は椅子の背もたれに体を預けて溜息をつき、日頃から手入れを怠《おこた》らないお気に入りのチョビ髭を、無意識になでつけた。

三章　天馬の翔《かけ》る秋

1

厚手の刺《さ》し子《こ》半纏《ばんてん》が、ありがたい季節になった。

春秋二回、それぞれ三日ずつ開催される競馬《うまかけ》に、横濱近隣《よこはまきんりん》のお祭り好きが群れ集っている。何と言っても、慶應《けいおう》の頃から続く居留地をあげての盛事だ。

遠く海を望む根岸《ねぎし》の台地の、谷を埋め立てて造成した一周二キロ足らずのコースは、世界でも珍しい右回り。カーブのきつい第一コーナーの柵《さく》にへばりつき、十一月の寒風に痩身《そうしん》をさらした小見山《こみやま》は、先ほどから「ドゥダー、ドゥダー！」と西洋の競馬歌を狂ったように歌って、辰吉《たつきち》に早口の蘊蓄《うんちく》を押しつけてくる。

「知ってるか、たつ坊《ぼう》。時は明治八年、この競馬場で〝小西郷《こさいごう》〟こと西郷従道《つぐみち》が愛馬ミカン号に乗って見事優勝したんだ。日本人の馬主で、日本人の騎手《きしゅ》が優勝した初の快挙だよ。コサイゴーのミカンゴー。傑作《けっさく》だ、はは」

歯茎《はぐき》まで剝《む》き出して笑う様はどことなく髑髏《しゃれこうべ》じみており、花見や花火や競馬といった刹那的《せつなてき》な享楽《きょうらく》に浮かれ騒《さわ》ぐ姿もまた、万事が無頓着《むとんじゃく》で投げやりな小見山の、諸行無常のいい加減さだった。『くだん新聞』の連載小説《つづきもの》が一段落してから頽廃《たいはい》ぶりに磨《みが》きがかかり、万年床さえ塵芥《ごみ》に埋もれた南仲通りの裏長屋は、もはや人の住処《すみか》ではなくなった。

「だったら今度、馬に乗って颯爽《さっそう》と悪を退治する男の話を書いてくださいよ。名前は何にしましょう。そうだ、コタツ天狗《てんぐ》なんてのはどうです」

「その足の長さじゃあ、鐙《あぶみ》に届かんだろう」

「ちぇ。言っておきますけど、人間最後の決め手は見てくれじゃないんですからね」

「だが最初の決め手は見てくれだよ」

昨日から、「いい男」をめぐって妹の絹《きぬ》とも喧嘩中《けんかちゅう》だ。だいぶ使い古した絹の枕屏風《まくらびょうぶ》に、東京で大流行した〝新聞小政《こまさ》〟の錦絵《にしきえ》が貼《は》ってあるのを見つけてしまい、剝《は》がすがさないで口論になった。同じ横濱の新聞売りだと言うのに、ちょっと顔が良くて、粋《いき》で、洒落《しゃれ》ている小政ばかりもてはやされるのは面白くない。

明治の世にあっても美醜《びしゅう》と貧富の差はいかんともしがたく、着飾《きかざ》った富豪や政府関係者が、異人たちに混じって一等の観覧席に陣取っている。年によっては天皇や皇族、元アメリカ大統領、各国外交官も臨席するほどで、今朝競馬場に入った時、「あそこで毎回政談が繰り広げられるのさ……」と小見山が囁《ささや》いた通り、観覧者も日本レース・クラブの会員も、およそ雲の上の人間ばかりだった。

「それにしたって、競走《レース》はまだなんですかねえ」

辰吉は首を伸ばし、ちょうど一等観覧席前にあるスタート地点の方角を眺《なが》めやって言った。秋季競馬初日、本日最初の競走は、新馬賞杯《グリフィンズ・プレート》。小見山は暇《ひま》な仲間たちとともに賭《かけ》をしながら観戦するらしい。辰吉は花火の日の売れ行きに味をしめ、大勢の見物客目当てに根岸くんだりまでやって来たのだが、みな馬に夢中でさっぱりだった。

「大体が、青空の下で堂々と賭博《とばく》ってのも妙《みよう》なもんですよ。天高く馬肥ゆる秋はもっとこう、明るく健やかな感じがしますけど」

「たつ坊、それは誤解だ。本来はね、秋になって馬が肥えると、北方の騎馬民族が万里の長城を越えて攻めてくるから気をつけろ、敵兵に備えよっていう警鐘の意味なんだな。『漢書《かんじょ》』の〝趙充国伝《ちょうじゅうこくでん》〟に載《の》ってる。博奕《ばくち》も戦のうちだ。ちっとも妙じゃない」

小見山がわけの分からない屁理屈《へりくつ》を矢継ぎ早にまくしたてていると、人混みの向こうで「栗毛《くりげ》さん栗毛さん、こっちこっち」と前歯の抜けた男が手招きした。お仲間は商人風、職人風、果ては太鼓腹《たいこばら》の清国人と、まったく多彩な顔ぶれだ。小見山は金はないが、じつに顔が広い。

「じゃあ、たつ坊。健闘《けんとう》を祈る」

鰹縞《かつおじま》のひょろ長い背中を見送っていると、観覧席の方でどっと歓声が上がった。競争に参加する馬が四頭、現れたのだった。日本馬にしては大きい、辰吉の背丈と変わらぬ体高の南部馬《なんぶうま》が、一際目を引いた。

二等の馬見所も柵周《さくまわ》りも、色とりどりの頭と帽子でぎっしり埋《う》め尽《つ》くされ、入場口からはいまだひっきりなしに人が吐き出されて来る。居留地の異人は仕事を休み、観光客もホテルから馬車や人力車に乗って駆けつけるため、切符を求める見物人と客待ちの車でごった返しているのだった。

と、合図一発、いっせいに競走馬《ポニー》が走り出した。小見山は一体どの新馬に賭けたのかと辰吉が身を乗り出した時、今度はあらぬ方で声が上がった。

「逃げた、逃げた！」「暴れ馬だ！」

怒号と悲鳴が、場内の歓声に入り交じる。振り返った辰吉の目に、厩舎《きゆうしや》の方角から遊歩道の下り坂に向かって暴走する馬が飛び込んで来た。誰《だれ》かが叫《さけ》ぶ。

「粕谷《かすや》さんのムサシ号だ！」

辰吉はその黒馬の鞍《くら》に洋傘が引っかかっているのを目にし、なぎ倒《たお》されて狂乱する女たちの悲鳴を聞き、馬を追おうか事の発端《ほったん》を確かめようか数秒迷って、結局観覧席の後方にある厩舎へ走った。

出番を待つ馬を収容した厩舎は、観覧席の興奮から遠く意外にもひっそりとしており、何があったのか尋《たず》ねた辰吉に、数人の日本人の厩務員《きゆうむいん》が、泣きそうな顔で口々に答えた。

「まいった。競走の後、宮内省に献上することになってた名馬なんだ。今日初めて披《ひ》露《ろう》する手はずだった……」

「だったらどうして新馬競走に出なかったんで？」

「出走馬を報知する十五分の間に、厩舎から消えたんだ。第一鐘と二鐘の間だ」

「怪《あや》しい奴はいなかった？」

「厩舎には持ち主の馬丁も出入りできるから何とも……。ああ、でも第一鐘が鳴った後に馬鹿でかい男がうろうろしてた。髪《かみ》がほとんど生えてなかったのと、挙動が少し変だったんで気にはなったが、まさか……」

「——よう、新聞売り。今日はあの腐《くさ》れ侍《ざむらい》は一緒《いつしよ》じゃねえのか」

唐突《とうとつ》に背後から問いかけてきた声の主《ぬし》は、振《ふ》り返らずとも分かった。案の定、清潔《せいけつ》そうななりをした記者の富田《とみた》が、よく日に焼けた薄《うす》い頬《ほお》を引きつらせて立っていた。

「富田さんこそ、女に飽《あ》きて馬の尻《しり》ですか」

辰吉の精一杯《せいいっぱい》の皮肉にも動じず、富田は意外にも真面目《まじめ》くさった顔つきで、「お前、分かってて厩舎《ここ》に来たんじゃねえのか」と曰《のたま》う。

「分かってたって、何がです」

「今の馬、五年前の暴れ馬と同じ手口だろう」

辰吉の呼吸と時間が、一瞬《いっしゅん》止まった。

五年前の絹《きぬ》の事故を書いたのは、偶然《ぐうぜん》にも富田だったという。当時『はまなみ新聞』は創刊してまだ二年ほど、喧嘩《けんか》沙汰《ざた》から溺死《できし》事故まで地元のことなら何でも記事にしており、『八幡屋《やわたや》』夫妻を夜道で襲《おそ》った暴れ馬については、一時の話題をさらったそうだ。

富田はまず夫妻と提灯持《ちょうちんも》ちの小僧《こぞう》に話を聞き、同道していた下女の絹がはね飛ばされた経緯を調べ上げた。

時は明治十一年の一月十日、時刻は夜の九時過ぎ。尾上《おのえ》町の知人宅で催《もよお》された新年の宴から、太田町にある『八幡屋』へ帰るまでの、わずか五百メートルほどの間で事件は起こったのだった。

常盤町《ときわ》の角から急に現れた暴れ馬に、慌てたおかみ・お房《ふさ》の草履《ぞうり》が地面の窪《くぼ》みに引っかかった。お房を抱えとめて助けた絹は、結局一歩避《よ》けるのが遅れてひづめにかけられたらしい。提灯持ちの小僧はその時、雨も降っていないのに、開いたままの洋傘がどこからか飛んできたのを不思議に思った。

さらに主人の又右衛門《またえもん》によれば、誰のものとも知れない馬には、きちんと米国の鞍が載っかっていたという。絹を襲った馬はその後どこへともなく走り去ってしまったが、恐らくどこかで下手人が回収したと思われた。

「馬ってえのはよ、物の見える範囲は広いが、突発的な動きに弱い。おまけに臆病《おくびょう》で気が小せえから、何でもすぐに驚《おどろ》くんだ。中でも怖《こわ》がるのが――」

日本でも古くから〝傘驚き〟という語があるように、馬の目の前で突然傘を開くと仰天して暴れ出すのだと富田は言う。

「五年前は、どうして米国の鞍が載っかってるのか分からなかったが、今日ので合点がいった。洋傘の柄を、鞍金具に引っかけるためだったのさ。和鞍や英国の鞍なんかより、米国の鞍には突起や金具が多いからな」

「なんでそんなことしたんです」

「馬の身になって考えてみな。目の前で何か黒いもんが突然炸裂《さくれつ》する。その後、尖《とが》った何かが腹の周りにまとわりつくんだ。肉食の獣《けもの》に歯を立てられてるみてえだろ。それで簡単に恐慌《きょうこう》をきたして、逃げるために前方へ暴走するのさ」

　今回、同じやり口で馬を暴れさせた人間は、五年前の事件についても何か知っているのではないか。気色ばんだ辰吉に、富田は「場合によっちゃ、協力してやってもいい」と持ちかけてきた。

「どうして今になって教えてくれる気になったんです。また俺を引っかけようって腹づもりですか……」

「まあ、そう警戒するな。こっちもちょっとばっかり事情が変わったんだよ。こういう事件はな、大勢で引っかき回した方が面白《おもしれ》えんだ」

　富田はそれだけ言うと一等観覧席の方へ取って返し、辰吉は暴れ馬と瓦斯局事件との繋《つな》がりを聞き出せないまま、石川町にあるという粕谷の家へ行ってみることにした。

　石川町は根岸の丘陵《きゅうりょう》を居留地側に下りた、中村川沿いに細長く伸びている町で、競馬《うまかけ》場《ば》からは二キロに満たない。

　道すがら、もし馬を暴れさせた奴が見つかったらどうする、と辰吉は自問自答を繰り返した。何の罪もない絹の一生を滅茶苦茶《めちゃくちゃ》にし、それなりに繁昌《はんじょう》していた『八幡屋』を横濱から消し、それぞれの胸に深々と禍根《かこん》を残した非道な人間が、何食わぬ顔でいまだこの町に暮らしているのだとしたら——。

どんな理由があろうと、絶対に許してなるものか。

憎《にく》んでも憎み足りない何者かの影に急《せ》かされ、辰吉は中村川の舟運で賑《にぎ》わう町を足早に歩いた。川はそのまま人工の堀川に繋がり、外国人居留地の脇を流れて海に注ぐ。対岸の土地は広大な釣鐘《つりがね》型の埋め立て地で、かつて沼地だった伊勢佐木《いせざき》町界隈《かいわい》は、今やなくてはならない繁華街《はんかがい》になっている。

教えられた粕谷の自宅に近づくと、行く手に黒い煙が上がっていた。駆け足で通りを行き交う人が多くなったかと思うと、慌てふためく人声が、ほかでもない粕谷宅から聞こえてくる。耳に飛び込んで来た「火事だ」の声に、辰吉の心臓も跳ねた。

「水、水!」「急げ、もっとじゃんじゃんかけろ」「そこ、どきな!」

近隣住民も水桶《みずおけ》を手に次々と駆けつけ、粕谷の家へ入っていく。以前、居留地の大半が焼けてしまった大火事があり、江戸と同じく横濱の住人も火の扱いには神経を尖《とが》らせている。そもそも慢性的《まんせいてき》に水不足の横濱は、火を出すと一軒だけでは消火が間に合わない。

坂の入り口に建つ粕谷家の土地は傾斜しており、石の基壇《きだん》上に建つ冠木門《かぶきもん》の先には母屋《おもや》の瓦屋根《かわらやね》や倉、藤棚《ふじだな》、松の木などが見え隠《かく》れしている。

幸い、早めの消火活動が功《こう》を奏《そう》したようで、辰吉が正面に辿《たど》り着いた時には、黒煙の勢いは徐々に弱まりつつあった。

ほっかむりをして門から出てきた人足風の男を、辰吉はすかさず捕まえて尋ねた。

「一体何があったんで？」

「小火《ぼや》騒ぎだと。裏の納屋が燃えて、母屋も間一髪《かんいっぱつ》。馬の鳴き声がするってんで、下男が裏口行ってみて、火事に気づいたんだってさ」

「馬？　馬って何です」

「どういうわけか、競馬場にいるはずの馬が帰ってきたらしい。馬はもとの巣に戻って来る習性があるからな。当の主《あるじ》はまだだってのに、虫の知らせかね……」

中の様子が気になり、消火のどさくさに紛れて辰吉が門をくぐりかけた時だった。

「ちょっとちょっと、あんた俺の縄張《なわば》りを荒《あら》そうっての」

軽佻浮薄《けいちょうふはく》な気性がそのまま浅い皺《しわ》に刻まれてしまった感じの、貧相な中年男が辰吉を呼び止めた。鼠色《ねずみいろ》の半纏《はんてん》はところどころほつれ、新聞箱の塗《ぬ》りもだいぶ剝《は》げている。

何のことはない、諸新聞を売りさばく同業者だった。

「粕谷さんのお宅は、もう俺が毎日届けてる。声をかけたって無駄《むだ》ってもんよ」

少し寒々しく見える空色の新聞箱を指差して男は言い、辰吉は慌てて首を横に振った。

「こんな大事の時に、新聞の売り込みなんかしませんて」

「じゃあ何してた」

「単なる野次馬ですよ。でもおたく、こちらには何新聞を？」

「『自由新聞』。横濱の土地持ちとか土建業は、自由党に傾倒してるのが多いから」

「粕谷さんてえのは、何する御人なんで？」

「あんた、粕谷喜左衛門《きざえもん》さんを知らないなんて、さてはモグリだな。けっこう手広くやってる、横濱の名士だ。最初は貿易商だったらしいが、早々に見切りを付けて埋め立て事業に転向したんだ」

なるほど、馬主になるだけのことはある金満家というわけだ。

「そうそう、先だって高島町《たかしま》から永楽町《えいらく》に遊郭《ゆうかく》が移ったろ。あれだってよ、あの場所に招致《しょうち》した影の功労者は、この粕谷さん含めた土地開拓に熱心な〝埋め立て大尽《だいじん》〟たちだってんだから、世の中うまくできてらあな」

男はそう言ってヤニだらけの黄色い歯を見せ、「俺ぁ、佐竹丑松《さたけうしまつ》ってもんだ」と名乗ってきた。「で、あんたは？」

「俺はコタツって通り名で……」

「やっぱりそうか、〝新聞コタツ、身のほど知らず〟！　小政の向こうを張って、似合いもしねえ名入りの半纏着込んでちょろちょろ動いてる新聞売りがいるんだって、仲間内じゃもっぱらの評判だぜ」

　むかっ腹を立てた辰吉が言い返そうとした時、母屋から続く飛び石に若い女が立っているのに気づいた。ほっそりした卵形の輪郭《りんかく》に楚々《そそ》とした目鼻が収まっており、裾《すそ》に紅葉《もみじ》を散らした上品な衣がよく似合っている。

「文乃《ふみの》さん、美人だろ。粕谷さんとこの一人娘だ。東京の商家へ片付いたはずが、子ができねえってんで離縁されて、戻って来たんだ。まだ二十三、四じゃねえのかな。もったいねえよな」

　出入りする男たちを青ざめた無表情で見つめる姿は、出戻《でもど》ったことへの憐《あわ》れみを寄せつけない精一杯の気高さに溢《あふ》れており、そんな頑《かたく》なな虚勢がかえって硝子細工《ガラスざいく》のような脆《もろ》さを醸《かも》し出している。硬質で冷たい、壊《こわ》れそうな女の凛《りん》とした横顔を、辰吉は飽かずに眺《なが》めていたいと思った。

「なんだいコタっちゃんよ、図々しくも文乃さんに一目惚《ひとめぼ》れかい」

口を半開きにして見惚《みと》れる辰吉を、丑松は馴《な》れ馴《な》れしく茶化した。

「あの人の母親がたいそうな美貌《びぼう》だったんだが、流行病《はやりやまい》で数年前に呆気《あっけ》なく逝《い》っちまってよ。今じゃ粕谷のお大尽は、大手を振ってあちこちに女を囲ってるって話さ。――ほら見な、噂《うわさ》をすれば影。粕谷さん本人のお出ましだ」

通りの向こうから、人力車が競馬《うまかけ》もかくやという勢いで駆け込んできた。ふてぶてしさも武器のうちと割り切ったような面《つら》が、車上でふんぞりかえっている。娘の文乃とはまったく似ていない巨漢の粕谷に、新聞売りとしての目が引っかかった。

あの粕谷という男、どこかで見たことがある――。

町の名士だというから、どこかですれ違っていても不思議はないのだが、もっとはっきりと見た覚えがある。確か以前も、今日のような茶色の羽織を着て、恰幅《かっぷく》のいい体を揺《ゆ》すりながら堂々と通りを歩いていたはずだ。

「そうか、チョビ髭《ひげ》の旦那《だんな》と……」

思い出した。あれは七月、辰吉が唐柿《とうがき》まみれの小見山と通りを歩いていた時、遠目だったが二人の姿を見かけたのだった。

「ホラ、どいたどいた」

お抱え車夫が野次馬を払い、家の真ん前に車を停《と》めた。火事騒ぎなどどこ吹く風、消火に駆けつけた近隣住民に礼も詫《わ》びもなく、粕谷は濁声《だみごえ》で悪態をつきながら車を下りた。

「まったく、腹立たしいにもほどがある。ムサシが出ていれば、〝墨染号《すみぞめ》〟なんぞに勝ちを譲《ゆず》ることもなかった。宮内省の牝馬《ひんば》が優勝したとあっちゃ、これから献上するこっちの面目は丸つぶれだ。前評判はあてにならん、くそッ」

ここに至って、粕谷は出迎えた文乃と男たちに初めて気づいたか、「ごくろうさん、ごくろうさん」とぞんざいに頭を下げて回った。

「あとの始末はわしがやる。文乃、お前はトメと山元町《やまもと》に行ってなさい」

「でもお父様、ムサシのことだって……」

「いいから黙って言う通りにしなさい」

文乃は一瞬ぎゅっと口を引き結び、父親に頭を下げて母屋へ戻っていく。三々五々散り始めた人波の中、辰吉はしばらく門前に立ち尽くした。

宮内省に差し出すはずだった馬を暴れさせ、同時に本宅で小火《ぼや》を出したというのは、成功者の粕谷を恨《うら》む者の仕業に違いない。辰吉は月並みな推測をしてみたものの、それが五年前の暴れ馬とどう繋がるのか、肝心《かんじん》なところの判断はつかなかった。

馬肥ゆる秋には、迫り来る敵兵に備えよ――。

小見山の高い声が、澄《す》んだ空に朗々《ろうろう》と響《ひび》き渡った気がした。

粕谷宅の小火は、後に火つけと分かった。納屋の外に散らばっていた藁《わら》に油を振りかけ、マッチで火をつけたらしい。

辰吉がそれを知ったのは事件翌日の『はまなみ新聞』でだったが、記者が富田でなかったせいか、競馬場《うまかけば》から逃げ出した馬については一言も触れられていなかった。

昨日に続き、突き抜けるような高い空が頭上いっぱいに広がっている。

辰吉は少し迷った末、足を延ばして山元町へ行くことにした。昨日の粕谷の口ぶりから、当地に別宅があると踏んだのだ。本宅をうろついて同業の丑松と悶着《もんちゃく》を起こすのも面倒《めんどう》だったし、あの出戻りのお嬢様をもう一目見たいという下心も湧《わ》いて、『自由新聞』一部を箱に収めて居留地を出たのだった。

山元町は、ちょうど競馬場へ向かう丘陵の途中にある。丘にくい込んだ谷戸田と畑地だらけの寂《さび》しい場所に、異人相手の遊歩道が設けられて十数年。谷を埋め立てて造成した競馬場の出現もあり、ぽつぽつと増えた家並みがやがて町になった。

天皇が競馬場へ行幸する際の通り道にもなっており、沿道に土下座して出迎えるのが近隣住人の自慢《じまん》だ。広い畑地を生かした西洋野菜の農家や植木商が多く、もしかすると自分がそうであったかもしれない姿を思い浮かべながら、辰吉は鈴を鳴らして不慣れな道を急いだ。

粕谷喜左衛門の別宅は、すぐに分かった。ほかに豪勢《ごうせい》な家が見つからなかったからで、垣根に囲まれた藁葺《わらぶ》きの母屋は、数百年続く豪農の居宅を思わせた。

「新聞んー、エエー、新聞んー、よろず取扱ィー、新聞のォー、コタツゥー」

家の前で一際大きく声を張り上げ、竈《かまど》のある仄暗《ほのぐら》い土間に立って「ごめんくださいよォ」と呼ぶこと二回、奥から「トメ」らしき老婆《ろうば》が出てきた。「はい、何用で……」

「新聞のコタツって者です。居留地の新聞売りの丑松さんから頼《たの》まれやして、『自由新聞』お届けにあがりました」

「旦那様は、ここにはいらっしゃいませんから、新聞なんて大層なものは……」

「なんの。新聞コタツは雑用も承るんで。この辺り、買い物には不便でしょう。入り用のもんがありましたら、何でもお届けしますんで、遠慮《えんりょ》無く」

「そういうことでしたら、裏に回ってくださいまし。下男が薪割《まきわ》りしてますので、話はそちらに……」

老婆は顔中の皺をさらに深くしてそう言い、辰吉は裏手に回った。手入れされているとは言えない庭の隅《すみ》には薄《すすき》が一群れ揺れており、曲がりくねった松と納屋の間で枯《か》れ木《き》のような老僕《ろうぼく》が薪を割っている。

小屋の板壁《いたかべ》に積み上げた薪はまだいくばくもなく、辰吉は手伝いを買って出るついでに入り用のものはないかと尋ね、老人は「それじゃ、『あな屋』の錦繡《きんしゅう》まんじゅうだけ……」と遠慮がちに居留地の菓子屋を指定した。文乃様の好物なのだと、済まなそうに言う。

「なんのそれしき。任せてください」

その時ふと漂《ただよ》ってきた獣のにおいに顔を上げれば、松を挟んで小さな馬小屋があり、艶《つや》やかな青毛の牡馬《ぼば》が、耳をそばだてながらこちらを見つめていた。

「あの馬ですか、昨日競馬場から逃げ出した馬ってのは」

「へい、お沙汰《さた》が下るまで、あんまり不憫《ふびん》だってんで、文乃様がここに……」

お上に献上する馬が晴れの舞台で失態を見せたとあっては、やはり何らかの罰《ばつ》を受けるものだろうか。黒目がちの優しいムサシの眼とぶつかり、人間の都合に翻弄《ほんろう》される馬の身に同情して、はからずも胸が痛んだ。

「まったく、せがれがついていながら、とんだことになってしまって……」

「えっ、息子さんが、競馬場についていってったんで？」

「ほかのことは何《ナン》もできねえのに、どういうわけか馬の世話だけは上手《うま》くて。ムサシの面倒もずっと平太《へいた》が見てましたんで、昨日も旦那様に無理言ってついてったんです」

「じゃあその、平太さんは今——」

新たな手がかりに、なおも話を聞き出そうと辰吉が勢い込んだ時、裏手に面した縁側から声がかかった。

「おや、声を聞いてもしやと思ったら、やっぱりそうだ」

「これは、チョビ……山﨑《やまざき》の旦那」

昨日の件を聞き、火事見舞いにやってきたという洋装の山﨑が、文乃と並んで立っていた。粕谷とはここ数ヶ月の間に親しくなり、本宅にも何度か招かれているという。

文乃は山﨑が辰吉を紹介するのを大した興味もなさそうに聞いていたが、鄙《ひな》びた郊外の家にたたずむ薄幸そうな美女は、高慢《こうまん》ちきというよりもむしろ、世俗から一歩遠ざかった高貴な彼岸《ひがん》の香りがした。

羽衣《はごろも》盗られた天女みたいだ——。

嫁ぎ先から返され、頼れるはずの実父は商売と愛人に夢中。その孤独《こどく》が庭の紅葉を染め上げていくのだろうと、辰吉は己《おのれ》の詩情に浸《ひた》ってうっとりしてしまった。

「文乃お嬢様、こちらの新聞売りさんが、錦繍まんじゅうを届けてくれるそうで」

「そう、ご苦労様」

最後にちらりと見せた寂しそうな笑みが、灯心にぽっとつく火のように、いつまでも辰吉の脳裏に残った。

結局、チョビ髭の山崎と山元町を後にし、居留地へ戻って一緒に昼飯をとることになった。冬に近づいてもいっこうに食欲は衰《おとろ》えず、太田町にある行きつけの一膳飯屋《いちぜんめしや》で、少しばかり旬《しゅん》を過ぎたサンマを頼んだ。混雑した店の隅っこで、二人向き合ってひたすら食う。

「旦那も人が悪《わり》ぃや。新聞社の社長さんなら早くそう言ってくだされぱいいのに」

ほぐしたサンマの身と湯気の立つ白飯を口いっぱいに頬張《ほおば》り、辰吉は鼻の穴を膨《ふく》らませた。山崎が『はまなみ新聞』の社長だというのは、道々知った。

「わざわざ言わなくても、栗毛先生の知り合いなら、とっくに知ってると思ったんだ。それにしたって、どうしてあんな所まで？」

「ちょいと、五年前にあった暴れ馬の事件について調べてるんです。生糸の売込商《うりこみ》だった『八幡屋』の夫妻が、夜道で馬に襲われましてね。当時十四だった下女が片足を駄目《だめ》にしたんです。それが俺の妹ってわけなんで」

山崎は豆腐《とうふ》の味噌汁《みそしる》をすする手を止め、「そりゃあ気の毒に……」と痛ましげに呟《つぶや》いた。

「でも粕谷さんは、僕の知る限り五年前の事件とは関係ないと思うんだがなあ」

「じつは、昨日ムサシを暴れさせたやり口が同じなんで」

「どうして君が競馬場の件を知ってるの」

途端に職業人の顔に戻った山崎の、油断ならない目つきに内心驚いて、辰吉は「じつは昨日、俺も競馬場にいたんで……」と弁解がましく付け足した。

「お宅の社の、富田さんもいましたよ」

「あいつ、さては粕谷さんに張りついてたな……」

渋い顔で沢庵《たくあん》を噛《か》む山崎のチョビ髭は、味噌汁で間抜けに光っていた。

「じゃあ君は、競馬場から馬を逃がした張本人を探してるんだね」

「へえ。同じ日に小火《ぼや》騒ぎってのも無関係とは思えなかったんで、一応あちらの別宅にも行ってみたわけなんで……」

「だけどね、文乃さんにあの馬の話を持ち出すのはよしたがいい。あの女性《ひと》は、仔馬《こうま》の時からムサシをそりゃあ可愛《かわい》がって、自分が嫁に行く時も馬のために泣いたそうだよ。まあ、あの下男の爺《じい》さんから聞いた話だがね」

「宮内省に献上するって聞きましたが……」

「うん、それが決まった時も、文乃さんは最後まで反対したらしい。可哀想《かわいそう》に、今度のことであの馬がどうなるか分からない。処分されねばいいが……」

文乃のことを語る山﨑に、娘を持つ父親の温かい情のようなものを感じて、辰吉は一つ思い出したことがあった。

「時に、山﨑さんのお嬢さんは、おいくつなんです？」

「うちは三人、全部男さ。一人くらい娘が欲しかったがね」

「えっ……」それでは小見山の話と違う。「そちらのお嬢さんが、栗毛先生の小説にぞっこんだって……」

「大方、別の誰《だれ》かと勘違《かんちが》いしてるのさ。あの人、妙《みょう》に女に好かれるから」

それからどちらともなく黙《だま》りこんで飯を食い、町会所の角まで一緒に戻った。別れ際、山﨑が「ねえ、君」と唐突に辰吉を呼び止めた。

「五年前のことだがね、妹さんのことは気の毒だが、早く忘れた方がいいんじゃないのかね。古傷をいじくり回して、新たな血が噴き出さないとも限らんよ」

「どういうことです？」

「真相を知って傷つくのは、君や妹さんだってことさ」

「旦那、まさか何か知ってるんですか」

「一般論だよ」

そうして山﨑はボウラーハットをちょっと持ち上げ、辰吉に質問させる隙《すき》を与えない素早さで踵《きびす》を返した。

2

積み重なった紙の束をどけたら、ようやく黄ばんだ畳《たたみ》が見えた。

灰なのか埃《ほこり》なのか土なのか判別できない塵芥《ゴミ》の間を、蜘蛛《くも》がかさかさ逃げていく。

初日の第一レースで宮内省の〝墨染号〟にあり金を全部持って行かれた小見山は、ここ二日ばかり昼過ぎまでふて寝を決め込んでおり、そのあまりの頽廃《たいはい》ぶりに見かねた辰吉が、ついに掃除に乗り出したのだった。

手ぬぐいを姉《あね》さんかぶりした辰吉がくるくる片付け回る部屋の真ん中で、薄《うす》っぺらい掛け布団が悲しく盛り上がっている。

「次の亥《い》の日は十五日です。綺麗《きれい》に片付けて、炬燵《こたつ》出しましょ。火鉢《ひばち》なんかより、ずっと暖かいから。ね、炬燵でミカン。極楽でしょ」

「小西郷のミカン号が何だ。僕の賭けた馬は墨染号に負けた。墨染号の奴、三馬身差で圧勝だぜ、嫌《いや》になる。前評判は嘘《うそ》ばかりだ」

ムサシ号を逃がした〝埋め立て大尽〟の粕谷喜左衛門と同じような文句が、〝埋もれ大尽〟の小見山の口から恨めしげに漏《も》れてくる。辰吉はガラクタの山の中で肝心《かんじん》の火鉢を探しながら、植木鉢に土瓶《どびん》と擂粉木《すりこぎ》が突っ込んである惨状に泣きたくなった。使われなくなって久しい埃だらけの衣紋竹《えもんだけ》には、裂けて半分しかなくなった千鳥柄《ちどりがら》の手ぬぐいがかかっている。

「うわあ、汚い、黴《かび》が生えてら。この千鳥柄の手ぬぐい、ほかのと合わせて古裂《こぎれ》売りに出しましょ。竈と火鉢の灰も、確か〝灰買い〟が回ってますから、売れば金になりますよ」

「駄目だ」その日初めて、小見山がまともな返事を寄こしてきた。布団から細長い首をにゅうっと伸ばしてくる様子は、亀《かめ》に似ている。

「千鳥の手ぬぐいは、鼻緒《はなお》か何かに使った余りだ。捨てるなよ、いつか使う」

「俺はね、今日は無料《ただ》で貧民窟《ひんみんくつ》を一掃しに来たんです。コンビーフの缶《かん》の行方《ゆくえ》を突き止めないことには、新聞代も徴収できませんからね。大体、フエイセイですよ。こんな暮らしで、よくコロリに罹《かか》りませんでしたね。水だって、裏の浅井戸じゃなく水売りから買わないと。埋め立て地の水は飲めたもんじゃないんだから」

「確かに。美味《うま》い水は、横濱区民の悲願だからね」

そう言いながら欠伸《あくび》交じりに起き上がった小見山は、瓶の底を柄杓《ひしやく》でさらって不味《まず》い水を飲んだ。神棚《かみだな》も荒神様《こうじんさま》のお札もない家は、大量の物に押し潰《つぶ》されてなお、生活のにおいがない。溜《た》めに溜め込んだ文明の残骸《ざんがい》をかき分けかき分け、辰吉は何をどう片付けようとしているのか自分でも分からないまま、とにかく無心に動き続けた。

「日の当たるきれいな部屋と、清らかなお水。朝日とともに起き、髭をあたって、清潔な衣を着けて、滋養《じよう》のある食い物を摂《と》る。幸せの神様はね、そういう所にお出《い》でになるもんなんです」

「いい、いい。そんな努力を要する生活、僕はちっとも幸せじゃない」

「まったく、ああ言えばこう言う。だから作家先生は嫌なんだ」

五年前に再会した頃の小見山は二十のお終《しま》いで、あっという間に三十も半ばになったと思ったら、脂ののった世間の同年代を横目に、一人苔《こけ》むしたような生活を送っている。仕事を世話してくれた大恩があるから、というのが世話を焼く建前だったが、本音の本音を言ってしまえば、辰吉は少しでも昔の小見山に近づいてもらいたいと望んでいるのだった。

その昔、父の仕事場である小見山家に、なぜ辰吉までついていったのかよく覚えていない。確か小見山には年の離れた兄がおり、その息子が辰吉と同じ年だったと記憶していているから、恐らくお武家様の酔狂《すいきょう》で庭師の息子を遊び相手に指名したのだろう。だがとにもかくにも、辰吉は甘い金平糖《こんぺいとう》をくれる秀才の次男坊が好きだった。日の当たるきれいな部屋で、いつも清潔な衣を着けて、利発そうな目をまっすぐこちらに向けてきた若者は、幼い辰吉にとっては畏《おそ》れ多くも眩《まぶ》しい「お侍さま」の象徴《しょうちょう》だったのだ。

それが、今ではこのざまだ——。

「本当にもう、俺の美しい思い出を穢《けが》さないでほしいんですよ」

煎餅布団《せんべいぶとん》の下から夏用に絹が仕立てた三筋立《みすじだて》の単《ひとえ》を引きずり出し、冬用に直させると持ちかけたら、先ほどより強硬な「いい、いい」が返ってきた。

「たつ坊がやるわけでもないのに、勝手に仕事を増やしたら、妹御が可哀想じゃないか」

もっともらしく遠慮しているものの、ひょっとすると小見山は絹が苦手なのではないか。しばらく前に生まれた疑惑は、時を経るほど色濃くなって辰吉の心を曇《くも》らせる。まず小見山は、辰吉兄妹《きょうだい》が間借りしている『ぶらぼ』には滅多に来ない。飯の誘いを断るのは勿論《もちろん》のこと、季節のあれこれを世話する絹の「口実」を、のらりくらりと遠慮して躱《かわ》す。

ここまで来るとさすがの辰吉も勘《かん》づこうというもので、健気《けなげ》な妹の思いを考えると小見山の態度は面白くない。そうして今もふと、絹の話題を仕掛けてみたい意地悪な気持ちが湧《わ》き起こった。

「それはそうと、五年前に絹に暴れ馬を仕掛けた張本人、見つかりそうなんです」

「そうなの？」土間に落ちていたメリヤスのシャツを嗅《か》いでいた小見山は、わずかに片眉《かたまゆ》を上げて振り返った。「どこの誰」

「そこまではまだ分からないんですがね、記者の富田もずいぶん乗り気で――」

競馬場で馬が暴れた原因が、五年前と同じ手口だったこと。大柄な男が厩舎で目撃されていること。馬の持ち主は埋め立て事業で一財築いた粕谷という男で、競走《レース》の後に宮内省へ馬を献上する予定だったこと。同じ日に粕谷の本宅で小火《ぼや》騒ぎが起こったこと。

辰吉は事情を簡単に説明し、「もし犯人を見つけたら、俺がぎったぎたにしてやりますよ」と息巻いた。ところが小見山は薄い眉毛を八の字にし、「やめなさいよ」とチョビ髭の山﨑と同じことを言った。

「妹御の仇《かたき》をとりたい気持ちは分かるが、物騒《ぶっそう》なことに首を突《つ》っ込《こ》むもんじゃないよ。

いいかい、海や沼沢を埋め立てて新しく生まれた横濱の地面は、金と利権の土壌《どじょう》だ。その土地を買収したり埋め立てたりしてる粕谷ってえのは、右手をやくざ連中と結びながら、左手を自由党だの縣官《けんかん》だのに伸ばしてるような胡散臭《うさんくさ》い奴なんだよ。変に嗅ぎ回って目をつけられたらどうする。兄さんに何かあったら、それこそ妹御が悲しむじゃないか」

「だって……」

小見山には関《かか》わりないことだと分かってはいたが、やはりどこまでも他人事《ひとごと》の口調が不満だった。せめて少しくらい驚いてくれてもいいではないか。

口をへの字に曲げた辰吉の背後から、反対側の端っこに住んでいる爺さんの、かーっと痰《たん》を吐き出す音が響いてくる。

「とにかくね、たつ坊」

言ったところで諦《あきら》める辰吉ではないと思ったか、小見山はもらいものの香水《ヲーテコロリン》を振りまいたメリヤスシャツを鰹縞の下に着込みながら、再び口を開いた。妙に中毒性のある高めの声は、いつもより優しげだった。

「一人で勝手な真似はしないことだ。何かする前には、僕に言いなさい。何か分かったら、僕に教えなさい。たぶん、どのみち力にはなれないがね」

「じつはこれから山元町にある粕谷の別宅に、錦繡まんじゅうを届けるんです。出戻りの一人娘が、これまた薄幸そうないい女で。……一緒に行きます?」

「あいにくだが、これから出かけるんだ。たつ坊の言う通り、髪に櫛《くし》を入れて、髭をあたって、身ぎれいにしなくちゃいけない。君も掃除なんていいから、行っておいで」

「そんな洒落込んで、さては山﨑の旦那の、娘さんの所へ行くんですか」

小見山は答えず、ただちらりと笑っただけだった。

それから辰吉は小見山に促されるまま、晴れない気分で裏長屋をあとにした。

ふと慰《なぐさ》みに思いついたことがあり、そのまま木戸の出入りが見られる所まで移動する。

道路脇に立って待つこと十分。小見山が現れ、反対方向へぷらぷらと歩き出した。

少なくとも、いつも暇つぶしに行く元濱町の溜まり場ではないようだった。

あんたが黙ってる気なら、こっちにも考えがあらあ——。

辰吉は二十メートルほどの距離を開け、新聞箱の柄の先についた鈴を押さえながら、あとを尾《つ》け始めた。絹に対する素っ気ない態度への反発心と疑惑も手伝い、長年触れずにいた小見山の領域へ、密《ひそ》かに足を踏み入れたい誘惑に駆られたのだった。

一体、どこへ行くんだ――？

小見山は二階屋の続く尾上町を横濱駅の方へ歩いていき、やがて一軒の高級料亭へ入っていった。同じように、羽織を着た商人連中が続々と中に吸い込まれていく。予想外の成り行きに面食らった辰吉は、店の前にたむろしている新聞記者らしき男に声をかけた。

「皆さん、今日は何の集まりなんで？」

「貿易商人が、立憲改進党の党員呼んで、政談聞く集まり。商人とか知識層なんかは、この党の支持者が多いから」

「商人でない人も聴けるんで？　今、戯作者の栗毛東海《とうかい》先生をお見かけしたんですが」

「あの人は昔っから民権運動の集まりに顔を出してますよ。こっち方面の商人連中とは大体面識がある。おかしいよね、小説はくだらんのに」

普段の言動からも、部屋の塵芥《ゴミ》からも、小見山が立憲改進党に傾倒している気配はない。春に「鰻《うなぎ》の食い方」に喩《たと》えて二党の違いを説明してくれた時も、取り立ててどちらかに肩入れしている風はなかった。ならばなにがしかの理由があってのことだろうが、恐らくそれは暇つぶしでも小説のネタでもない、別の目的に違いなかった。

小見山は立憲改進党系の集まりに顔を出し、チョビ髭の山崎は自由党系の粕谷に接近し、お互い額をつき合わせてひそひそ何かしているかと思えば、辰吉には暴れ馬の件は忘れろと口をそろえる。

今まで当たり前だったものが、いつの間にか別のものに姿を変えていたような不安を覚え、ふと胸中に去来したものの正体を探ったら、思いがけず「寂しい」という気持ちだった。

父の代から縁があり、辰吉もまた世話になり、妹が密かに心にかけ、毎日家族のように顔を合わせるあの御人は、結局のところどこまで嘘をつくのだろうと思ったからだった。

浮かない思いと錦繍まんじゅうとを小脇に抱え、辰吉は山元町にある粕谷の別宅へ足を運んだ。

途中、粕谷宅の大きな藁葺き屋根を望む空き地で、子供たちが「娘も馬も出戻ったあー」と節をつけて囃《はや》し立てているところに出くわし、「こら！」と辰吉が拳固《げんこ》を振り上げて叱《しか》ったら、一目散に逃げていった。時として子供というのは残酷《ざんこく》なもので、男女の何たるかも知らない洟《はな》垂れ小僧どもが、大人たちの話を聞きかじっては、「心中もん」「駆け落ちもん」などと平気で口にする。

近隣住民の総意がこれなら、文乃もたまったものではないだろう。そう案じて訪ねた辰吉だったが、門前で呼べど叫べど人が出てこない。老婆と老僕では耳が遠いのかと、遠慮がちに裏手に回ったところ、文乃本人が馬屋の前でムサシに話しかけていた。

「ムサシ、あなたもつくづく損な星回りに生まれついているのね。あなたは何も悪くないのに。傘で脅されて、怖《こわ》い目に遭《あ》って、必死に逃げようとしただけなのにね」

あたかも人同士の挨拶《あいさつ》のような、習慣化された自然な語らいだった。一群れの薄《すすき》が揺《ゆ》れるように、馬屋の前にたたずむ女一人と馬一匹の孤独が浮き立つ。

「戻って来たら、後ろ指さされて笑われて。お父様は体面を取り繕《つくろ》うのに必死で、大事なことはこれっぽっちも覚えてない。知ってる？　あなたはお父様が私のために買ってきてくださった馬だったのよ。名馬だって分かった途端、取り上げてしまったけれど……」

馬が甘えるように文乃へ顔を寄せた。

「大丈夫、私が守ってあげますからね」

繰り返し毛並みを撫《な》でてやる文乃の優しい手つきと眼差《まなざ》しは、秋風に鳴る新聞箱の鈴に気づいた途端かき消えた。辰吉は能面のようになった文乃の表情に居心地の悪さを覚えながら、ぼそぼそと説明した。

「お約束の錦繡まんじゅうお持ちしました。玄関口で呼びましたが、どなたもいらっしゃらなかったんで……」

「そう、ご苦労様。お代金はトメに払わせますから。全部でおいくら？」

もらうのもはばかられるくらいの少額を口にすると、文乃は「トメ、トメ」と縁側で呼びながら、「聞こえないのかしらね」と首を傾《かし》げる。すっと下駄《げた》を脱いで上がった足首の細さにどきりとして、辰吉は「あ、あの」と上擦った声で呼び止めた。

「よろしかったら、またまんじゅう持ってきますんで、その時にでもまとめて……」

「あなた、新聞売りでしょう。新聞を買わない相手の雑用を引き受けたって、新聞のお銭《あし》ほどにはならないでしょう。どうして割に合わない損なお仕事をなさるの」

そのわずかな儲《もう》けもありがたいその日暮らしの辰吉は、うっすら微笑《ほほえ》んで答えた。

「俺にとっちゃ、新聞売るのも雑用を承るのも苦じゃないし、あまり大した違いはないんで。町の人の声が聞けて、面白いでしょ」

「面白くない声ばかり聞こえたらどうします。このムサシだって、今まであれほどちやほやされていたのに、あの競馬の日を境にまったく境遇が変わってしまいました。人の声なんて、移りやすくて悪意に満ちたものばかり」

「そりゃあ……世間はいつでも勝手に変わっちまって、こっちはひたすら面食らうばっかりですけど、お嬢さんが変わらないんだったら、いいじゃありませんか」

縁側から無言のまま見下ろしてくる薄幸の女に、辰吉はムサシの名を借りて本心を吐露《とろ》した。

「何か不運なことがあった後、変われないで駄目になる人も、変わって乗り越える人も、変わらないで矜持《きょうじ》を保つ人もいる。ムサシは何があっても名馬には違いないし、たとえムサシが名馬じゃなくなってもお嬢さんがずっとムサシを可愛がるなら、世間が背中を向けたって、それでいいじゃありませんか」

「そんな簡単な話ではありません」

文乃はぎゅっと口を引き結び、そっぽを向いた。悲しい時に歯を食いしばるのだと辰吉は気付いたが、文乃が次に視線を戻した時には、もとの落ち着き払った表情だった。

「おまんじゅうは、もうけっこうです。本宅の方も落ち着きましたので、明日向こうへ戻りますから。代わりに、私でも読めるような新聞、何か届けてくださいな」

「え、いいんで？」

辰吉は自分でもそうと分かるほど顔を輝かせ、文乃に似合いの新聞をあれこれ検討し始めた。女子供が楽しく読めるのは小新聞《こしんぶん》だが、あまり下品なのもよろしくない。秋の夜長、火鉢にあたりながら楽しめるものと言えば――。

「それなら、『はまなみ新聞』はいかがでしょ。山﨑さんの所の。下世話じゃないし、横濱の身近な話ばかり載ってるから、楽しめると思いますよ」

「そう？　新聞売りさんが勧めるなら、それでいいわ」

「でも、お宅は『自由新聞』を丑松さんから買ってるでしょ。かまわないんで？」

「あの人は嫌《きら》いよ。いつもうちの様子をうかがってるみたいで。トメにも根掘《ねほ》り葉掘り聞くの。あなたの方がいいわ」

「よっしゃ、決まりだ。それじゃ、お嬢さんと俺の秘密《ひみつ》にしましょ」

秘密を共有したことで急速に親密になれた気がして、辰吉がにわかに心を弾ませた時だった。

「――おじょうさん。ムサシ。へいた、かえった」

間延びした声がし、玄関の方から辰吉たちのいる裏手の庭へ巨体が現れた。年の頃は三十前後、頭にはほとんど毛がなく、片方だけ大きな右目をしきりに瞬《しばた》かせ、「へいた、かえった」と繰り返して肩を揺すっている。辰吉は昨日老僕が言った「平太」という息子の名と、競馬場《うまかけば》の厩務員が見たという怪しい男の特徴を瞬時に結びつけて、

「あ、あんたが!」と叫んだ。すると突然、狼狽《ろうばい》した平太が身を翻《ひるがえ》して逃げ出した。

「あッ、待て、この野郎」

「新聞売りさん、やめてちょうだい!」

文乃の制止も背後に流し、辰吉は新聞箱の鈴を鳴らして平太を追いかけた。今の態度を見て、馬を暴れさせたのはあの男だと確信した。潔白ならば、何も言わないうちから逃げるはずもない。一昨日《おととい》の件と五年前の夜と絹の足とが、ごちゃ混ぜになって辰吉の血を沸騰《ふっとう》させた。

絶対に許さねえ。

巨体の男は地響きを立てて走り、なぜか屋敷の外には向かわず、競馬よろしく逆回りをして裏手の庭に戻って行く。庭に下りた文乃の背後へ縮こまり、平太はとうとう震えて泣き出した。「おじょうさん。へいた、あいつ、こわい」

新聞箱を振り捨てた辰吉は、平太に飛びかかって胸ぐらをつかんだ。擦り切れた袷《あわせ》のふところから、色鮮《あざ》やかな紙切れが三、四枚こぼれ落ちた。

「やい、競馬場でムサシを逃がしたのはお前だろう。ちゃんと答えやがれ。どうして五年前と同じ手口を使ったんだ。五年前のこともお前がやったのか!」

「こわい、こわい、へいた、こわい」

「何が怖いだ。ふざけるんじゃねえ。正直に言わねえと――」

突然乾いた音と痛みが走り、頰《ほお》を張られたのだと一拍おいて気づいた。血の気の失《う》せた文乃が、平手をかまえたまま辰吉を見下ろしている。平太は辰吉の腕を振りほどき、文乃の後ろへ隠れた。興奮した馬のいななきが納屋から聞こえてくる。

「ふ、文乃お嬢さん、俺はただ……」

「見れば分かるでしょう。平太は普通の人とは少し違うの。いきなり大声を出したら、驚いて逃げるに決まっています」

「ムサシが暴れ出す直前、そいつが厩舎にいたって。だから俺はそいつが……」

「ムサシの目の前で傘を広げて、あげく鞍に引っかけて暴れさせたと？　平太がそんなことを思いつくとでも？　ずっとムサシを可愛がって世話してくれていたこの人が、ムサシを驚かせて、評判を落として、身の危険にさらすような馬鹿な真似を、本当にすると思ってるの？」

凍《こご》えた視線に射貫かれ、辰吉は目をそらせた。沸騰していた血が徐々に収まり、やがてばつの悪いぬるま湯に変わり、最後に冷や汗になって額から噴き出した。

「あなた、ただこの家に新聞を売りに来たのではなかったのですか。山﨑さんが火事見舞いに来られたのも、この件を探るためですか」

「違います、あの人とは関係ない……」

「どうせ父の悪い噂も知っているのでしょう。その通り、今頃物騒な人たちを使って、放火の下手人を躍起になって探してますわ。ムサシを逃がしたのも、その一味に違いありません。そちらを追ったらどうです」

強い口調で言われ、辰吉は返す言葉を失った。怒りに我を忘れた自分の失態よりも、またもや人に信頼を裏切られた女の、凍えた目が悲しかった。

「『はまなみ新聞』は、届けてくださらなくてけっこうです。お引き取りを」

頑なな文乃の背に晩秋の風が吹き、先ほど平太のふところからこぼれた紙切れが、紅葉のように舞いながら辰吉の足下に飛んできた。

どれも同じ三角マークの描《えが》かれた、麦酒《ビール》の瓶《びん》に貼《は》ってあるレッテルだった。

その後は、帰宅した『ぶらぼ』でもさんざんだった。

「辰《たつ》ちゃんさ、あんた近頃、町で怪しい人見てない？　増えてるんだって。泥棒《どろぼう》」

「そりゃ物騒な」

飯を頬《ほお》張《ば》りながら辰吉が上の空で答えたら、「まったく、他人事じゃないよ」とおよねさんに叱られた。秋の日はつるべ落とし。夏の頃に比べて夜の客足は落ちるため、すでに閉めた店の奥の六畳間で、行灯《あんどん》の明かりに滲《にじ》んだ互いの影を見ながら、三人一緒に夕飯を取っている。麦を混ぜた飯と、豆腐の味噌汁と、里芋《さといも》の煮《に》っ転がしだった。

「堀川と中村川の一帯。年寄りとか留守の家が、軒並《のきな》み狙《ねら》われてるんだから」

「じゃあ、およねさんも気をつけなきゃ」

「まあ、小憎《こにく》らしいことを言う子だよ」

辰吉は茶碗《ちゃわん》に残った飯をかき込み、出涸《でが》らしの茶で胃に落とした。これほど意気消沈《いきしょうちん》しているのに、きちんと物が食えるのが不思議だった。思えば両親が死んだ時も絹の足が駄目になった時も、飯だけはちゃんと食った。俺がしっかりしなくちゃならんという奮起《ふんき》が、余計に腹をすかせるのだと思う。

競馬場での暴れ馬のことは、絹には話していなかった。当然、今日あった文乃とのやり取りも知らないはずだったが、じっと兄を見ながら箸《はし》を口に運んでいた絹が一言、

「女の人でしょ」と言った。

「また、薄幸そうな女の人に袖《そで》にされたんでしょ」

痛い所をつかれた辰吉が反論を試みる間もなく、およねさんが鼻から長い息を吐く。

「辰ちゃんはさ、自分が何とかしてやらにゃいかんて気負っちゃうんだろうけど。そういう思い込みね、ありがた迷惑な時もあるんだから」

「そうそう。お兄ちゃんはちょっとお節介なのよ。普段は影ながら見守ってくれて、辛《つら》い時にだけ手を差しのべてくれる男の人がいいと思う」

そんな都合のいい奴がいるものか。ふてくされて爪楊枝《つまようじ》をいじくりながら、辰吉は話題を枕屏風の〝新聞小政〟にすり替えることにした。絹は自分の枕屏風に貼った小政の錦絵を、まだ剝《は》がしていないのだ。

「それよりお前、いい加減にあの変な錦絵を何とかしろって。毎晩兄の敵《かたき》を眺《なが》めながら寝るたあどういう了見だ」

「あれは小政さんに扮《ふん》した尾上菊五郎《おのえきくごろう》の錦絵であって、小政さんじゃありません。それに私が自分の屛風の破れ隠しに何を貼ろうと勝手でしょう」

まことにこまっしゃくれたことを言う。絹に錦絵をやった当のおよねさんが、「狭《きょう》量《りょう》な兄さんだねえ」と馬鹿でかい顔を割り込ませてくる。

「お絹ちゃんの周りをご覧《らん》よ。寸詰まりの兄さんか、ハゲのむっしゅーか、馬鹿な仁《に》王《おう》か、こんにゃくみたいな小説家しかいないいじゃない。いい男の錦絵ぐらい、いいじゃないねえ」

「ウシワ野郎も源二さんも、まだ店に来るのか」

辰吉の問いかけに、絹もおよねさんも申し合わせたように肩をすぼめ、そそくさと箱膳《はこぜん》を片付け始めてしまった。何だか最近、二人の物言いや仕草が似てきたようだ。そのせいか、世の中の女全部にないがしろにされた気になり、疎外感が一日の不機嫌に拍車をかけた。そうなるとつい意固地になるのが辰吉の悪い癖《くせ》で、結局不首尾に終わるのはいつも自分の方なのだった。

「私、これからおよねさんと湯屋に行くけど、お兄ちゃんも一緒に出る？」

絹に言われて体のにおいを嗅いでみたが、小見山の家の方がくさいせいか、すっかり鼻が利かなくなっている。「俺は薄情な妹とは行きません」と寝っ転がって我《が》を張ったら、あっさり置いて行かれてますます癪《しゃく》に障った。

なんでえ、こちとら暴れ馬の真相を暴くのに必死だってえのに——。

それから一分、二分。辰吉はふと身を起こし、物音を立てぬよう慎重に二階へ上がった。行灯《あんどん》にマッチで火を付け、枕屏風に貼ってあるくだんの〝小政〟に近づく。生来の茶目っ気が今夜はしょうもない方に作用して、寺子屋に通う餓鬼《がき》どもじみた嫌がらせを思いついたのだった。

小政に鼻毛を描《か》いてやれ。

そうと決まれば、やることは早い。一度一階に戻っておよねさんの筆《ふで》と硯《すずり》を拝借し、兄妹の行李《こうり》と寝具とわずかな私物しかないわびしい二階で、辰吉は几帳面《きちょうめん》に正座をしてせっせと墨を擦った。たっぷりと筆に墨汁をつけ、新聞箱片手に凜々しく見得を切る小政の錦絵ににじり寄る。

「へへへ、覚悟しろ小政め」

だが、筆は宙で止まった。妹の数少ないお気に入りを台無しにすることもなかろうという分別が、この時点になってようやく働いたからだったが、その小政の背景に塗《ぬ》られた鮮やかな赤が、巨漢の平太が持っていた麦酒《ビール》のレッテルに描かれた、赤い三角形を思い起こさせた。

英国バス社の、ペール・エール。

平太はあれらの瓶ビールのレッテルを、どこで手に入れたのか。よく出回っており、日本人も好む有名な銘柄《めいがら》だが、下男が一日で何本も飲むにはかなり高い。粕谷の本宅で頼んだ可能性もあるが、金満家とはいえ料理屋でもない普通の家が、瓶ビールを大量に取り寄せる話はあまり聞かない。ならば今日、平太はどこで複数のレッテルを入手したのか。

文乃には悪いが、辰吉はまだ完全に平太を信じたわけではなかった。暴れ馬の件とビールのレッテルとの関わりは分からなかったが、ほかに手がかりがない以上、わずかなことでも頭に留めておく価値はあると思った。

杖《つえ》をつきながら一歩一歩ぎこちなく歩く絹の姿が脳裏をよぎる。

湯屋へ出がけに絹が勝手口で均衡《きんこう》を崩《くず》し、それを二人分の荷物と提灯を持っていたおよねさんが支えていたのを思い出して、今さら一緒に行かなかったことを後悔した。

その時、筆の墨が畳に落ちた。

「ああっ、いけねえ」

辰吉は慌てて拭《ふ》くものを探し、それほどない持ち物を手当たり次第にかき回して、最後に絹の裁縫箱《さいほうばこ》の引き出しを開けた。中に布きれが丁寧《ていねい》に畳んであり、何も考えず引っ張り出した辰吉は、次の瞬間、行灯の火に浮かび上がったそれを見て固まった。

「え、なんで……」

その後の声は続かなかった。絹が後生大事に裁縫箱にしまっていた布きれは、確かに小見山の塵芥《ゴミ》長屋にあったものと同じ、半分に切れた千鳥柄の手ぬぐいの片割れだった。

3

競馬場の暴れ馬と粕谷宅での小火《ぼや》騒ぎから一週間ほど経《た》った晩、『はまなみ新聞』

の記者・富田市蔵《いちぞう》は、町の砂埃にやられた目を血走らせ、中村川が堀川に名を変える〝西の橋〟のたもとにいた。対岸は外国人居留地の角にあたり、派大岡川とも合流する一帯だ。

この西の橋から海にかけて堀川沿いに伸びる元町は、開港に際して移住させられたもとの横濱村の住人が暮らしており、西洋家具を扱う店の膠《にかわ》のにおいがいつも漂《ただよ》っている。

富田の目指す水茶屋は、西の橋から間もない元町の川岸にあった。ここに店を出してもう二年ほどか、ビール目当ての客相手に遅くまで開いており、今も葦簀《よしず》張りの簡素な店全体が、掛け行灯と提灯の火でぽっかりと夜の中に浮かんでいた。

富田は懐手にちょっと立ち寄ったふうを装い、客のいない茶屋に飛び込んだ。

「ビール」富田は棚に並んだ瓶を顎でしゃくり、毛布《ケット》の敷かれた床几《しょうぎ》の一つに腰を下ろした。看板娘もおらず、店主一人きりの商いだ。年の頃四十間近、額に巻いた手ぬぐいで縮れた癖毛を押し上げており、酒焼けのせいか顔はひどい土気色だった。

五年前よりひでえ面《ツラ》だと富田は感じたが、相手は無論富田のことなど覚えていないようで、無言のまま棚から赤い三角印のペール・エールを一本取ると、「一本？　一杯？」としゃがれた声で無愛想に尋ねてきた。「一杯」と富田が答えてすかさず出てきたコップのビールは、水で割られてひどく薄かった。なるほど、中身をごまかすのは天下一品だな、と富田は思った。

伊左次《いさじ》――水茶屋の店主の名は、そう言う。苗字《みょうじ》は知らない。昔から職を転々とし、酒と博奕と女が好きで、少しだけ知恵が回り、己の人生がままならないのをとかく世の中と周囲の人間のせいにしたがる男だった。

十一月六日に粕谷宅で起こった小火事件が、ひょっとすると伊左次のせいではないかと富田が当たりを付けた発端は、実際に記事を書いた同僚が聞き流した、下女の婆さんの言葉だった。火事が起こる少し前、「麦酒を買ってくれ」と六本入りの木箱を持って、酒屋が勝手口に現れたのだという。

――だけども旦那様は競馬場《うまかけば》に行っておられたもんで、わたしじゃお嬢様じゃ判断がつきませんでしょう。申し訳ないけども、帰ってもらったんです。

個々の家にビールを販売しにくる酒屋も珍しいが、問題はその後の老婆の言葉だった。

――ええ、本当に、酒屋さんは骨折り損でしたね。おまけに帰り際に麦酒を二瓶も割ってしまって、ええ、お高い麦酒が地面にこぼれて……。

そこまでをただの余談として事後報告してきた同僚の、ビールがこぼれた場所を聞きもしない無知と詰めの甘さに、富田はうんざりした。

ビールの空き瓶に、灯油を詰めて売ることもあるのだ。色も似ており、間違えて飲んで噴き出したという笑い話も多々あるほどで、こぼれた液体の石油独特のにおいも洋酒のそれだと言われてしまえば、飲み慣れない者には判《わか》らない。残るは火種の問題だが、納屋は母屋の裏手の塀際にあり、隣家の壁に接した細い路地は人通りもなく、塀もビールの木箱を足場にすれば簡単に乗り越えられる高さしかない。

「一週間ほど前、粕谷喜左衛門てぇ名士のお宅で、小火騒ぎがありましてね。毎日その後始末に奔走《ほんそう》してる次第で」

客用の真四角の煙草盆《たばこぼん》を引き寄せ、富田は独り言のように切り出した。

小夜時雨《さよしぐれ》でも降りそうな湿った大気に、強くなった潮の香が混ざっている。富田が生まれ育った品川も、ちょうど雨の前はこんなにおいがした。

「みんな、粕谷に恨みのある奴の仕業だと踏んでますよ。餓鬼でも分かる理屈でね」

自分の強引な商いをあれこれほじくられたくないからか、粕谷は小火の件を警察沙汰にはせず、代わりに立ち退き要求や金の取り立てなどをする際に使っている〝用心棒〟を、下手人捜しに投入《の》したらしい。

　一方で富田は町の酒屋や洋食を出す小料理屋を当たってみたが、ビールを勝手に持ち出せるとなると、ただの従業員ではない。そこで目をつけたのが個人経営の水茶屋で、粕谷家の近場の店を次々と回っていくうち、五年前に見知った伊左次に突き当たったのだ。

「癖ってのは、何にでもつくってのが俺の持論でしてね。一度中途半端に物事をやめると、やめ癖がついて何事も長続きしない。一度誰かを恨んだり、何かに不満を抱いたりすると、そのうちちょっとしたことでも恨む癖がつく。人間の頭は、しごく単純にできてると思いませんか」

　煙管《キセル》をみみっちく小刻みに吸いながら、富田は伊左次を見もせずに続けた。

「五年前、あんたは奉公先の待遇にたいそう不満を持っていた。その後そこを飛び出してしばらくはその日暮らし。ようやく次の店に落ち着いた矢先に、粕谷の遊郭招致で地上げにあって、またもや働き先を失ったって言うじゃないですか」

「お客さん、あんた一体――」

「おまけに先月、懇意《こんい》にしてた女を寝取られたって、伊勢佐木町の酒場で粕谷に突っかかったって聞きましたよ。ねえ、あの埋め立て大尽には、ずいぶんひどい目に遭わされたんですねえ。不運も癖になっちゃあ堪《たま》りませんよ」

そこで初めて富田は視線を店主に移し、煙を吐き出した。「五年前、暴れ馬に襲われた『八幡屋』にいた、伊左次さんでしょう」

伊左次が茶釜《ちゃがま》の向こうで何事か言いかけたその時、掛け行灯に向けていた富田の横っ面がふいに暗くなった。振り仰《あお》げば、明かりを遮《さえぎ》って黒く長い影が立っている。とっさに目を眇《すが》めた富田に、耳にまとわりつくような軽薄な声が降った。

「おたく、目が真っ赤だ。点眼薬を買わないの」

どうして今ここで小見山が出てくるんだ——。富田は狼狽《ろうばい》を隠して小さく舌打ちし、同時に店主の伊左次もまた色を失ったのを目の端にとらえた。小見山は衿《えり》から突き出た妙に長い首を寒空に傾け、たったそれだけの動作で富田に「出ろ」と伝えてきた。

潮の香と夜霧《よぎり》が、先ほどより濃くなっている。

西の橋を居留地側に渡り、富田は小見山と並んで派大岡川沿いの暗い道のりを歩いた。川向こうには江戸から明治にかけて徐々に埋め立てた釣り鐘型の土地が広がっている。鐘の右肩が大岡川、左肩が中村川とすれば、その二本を居留地との境で結ぶのが、この千五百メートルほどの派大岡川だ。

「中村の崖《がけ》の土取り場から土埃がびゅん。伊勢山の崖の土取り場からも土埃がびゅん。おたくの目がひどくなるのは、きっと埋め立て地の呪《のろ》いだな」

「用件は何だ」

「富田さんは、小火の件を調べてるんだろう。あれが水茶屋の店主の仕業だと？」

「白々しいな。十中八九そうだと思うが、決め手がねえ。伊左次を問い詰めようと思ってたところで、あんたに邪魔《じやま》された」

小見山は応《こた》えず、生っ白《ちろ》い指で鼻の脇《わき》をさすりながら、おもむろに言った。

「僕は山崎さんを通して、粕谷に伊左次のことを話そうと思ってる。連中は血眼《ちまなこ》で下手人を捜しているらしいから、向こうの好きにさせて終わりにするんだ。どうだろう、この件はこれで手を打たないか」

何のことはない、富田をこの小火騒ぎから手を引かせるために、哀《あわ》れな水茶屋の店主一人を吊《つる》し上げるという話だった。だがそもそも目的は何なのか、一手ずつ遠回しに詰めてくるような小見山の物言いに、富田の過敏な神経が苛立《いらだ》った。

「あいにくだが、俺は同時に起こった根岸の暴れ馬と小火事件が繋がってると思ってるんでね。大体、小火騒ぎの下手人と思《おぼ》しき男が、五年前暴れ馬に脅された『八幡屋』で働いてたなんて、いかにもじゃねえか。……な、両方あいつの仕業だよ。競馬場の方は、やり方を教えて別の誰かにやらせた。宮内省に献上する馬が暴れて、本宅で小火騒ぎがあったら、粕谷は世間的にもえらい目に遭う。伊左次はそれを狙ったのさ」

「だったら、競馬場で事件を起こした共謀者は、どうしてそんな真似をした？　そいつも粕谷に恨みがあるのか？　そんな人間が、都合良く伊左次の前に現れたっていうのか」

「それをこれから突き止めるって言ってるんだよ。どうだ、一本下世話な記事が書けそうだろう。手を引く理由がどこにある？」

下駄が止まり、富田より少なくとも十五センチは長い身体が、改めてこちらを向いた。よく見れば温度のない小見山の一重瞼が、重たくて仕方がないというふうに半眼になり、異人館から漏れる洋灯《ランプ》の光で斑《まだら》になった道に、何か得体の知れない昏《くら》さが落ちた。

「富田さん、仕方がないからはっきり言おう。根岸の暴れ馬も小火騒ぎも、今おたくの所の山﨑さんが追っている粕谷の件とは関係がない。今、粕谷に警戒されるのが一番困る。ささいなことで騒ぎたてて大きな事件を取りこぼすのは、おたくとしても本意じゃないだろう。うまく暴けば、瓦斯局事件より大きな醜聞《しゅうぶん》になるネタだぞ」

また小出しにしてきた一手に、富田は内心で舌打ちした。

『はまなみ新聞』社長兼編輯《へんしゅうちょう》長の山﨑が、以前から何かと悪い噂のあった粕谷を本格的に調べるようになったのは、今年の夏辺りからだった。つまり、粕谷が何か新聞沙汰になるような目立った動きを始めたのがその頃だというわけだが、それが何なのか富田はいまだに判らなかった。

ただ一つ知ったのは、粕谷がいくつかの小さな土地と店を最近になって売却し、そこそこまとまった金を手に入れたという事実だけだ。

山崎から解雇を仄《ほの》めかされてからというもの、そうやって富田は暇を見ては粕谷に張りついており、競馬初日に粕谷の持ち馬が新馬賞杯《グリフィンズ・プレート》に出ると聞いて根岸まで行ったところ、くだんの騒動に出くわしたのだった。

小見山の言い分は分からないではない。とはいえ、ただ相手の言いなりになるのも癪《しゃく》に障り、せめてもの腹いせに富田は切り返した。

「小見山さんよ。それは五年前の件をほじくり返されたくないからか」

「その問いに答える代わりに、いいことを教えてやろう。粕谷は財産をかき集めて、野毛山一帯の土地を手当たり次第買い漁《あさ》る気だ。もう一つ。今年の春、とあるイギリス軍人が縣《けん》の人間と一緒に野毛山を訪れた」

富田は思わず真っ赤な目を剝《む》いた。単純に話の内容に驚いたこともあったが、恐らくは山崎が握っている大事なネタの一部を、ためらいなくこちらへ漏《も》らしてきたことに動転した。これが小見山の提示する取引材料の片一方だとしたら、それに見合う富田側の一方は見当もつかなかった。

「たいそうな裏切りまでして、一体何が望みだ」

「辰吉にもう余計なことは言わないでほしい」

最初耳がとらえた言葉の意味が分からず、その後ようやく理解が追いつくやいなや、富田はあまりの馬鹿馬鹿しさに堰《せき》を切ったように笑い出した。伊左次をほじくり返せば、競馬場の暴れ馬も小火騒ぎも、ひいては五年前のことも明らかになる。大のために小を捨てるという山崎の大義名分を隠《かく》れ蓑《みの》に、土地の買収だの謎《なぞ》のイギリス軍人だのとさんざん大仰《おおぎょう》な話を持ちかけておいて、結局守りたいのは小見山自身の体面というわけか。

しょせんこいつは腐っても士族だ、と富田は思った。刀を持ち続けた三百年の夢が破れ、金《かね》も誇りも失ったような惨《みじ》めな顔をしておきながら、まだ他人様を手のひらの上で転がせると信じていやがる。

「あの新聞売りは妙に勘《かん》がいい。俺が黙ってたって、自分で勘づくかもしれないぜ」

「その時は仕方ない」

「俺はあんたの、そういう卑怯《ひきょう》で中途半端な態度に虫唾《むしず》が走る」

「僕もだ」

両方の口角をめいっぱい持ち上げて小見山は音もなく笑い、いつの間にかついていた彼我《ひが》公園の端っこで、「それじゃあ、僕はこっちだから」とあっさり別れていった。

あとに残った富田は、調べれば調べるほどぶくぶく疑惑が膨らんでいく粕谷という人物に目眩《めまい》がし、何だか肩が重たくなったと思ったら、目に見えないほど細かな霧雨《きりさめ》が、井桁柄《いげたがら》の衣に冷たく染み込んでいた。

十一月十五日――。馬車道で新聞を売り歩いていた辰吉は、派大岡川にかかった〝鉄《かね》の橋〟こと吉田橋の上で、粕谷喜左衛門の家で働く老女・トメに遭遇した。大根やら笊《ざる》やらを抱えてふうふう息を吐いていたので、見るに見かねて声をかけたのだ。トメは辰吉を覚えており、「ああ、あの錦繍まんじゅうの」と目を細めて丁寧に辞儀をした。

粕谷が今夜は牛鍋《ぎゅうなべ》にしたいと言い出し、急きょ伊勢佐木町まで買い物に来たという。粕谷家の身辺を知るには絶好の機会だったし、老女の小さく丸まった背で材料を運ぶのは難儀だろうと、辰吉はさっそく石川町の本宅まで荷物運びを買って出た。空色の新聞箱に牛肉をしまったら、トメはくすくす笑った。

「ちょうどねえ、別宅の方にあなたがおまんじゅうを持って来てくだすった時も、豆腐屋さんを追いかけててご挨拶もできず。おまけにお嬢様一人残して、不用心なことをしてしまいました」

「失礼ですが、お宅は新しく人を雇《やと》わないんで？　力仕事なら、もっとほかの……」

「若い娘《こ》はねえ、居つかないんですよ。すぐに辞めてしまうか、旦那様が別の所に住まわせてしまうかで……」

粕谷がすぐに手を出すので、女中はつねに人手不足という話だった。

「まったく、年寄りばかりでいやになりますよ。最近、泥棒も増えてるっていうのに」

「そうだった、俺んところの家主もね、同じことを気にしてましたよ。年寄りや留守の家を確実に狙うんだそうで。まったく、物騒な世の中になったもんだ」

実際、この一週間ほど『ぶらぼ』は戸締まりに余念《よねん》がない。唯一の男手である辰吉は、暴れ馬やら麦酒《ビール》のレッテルやら、はたまた絹が後生大事にしまい込んでいた小見山の手ぬぐいやらに悶々《もんもん》と頭を悩《なや》ませるばかりで、家主のおよねさんにしてみれば甚《はなは》だ心許《こころもと》ない始末だった。

「文乃お嬢さんとムサシは、その後お元気ですか。小火事件は、どうなりましたんで？」

「小火は敷地《しきち》の中から出ましたから、旦那様はだんだん家の者の仕業かもしれないともお考えになりましてねえ、可哀想に、しまいにはお嬢様までお疑いになって」

「そりゃひでえ、あんまりだ！」

「いえ、でもね、もう大丈夫なんですよ。と言いますのも、昨日『はまなみ新聞』の山崎様がお出《い》でになって、何か旦那様にお口添えしてくだすったようなんです。そうしたら、ぱったり追及がやんで。ありがたいことですよ」

チョビ髭の山崎が一体何を話したのか気になったが、トメに尋ねても仕方のないことだった。

「ところでお嬢さんは、いつもムサシに話しかけてるんで？」

「旦那様は昔からお嬢様を放《ほう》っておられましたから。着物や簪《かんざし》をふんだんにお与えになったって、親子の情というものはこれっぽっちもありませんでしたよ。そんな折にね、家に仔馬が来て。お嬢様にしてみれば、ムサシだけが心の拠《よ》り所《どころ》なんですよ。もしあの馬が処分でもされるようなことになったら、どんなに嘆《なげ》かれることか――」

「今まで、平太さんがムサシの面倒を見てたんですよね」

「ええ、平太ねえ。あんな大きいなりをして、少し頭が弱いのだけれど、お嬢様とムサシのためなら、きっと何でもするんじゃないかしら」

文乃の言った通り、真っ当に考えれば平太がムサシを暴れさせる理由はないし、五年前の件に関わっているとも思えなかった。だが、あの日競馬場の厩舎に平太がずっといたならば、平太以外の人間が第一競走《レース》までにムサシを引っ張り出す機会がなかったのも事実だ。

思案を続ける辰吉のかたわらで、トメは皺だらけの口をもぐもぐさせて呟いた。

「ムサシはねえ、お上《かみ》のもとへ行かなくてもじゅうぶん幸せですよ。昨日もね、お嬢様がわたしに言ったんです。ムサシは何があっても名馬だし、たとえ名馬でなくても大事な馬には変わりないから、それでいいんだって。そう思うことに決めたんだって」

「えっ……」それはこの間辰吉が文乃に言ったことだ。

自分の言葉がいまだ文乃のもとに留《とど》まっていることが嬉《うれ》しくて、辰吉は途端にそわそわし始めた。思えばあの時、ろくに事情も説明しないまま逃げるように帰ってしまったが、今なら文乃に話を聞いてもらえるかもしれない。

おりよく石川町の本宅に着き、裏木戸をくぐるトメに続いた辰吉は、遠慮《えんりよ》がちに言った。

「じつはねトメさん、俺この前お嬢さんに大変失礼な真似《まね》をしてしまって。一言お詫《わ》び申し上げたいんですが……」

「そうなの？　お嬢様は何もおっしゃってなかったけど……」

　その時ふと、母屋の方が騒がしいことに気づいた。男の太い怒鳴り声に、馬のいなきと女の高い声とが入り交じっている。お嬢さんだ、と思うやいなや、辰吉は裏手の庭を突っ切って母屋の側に急いだ。

　見れば数人の男たちが馬屋から青毛のムサシを引っ張り、強引に外へ連れ出そうとしている。小火騒ぎの時と同じく、すでに表門には野次馬が集まり始め、後から来た見物人に説明する一際大きな声が、黒山の中から飛んだ。

「例の暴れ馬にお沙汰が下ったらしい。奥州《おうしゅう》の七戸《しちのへ》に戻して、農耕馬にするってよ。お上への体裁もあるし、外聞も悪《わり》ぃし、無罪放免にはできねえって、粕谷さんが話をつけてきたんだとさ」

「お父様お願い、ムサシを連れていかないで！」

「えい、聞き分けのない」粕谷は袖にすがりつく娘を強引に振り払った。

「かまわないからさっさと連れ出せ。大枚を叩《はた》いて買った馬だと言うのに、まったく大損だ！」

母屋の戸口で、腕を組んだ粕谷が男たちに指示を飛ばす。ムサシに取りすがって引き止めようとする文乃の叫びが空《くう》を裂き、馬の悲しげないななきがそれに応《こた》え、棒縞の半纏を着たがらの悪い連中と、呆然《ぼうぜん》と事の成り行きを見守る家人たちとが、母屋の玄関から門まで続く飛び石の辺りに固まっている。

辰吉に気付いた老僕が、「山元町の別宅に三、四日置いてから奥州に出発するんだとかで……」と途方に暮れたような遠い目をして呟いた。

粕谷は馬を連れた物騒な男たちと出て行き、すでに興味の失せた野次馬は散り、後には泣き崩れる文乃と枯れた従僕たちと、事態を呑み込んでいない巨漢の平太だけが残った。

「ムサシを連れていかないで……」

空を仰いで誰にともなく繰り返される涙まじりの文乃の懇願に、無力な家人が堪《たま》らずうつむく。その瞬間、辰吉の頭にひらめくものがあった。

「文乃お嬢さん。もしかしたら、ムサシを助けられるかもしれない」

その時初めて辰吉の存在に気づいた文乃は、涙をいっぱいに溜《た》めたきつい眼差《まなざ》しで睨《にら》み上げてきた。

「あなたに何ができるの。暴れて群衆を騒がせた馬が、お咎《とが》め無しになるわけないじやないの」

「やってみなきゃ分からないでしょ。諦《あきら》めちゃ負けです」

「諦めたって諦めなくたって、ムサシは連れていかれてしまいました。もうお終《しま》いです」

「何を弱気な。あんたが見捨ててどうするんだ」

辰吉は思わず文乃の両肩をつかんで顔をのぞきこんだ。山元町の別宅で大人しいムサシを見かけた時、不思議と暴れ馬に対する憎しみは湧かなかった。恐らく文乃の優しさと長年の孤独を一身に受け続けた馬が、あまりに素朴《そぼく》で美しく見えたからだ。

「ムサシはあんたの家族なんでしょ。言葉がしゃべれなくても気持ちが通い合うくらい、大事な馬なんでしょ。たとえどうにもならなくたって、どうにかしてやりてえって思うのが、それが本来の家族ってもんだ。ここで諦めたら、ムサシとの繋がりも否《ひ》定《てい》することになる。そんなの駄目だ」

説得しながら、辰吉はいつの間にか我が事のように夢中になっていた。

ここでムサシと引き離されれば、文乃は踏みとどまれない。

辰吉は鋭い焦燥感《しょうそうかん》に心を撞《つ》かれ、普段は突き詰めて考えまいとしていた五年前の雨の晩の記憶が、唐突《とうとつ》に揺さぶられたのを感じた。毎日足のことで泣き続けていた妹が、どしゃぶりの雨の中どこかへ出かけて行き、ずぶ濡れになって戻って来た夜のことだ。

あの夜、雨でずぶ濡れになってなお、妹の髪も着物も、強い潮のにおいがした。全身を海水に浸《ひた》した理由を考えるのはあまりに恐ろしく、ただただすんでの所で妹は踏みとどまったのだと、だからもう「めでたし」なのだと、辰吉は怖気《おじけ》づく心をだまくらかして今日までやって来たのだった。

今の文乃は、あの時の絹と同じだ。片足の自由を失っても、幸い何かを得て踏みとどまれた妹はまだいい。だがこの文乃はどうだ。ムサシがいなくなり、本当に何もなくなったら、この女はどうなる。

「俺にあてがあるんで、待っててください。ね、一度だけ、あと一度だけ信じちゃもらえませんか」

懸命《けんめい》に説き続ける辰吉を文乃は物も言わず眺め、ややあって泥だらけの裾《すそ》を叩いて立ち上がった。

「期待はいたしません。今までも、これからも」

そうして文乃は微《かす》かに会釈《えしやく》をして母屋へ戻って行ったが、最後に辰吉を見返した瞳は、ムサシと話す時によく似た優しい色をしていた。ああ少しは信用してくれたのかと辰吉は安堵《あんど》して、俄然《がぜん》やる気が湧いてきた。

ここで薄幸の美女を助けねば、男コタツの名が廃《すた》る。

意欲に燃えて決然と粕谷邸を後にしようとした時、途中から姿を消していた巨漢の平太が、薄い髪をなびかせてもたもたと近寄ってきた。

「おかね。おれい。あげる」

そう言って差し出してきたのは、この間見た赤い三角印のレッテルだった。巷《ちまた》では紙幣と間違える話もよく聞くが、平太の場合本当に無邪気《むじゃき》にお金と信じているらしかった。文乃とムサシを助けようとする辰吉に、平太なりの礼がしたいらしい。

「平太さん、これ誰からもらったんで？」

「へいた、おれい、もらった。おかね。たからもん。でもあげる」

「いいって。気持ちだけでじゅうぶん。だけどね、平太さん」

突き出してくる手を押し戻しながら、辰吉はゆっくり言い含めるように尋ねた。

「――一体、何のお礼でもらったの」

問われた平太は、大きさの違う左右の目をくるくる回して破顔した。

「ムサシの、おれい。いさじ、くれた」

伊左次。

唐突に浮上した新たな名前に、辰吉は色めき立った。それと同時に、今まで断片的だったあれこれが、新聞の紙面に組み上がっていくように整然と並び出し、競馬場での一件と、ムサシを思う文乃や平太の行動とが、自然と一つに繋がった。

とどのつまり、華々《はなばな》しい初陣を前にしてムサシを襲った悲劇は、人の善意を利用した何者かの悪意が原因なのだ。恐らくそれが「伊左次」とやらで、五年前の暴れ馬にも関わっているに違いない。

「平太さん。俺も伊左次さんに会いたい。伊左次さんてのはどこの誰」

勢い込んで辰吉が尋ねたら、そんなに行きたければ夜にでも連れて行ってやると平太は言う。先ほど辰吉が思いついたムサシを助けるための策も、事件の全貌を詳しく知っていた方が通りやすい。伊左次に会って力ずくでも話を聞き出し、一刻も早く事の真相を明らかにしたかった。

「よっしゃ、頼んだぜ平太さん！」

文乃のために動くことが、五年前の絹のためにもなる。もはや比喩《ひゆ》でも何でもなくなった事の展開に興奮し、辰吉は平太と六時半に粕谷邸の表門で待ち合わせることにした。

約束の時間までには少し間《ま》があり、辰吉はいったん飯を食いに弁天通りの『ぶらぼ』まで戻ろうと思い立った。まだ五時前だというのに、短くなった晩秋の陽はいっの間にか落ちており、衿元に忍び込んだ風の冷たさに身震いした。

薄暗い石川町の通りを、中村川沿いに歩き出した時だった。「てめえ、このヤロ！」の怒声一声、背後から蹴《け》られて辰吉は前につんのめった。

振り向く間もなく、横っ面に固い板のようなものがぶち当たる。瞼《まぶた》の裏に星が飛び、尻餅《しりもち》をついたら今度はまた蹴られた。

「こそこそ汚《きたね》ぇ真似しやがって。人の縄張り荒らすなって、あれほど釘刺《くぎさ》したのに、このくそ野郎」

「あ、あんた……」

粕谷宅に『自由新聞』を届けている新聞売りの、佐竹丑松だった。同業の辰吉が門から出てきたのを見て、得意客を横取りされたと思ったらしい。

「誤解ですってば」

「新聞売りが新聞箱持って出てきて何が誤解だ、ふざけるのもたいがいにしやがれ」

また新聞箱で殴られそうになり、とっさに応戦した。

箱同士が激しく打ち合わさり、それぞれの鈴がやかましく鳴った。空色の箱の中で新聞紙とは違った固まりが転がり、牛肉が入れっぱなしだったのを思い出す。

辰吉は起き上がり、ずんぐりした体にしては素早い動きで反撃に転じた。再び振り回した箱が相手の貧弱な肩に当たり、その衝撃で丑松の衣から何かがぼろぼろこぼれ出た。

白縮緬《ちりめん》の襟巻《えりま》き、金ぴかの鎖、インキビン、一円硬貨——。

「なんだその、たいそうなガラクタ……」

その時辰吉は、唐突におよねさんの言葉を思い出した。

——増えてるんだって。泥棒。堀川と中村川の一帯。年寄りとか留守の家が、軒並み狙われてるんだから。

新聞売りは場末の裏長屋から粕谷のような金満家の豪邸まで、どこの家にも簡単に入り込める。親しくなれば、それぞれの家族構成、間取り、不在時間を知るのもたやすい。

「あんた、まさかそれ全部、盗んだんじゃねえだろうな。泥棒はあんたか!」

「ば、馬鹿なこと言うなぃ」

とたんに焦《あせ》り出した丑松は、地面に散らばった品々をかき集め、「思いつきでモノ言うと承知しねえぞ」と苦しい悪態をつきながら、逃げるように立ち去ってしまった。

丑松が泥棒だという確たる証拠もなく、殴《なぐ》られ損の辰吉は空色の新聞箱を開けて、中でひっくり返った笊と牛肉に嘆息しつつ、もと来た道をのろのろ戻り始めた。

大事な大一番を前に、少し疲れを覚える。まだまだ夜は長いのだと、辰吉は頬《ほ》っぺたを叩いて己《おのれ》を叱咤《しった》した。

4

夕飯のおかずを予想しながら、辰吉が明かりの灯《とも》る弁天通りを小走りに急いでいると、『ぶらぼ』の二階から目敏《めざと》く辰吉を見つけた絹が、「あッ」と短く叫んで中に引っ込んだ。そのわずかな声の調子で、小言に間違いないと確信する。

「ただいま。腹が減っちゃった。およねさん、俺またすぐ出かけなきゃならないんだけど、食うものあるかな？」

「辰《たつ》ちゃんは、口を開けば二言目には腹減っただねえ」

およねさんが用意してくれた湯を使い、勝手口の土間でわざとゆっくり足を拭《ふ》いていたら、案の定頭上で「ちょっと、お兄ちゃん！」の声が降り、片足だけで絹が器用に下りてきた。だが急ぎすぎたか、急勾配《きゅうこうばい》の階段で尻を滑らせ、あわや転げ落ちる寸前で辰吉が止めた。およねさんが何度も一階に住めと勧めてくれたのだが、それではあまりに家主さんに申し訳ないからと、絹は頑固に断ってきたのだった。

「馬鹿野郎、危ないじゃねえか。何だ、血相変えて」

「私の裁縫箱の引き出し、勝手に開けたでしょ。中身、ぐちゃぐちゃだもん。やめてよね」

頬を紅潮させて本気で怒っている。まさか新聞小政の錦絵に鼻毛を描こうとして墨を垂らしたとも言えず、「鋏《はさみ》を探してたんでぇ」と嘘をついた。

「ところでお前さ、引き出しに小見山さんの手ぬぐいがあったけど……」

途端に絹の眉根《まゆね》に皺が寄ったので、「いや、ちょうどあの人の家掃除してて、もう半分の見つけたから」と辰吉は慌《あわ》てて弁解した。どうして尋ねる側が後ろめたくならなければいけないのか、と思う。

「小見山さま、お兄ちゃんに何か話した？」

「別に……鼻緒に使ったって」

「そうよ。前にいただいたの。捨てるのも何だと思って、しまっておいたの」

「いつもらったの」

「前は前だってば。別に何でもないんだから、変に勘ぐらないでよね」

何でもないという割りには瞬《まばた》きの回数が増え、およねさんの「ご飯ですよ！」に救われた顔をして、絹は腰かけていた階段から体を起こした。その時肩を貸した兄の横で、さっと右足を押さえたのを辰吉は見逃さなかった。

「大丈夫か？　今ので痛くしたか？」

「ううん。寒くなったから余計に痛いの。およねさんが、雨の降る前に膝が痛むのと同じ」

絹は冗談《じようだん》めかして言ったが、辰吉は五年前の事件からの数ヶ月を思い返して暗くなった。『八幡屋』の女中部屋でひどい痛みに耐えていた絹を、辰吉は毎日住み込みの『マル安《やす》運送』を抜け出して見舞っていたのだが、ふた月を過ぎた頃、「さすがにもう置いておけない」と八幡屋夫妻に告げられて、兄妹はまさに八方塞《はっぽうふさ》がりの状態に陥《おちい》った。

そんな折に家主になったおよねさんは、本当に絹によくしてくれたと思う。男では世話しきれないことも、辰吉が仕事を探して留守にする間の介助も、何から何まで買って出てくれたのだ。辰吉は両親と死に別れて初めて人の温かさに触れた思いだったが、間断無い痛みと、思うように動かない体と、将来への絶望に打ちひしがれていた絹には、およねさんのそうした親切さえも救いにはならなかった。その果ての、雨夜の入水未遂《じゆすいみすい》だ。

一番暗い時代を抜けてなお、片足が元通りになったわけではない以上、絹は痛みとともにあの時の暗さも一生引きずっていかねばならない。普段は努めて忘れている事実が、こうした折にふと顔を出すと、どうにもならないと分かっていながら、辰吉もつい思い悩んでしまうのだった。

待ってろ、兄ちゃんがもうすぐ真相だけでも突きとめてやるからな。

憤然としながらがつがつ夕飯を平らげ、辰吉は六時に『ぶらぼ』を出た。

これから会いに行く伊左次が何者なのか知らなかったが、きっちり話すことは話してもらうつもりだった。ムサシのことも、手口が同じ五年前の事件との関わりもだ。

文乃のための義侠心《ぎきょうしん》と絹のための復讐心《ふくしゅうしん》に燃えて、辰吉は外国人居留地を突っ切って石川町の粕谷邸に急いだ。その頭上では、海から昇《のぼ》った丸い月が、静まり始めた横濱の町を皎々《こうこう》と照らしていた。

四十分後——。辰吉は平太と二人、水茶屋の明かりを目指して川沿いを歩いていた。

平太は多くの言葉を知らず、頭の中身だけが小さな子供のまま止まってしまったような男だが、話の筋はそれなりに通っていた。

曰《いわ》く、平太は居留地へ買い物に行くと、帰りにいつも同じ水茶屋でお茶を一杯飲む。そこの店主が伊左次といい、ほかに客のいない時には、ときどき一緒におしゃべりをするのだという。

「ぽんちの馬。おかねと同じさんかく。へいた、ほしかった」

平太はふところから古びた風刺画《ポンチ》を大事そうに取り出し、提灯の明かりにかざして辰吉に見せた。ポンチ絵という言葉のもとになった風刺漫画雑誌『ジャパン・パンチ』の切り抜きらしい。帽子をかぶった異人が、馬の形をしたビール樽《だる》を抱えて涙を流している絵だ。その樽に三角印が描いてある。異人の台詞は英語で、結局何を皮肉ったものか分からないが、とにかく平太はこの風刺画が気に入っており、同じ三角印のビール瓶を伊左次の店で見つけて欲しがったようだ。

「それで伊左次さんは、平太さんが何をしたら三角印のレッテルをくれるって言った？」

「へいたが、おじょうさんとムサシ、たすけるやくそく」

くそ、やっぱりだ――。

自分の考えが正しかったことを辰吉は確信し、額の裏が怒りで熱を持ち始めた時、とうとう水茶屋に着いた。平太が巨体を揺すって葦簀張りの小屋に入り、舌足らずに挨拶する。

「いさじ、おれ。きた」

「しばらく来るなって言ったじゃねえか。——そいつ、誰だ」

士気色のひどい顔を振り向けてそう言った男に、辰吉はなぜか見覚えがあった。機先を制すはずが不意を突かれた感じになり、喉元《のどもと》まで出ていた文句が途端に詰まった。

「こいつ、たつきち。へいたの友だち。たつきち、いさじに会いたい」

辰吉は普段、この西の橋のたもとまでは新聞を売りに来ない。ならば伊左次をどこで見知ったというのか。居留地のどこかですれ違ったか、どこかの飲み屋で出会ったか、あるいはもっと昔、辰吉が働いていた『マル安運送』で——？

瞬間、思い出した。絹の奉公先！　五年前、怪我《けが》をした絹の様子を見るため、辰吉が二ヶ月間毎日通っていたあの店の下男だ！

「お前、『八幡屋』にいたな！」

叫ぶなり、辰吉は手近にあった棚の上のビール瓶をつかんで殴りかかった。振り下ろした瓶が茶釜に当たって砕け、平太が驚愕《きようがく》して「わあ」と間抜けな声を上げ、腰を落として突っかかってきた伊左次と辰吉は揉《も》み合いになった。

「俺が八幡屋にいたのがどうした」

「競馬場でムサシを逃がすよう平太に指図したのはお前だろう。どうして五年前の暴れ馬とやり口が同じだったんだ。八幡屋の主夫妻を襲ったのもお前の仕業か！」

二人して棚に突っ込み、ビールが落ちて割れた。柱が揺れ、茶釜脇の道具入れからコップや湯吞みが落ち、水瓶《みずがめ》が倒れた。辰吉は相手の胸ぐらをつかみ、床几の上に引き倒して怒鳴った。

「お前は、いつもここで茶を飲む平太が、粕谷家の下男だと知って今回のことを思いついたんだろう」

文乃はいつもムサシに話しかけていた。平太もそれを聞いていただろう。そうして平太は、ムサシが宮内省に献上されることを文乃が悲しんでいると知ったのだ。だったら逃がしてやればいい――。伊左次は平太に吹き込んだ。そうすればお嬢さんも喜ぶし、ムサシも自由になれる。何、心配しないでもやり方は俺が教えてやる。首尾良くいったら、褒美《ほうび》にお前が欲しがってる三角印のお金をやらあ――。

「お前は、お嬢さんとムサシに対する平太の気持ちを利用したんだ」

「ごちゃごちゃうるせえな。お前一体何者だ」

さらに辰吉が問い詰めようとした時、派手な音がして四方の葦簀がいっせいに折れた。棒縞の半纏を着た男たちがなだれ込み、辰吉は目を剝《む》いた。粕谷の使っている、がらの悪い用心棒たちだ。「おう、見つけたぜ放火魔！」

「あ、あんたがあの小火《ぼや》を起こしたのか？」

辰吉は伊左次のどす黒い顔を振り返った。何か恨みでもあるのか、伊左次は粕谷の留守宅に火をつけて騒ぎを起こし、平太を使って名馬の評判まで落とそうと企《たくら》んだのだ。

それにしても、用心棒たちが下手人を捜《さが》し回っているだろうとは思っていたが、ずいぶんと間の悪い登場だった。伊左次には、まだ尋ねたいことが山ほどある。ここで連中にかっ攫《さら》われるわけにはいかなかった。

「おめえ、阿呆《あほう》の平太じゃねえか、すっこんでな」

もみあげの長い親分格の一喝《いっかつ》に、平太は一目散に逃げ出した。前歯の抜けた子分の一人が、折れた葦簀に提灯を近づけてせせら笑った。「よう、お前の店も燃やしてやろうか」

親分が左手で制し、辰吉に顎をしゃくった。

「お客人さんよう、揉めてるとこ悪いが、俺たちもこいつに用がある。失せな」

伊左次は土気色の顔を青くして、小刻みに震えていた。簀巻《すま》きにされるか、なぶり殺しか、いずれにせよ伊左次がこいつらに捕まれば、五年前の真相は闇の中だ。だが今ならば、辰吉一人は逃げられる。さあ、どうする――。

「……よっしゃ、じゃあそうしましょ」

腹を決めた辰吉は、両手をぱんと叩いて擦り合わせた。「それなら親分、俺の分までたっぷりとっちめてやってくださいよ。ね、本当に頼みますよ、こいつ」

伊左次を小突き、辰吉はへへへと人の良い笑みを浮かべながら、葦簀を踏みにじっていた子分たちの方へ一、二歩近づいた。

「それじゃ、俺はこれで……」

道路っ端《ぱた》へ向かいざま、辰吉は短い足で細長い床几の底を思いきり蹴り上げた。そのまま裏側にしてつかみ、捕物の梯子《はしご》よろしく体重を載せて子分たちに突っ込んだ。

「伊左次！」床几を放り捨て、辰吉は伊左次の袖を引っ張って走った。背中に飛んでくる怒号の大きさを測りながら、西の橋を駆け抜ける。

斜めになった南京町の端の道から、派大岡川に出る小田原《おだわら》町の通りへ。そこからさらに右折して、辰吉は追っ手をまこうと試みた。

「野郎、ふざけやがって」「二手に分かれろ！」

追ってくる怒声はもはやどこから飛んでくるかさえ分からず、酒にやられた伊左次の体はすぐに悲鳴を上げて、喉がひゅうひゅうぜえぜえ無様に鳴った。

ふと見たことのある洋館が目に飛び込み、辰吉は物も言わず竹組みの柵に取りついた。立派な表玄関と違い、使用人が出入りするだけの裏側は勝手口も柵もじつに簡素なもので、乗り越えるのもたやすい。

軒先の藤棚《パーゴラ》には枯れた蔓《つる》が巻き付き、明かりの漏れる鎧戸の向こうでは何やら楽しげな笑い声がする。

辰吉は勝手口近くに植わった茂みに伊左次を押し込んだ。「じっとしてろ」

「異人の家に忍び込むのはまずいだろう……」

激しく肩で息をしながら伊左次が言い、辰吉は喉元を締め上げた。

「やかましい。自分は火つけなんぞ大それたことをしておいて、何を今さら。いいか、大声出されたくなきゃあ、黙って五年前のことを吐け」

暗がりに伊左次の荒い息づかいが響いた。家の中で犬が吠《ほ》えている。「レディー、ビークワイエーット」とどこか呑気《のんき》な男の声が続き、「外、出しますかぁ？」とこれまた呑気な日本人の女の声がする。冗談じゃない、犬が来たら見つかる。焦った辰吉は、酒とヤニ臭い息をまともに浴びながら、胸ぐらをつかんで囁《ささや》いた。

「早く言え馬鹿、声出すぞ。いいのか、奴らに見つかったら殺されるぞ」

「俺だって、あんな大事になるとは思わなかったんだ……」

「むしのいいこと言ってるんじゃねえ。火ぃつけりゃ大事になるのは当たり前だろう」

「違う、五年前の話だ……」

辰吉がつかんでいた胸ぐらを思わず放すと、伊左次は膝を抱えて情けなく体を丸めた。

「俺は五年前、生糸の売込商《うりこみ》だった『八幡屋』で働いてた。当時から酒浸《さけびた》りで、しょっちゅう人と揉め事起こしたり、積み荷を粗末に扱ったりで、主《あるじ》の又右衛門からは、そりゃあもう蛇蝎《だかつ》の如《ごと》く嫌われてたもんだ」

「それで逆恨みしたのかよ」

「又右衛門と女房のお房が知人宅の宴に行くことは、前々から分かってた。だから、奴らが帰る頃合いを見計らって、常盤町の細い道で待ち伏せしたんだ。提灯には店の名が入ってるから、遠目でもよく分かった。計画では、ちょっと脅すだけだったんだ……」

辰吉はぎゅっと目をつぶった。暴れ狂った馬のひづめにかけられ、絹の足の付け根の骨は完全に砕けた。半死半生で八幡屋に運び込まれた絹を診た医師は、治っても歩けないだろう、と辰吉に宣言した。血の滲《にじ》むような当人の努力と、およねさんの献身的な世話のおかげで、絹は今や湯屋にさえ行けるようになったが、あの夜妹の人生の一部は、確かに死んだのだ。

「てめえのせいで俺の妹は――」

「俺だって、馬を暴走させるなんざやり過ぎじゃねえかって言ったんだ。でも少しくらい怖い目に遭わせねえとどうにもならんて言うから……」

首筋が粟《あわ》だった。辰吉は伊左次の言葉をゆっくり反芻《はんすう》し、「今、何て言った？」とかすれた声で尋ねた。「お前のほかに、誰かいたのか？」

「最初に居酒屋で俺にこの話をもちかけてきた男だ。たぶん、当時世間を賑わせてた〝瓦斯《ガス》局事件〟に関わってた奴だと思う……」

ついに出てきた繋がりに、辰吉は息を呑んだ。

瓦斯局事件――。事は明治八年、一豪商の高島嘉右衛門《かえもん》が、経営難を理由に瓦斯事業を町会所へ譲り渡したことに始まる。いわばその時点で横濱人民の共有物となった瓦斯局だったが、大蔵省から多額の借金をしてなお財政はかんばしくなく、経営は火の車だったという。

その最中《さなか》の明治十年七月、瓦斯局の事務長を兼務していた当時の区長が、もと経営者である高島に〝功労金〟を与えたい旨を縣《けん》に提出したのだ。

縣庁は即日これを認可。事前に話が通っていたとしか考えられない素早さで、一萬三千五百圓という莫大な金が、瓦斯局から高島嘉右衛門に流れたのだった。

「その事実をすっぱ抜いたのが『横濱毎日新聞』だろ？」

「ああ。八幡屋の又右衛門は当時、民権運動とやらに夢中だった。官僚と瓦斯局と一商人の〝専断〟を、新聞社と組んで糾弾《きゅうだん》しようと躍起になってた」

時は自由民権運動真っ盛り。この一連の金銭供与問題は、世間の格好の標的になった。これぞ官権に対する民権の闘争だと、新聞がこぞって煽《あお》り立てたのだ。そうして町の代議人まで巻き込んだすったもんだの末、事態はついに貿易商七十余名による裁判沙汰にまで発展した。八幡屋は訴えた七十余名の中には加わっていなかったが、陰ひなたになって商人たちを後押ししていたそうだ。

「商談より、民権運動の連中や記者と会っている方が多かった。呼ばれてもいないのに、町会所にもせっせと顔を出したりさ……」

伊左次の記憶によると、商人の総代四名が裁判所に提訴したのは、暴れ馬事件の二日前。以後、始審は原告側の完全敗訴で幕を閉じ、続く控訴中、和解に到《いた》った。

「暴れ馬は効いた。あれ以来、民権のみの字も出さなくなってよ」

「てえことは、あんたに又右衛門を襲うよう声をかけた男は、訴えられた区長か高島側の人間だってことじゃねえのか。目障りな八幡屋を脅しにかかったんだ……」

「そう単純な話でもねえ。その男はよく又右衛門と一緒にいて、先生と呼ばれてた。

もし官権側の人間だったら、民権擁護の又右衛門がつき合うわけがねえ。聞けば、最初に『横濱毎日新聞』へ瓦斯局のネタを提供したのもそいつだって話だ」

それが本当なら、先生は初め金銭供与の件を暴いて世間を煽っておきながら、最終的には急先鋒《きゅうせんぽう》の八幡屋を黙らせたことになる。行動が支離滅裂《しりめつれつ》で、一貫性がない。

「記者か?」

「そういうふうでもなかった。金次第で敵にも味方にも変わる感じの、得体の知れない奴だった。居酒屋で俺に話をもちかけてきた時、そいつ笑いながら言ったんだ。自分の裁量一つで世間がひっくり返るのが、面白くて仕方ねえって。それで俺は、そいつに言われるがまま、ちょっとだけ脅すつもりで話に乗ったんだ……」

つまり絹は、そいつの裁量とやらの犠牲《ぎせい》になったのだ。あちらこちらにネタを売りつけ、手荒に人を動かして事態をいいように操っているその男こそ、絹の足を駄目にしたすべての元凶なのだ。

「どんな奴だ。名前は。風体は」

「名前は知らない。だがまだ町にいる。俺はこの間――」

その時、裏の扉が開いた。「レディー、どうしてそんなに吠えるの」

けたたましく鳴きながら、耳の垂れた中型の洋犬がこちらに飛んでくる。「畜生《ちくしょう》、馬鹿犬」辰吉は茂みから立ち上がった。女がキャアと変に裏返った声で叫ぶ。「誰よ」

「ハナ、俺。辰吉！」答えながらふところを探り、小見山の家で拾ったカビだらけの餡《あん》パンを投げつけた。犬は途端に尻尾を振って食らいつき、ハナは一段声を高くして嬉しそうに返してきた。

「辰吉さん？　なんでここにいるの。もしかして、あたしに会いに来たの？」

明かりを背にした頭でっかちの人影は、やはり可愛《かわい》いと言うほど可愛くない。何度名を聞いても覚えられないミスタ・なんちゃらの敷地内で、辰吉が何と答えたものか答えあぐねた時、すぐ近くで「いたぞ！」と怒声が上がった。

焦った伊左次が、柵に飛びついて逃げようとする。

「ハナ、頼む。悪漢に追われてるんだ。かくまってくれ」

「ミスタ・ゲインズバラに聞いてみる」

「かくまってから聞いてくれ！」

ハナの返事を待たずに辰吉は藤棚の下へ躍り込み、振り返った時にはもう伊左次は夜の道へ駆け出していた。間髪入れず棒縞の半纏を着た男たちが追っていき、それを尻目に辰吉を招き入れたハナが、すかさず扉を閉めた。

おもてでは、ただ一匹事の成り行きを見守ったレディーが、月に向かって馬鹿みたいにワンワン吠えている。

扉の内にしゃがみ込んだ辰吉は急に疲れと恐怖を感じて、物も言わず両手で目をじっと押さえつけた。今まで慣れ親しんできた横濱の町が、この夜を境に一変してしまったような心許《こころもと》なさを覚えたからだった。


翌朝、辰吉は本町通りの『はまなみ新聞社』へ記者の富田を訪ねていった。

かつて料亭だった大きな二階屋は、人待ちの人力車、編輯局に出入りする記者、印刷工、専属の新聞売り、立ち寄りの警官《ポリス》などで朝から賑わっている。

「分かりましたよ、競馬場の暴れ馬の件！」

そう切り出した辰吉に、おもてへ出てきた富田はいつもの如く「あん？」とぞんざいに聞き返したが、どことなく頰っぺたの辺りが緊張していた。

「富田さん、場合によっちゃ協力してやるって言いましたよね。だからこの通りです。俺が今から話すこと、富田さん風の記事にしてください。富田さんが得意のやつですよ。切り口を工夫するだけだから嘘をつくわけじゃねえんだって、春に俺をだました時、得意顔で言ったでしょ」

「どうして俺がお前の指図で記事を書かなきゃならねえんだ」

「今、俺の双肩にはね、二人の女の人生がかかってるんです。妹の方は目下努力中ですが、粕谷さん所《とこ》の愛しのお嬢さんは、富田さんの記事で救われるかもしれねえんです」

「馬鹿馬鹿しい」

中へ戻りかけた富田を、辰吉は「ちょっと待ってください」と慌てて引きとめた。

「それじゃ、交換条件にしましょ。俺がすごいネタをあげますから、だから代わりに暴れ馬のことを書いてください」

「すごいネタねえ……」

半眼の白けた眼差しが、辰吉を見返した。「どんなものやら」

「聞いて驚け。根岸の暴れ馬は、なんと同日に起こった小火《ぼや》事件の下手人が仕組んだものだったんで。しかもそいつは、五年前に馬を暴れさせた張本人だったってわけで」

「水茶屋の伊左次だろ。誰から聞いた」

「何だ、知ってるの……」辰吉は拍子抜けし、ちぇっと舌打ちした。こちとら物騒な連中に追われながら、命がけで聞き出したのだ。知っているなら最初から教えてくれよと恨みがましい気持ちになった。

「富田さん、やけに詳しいようですが、『はまなみ新聞』は一連の瓦斯局事件とどんな関わりがあったんです?」

「お前、自分で調べたのか。どこまで知ってる」

「大体は。昨晩、伊左次を締め上げて聞いたんです。へへん、お見それしたでしょ」

あれから伊左次がどうなったか分からない。中村川に浮いている姿ばかり思い浮かべてしまい、恐怖を紛らわせるために辰吉は軽口を叩いた。

富田は引きつった笑みを片方の口角に浮かべ、「言わんこっちゃねえ」と誰にともなく呟くと、素早く視線を左右に走らせて言った。

「当時区長を訴えた七十余名の貿易商の中には、世論に焚《た》きつけられてやむなく名を連ねただけで、乗り気じゃない連中もたくさんいた。裁判が泥沼にならんように、原告も被告も双方さりげなく落としどころを探してたんだ。それで商人の何人かが、当時できたばかりの穏健派の新聞社に、何とかしてくれと密《ひそ》かに協力を仰《あお》いだ。――それがうちだ」

「チョビ髭の山崎さんは、そのために何をしたんで?」

「一人で突っ走っていた急進的な八幡屋に、手を引いてもらおうと考えた。商売上の弱みの一つも握れば、大人しくなると思ったらしい」

「まさか、山崎さんが伊左次に馬の話を持ちかけた先生ですか」

血相を変えた辰吉に、富田はうんざりした顔で手を振った。

「八幡屋は、劣悪な生糸を上物に混ぜて売っていた。山崎はそのネタだけでじゅうぶんだと考えてた。……先生は、その時山崎が八幡屋を探らせるために使った《鼠《ねずみ》》だ」

「じゃあ、その《鼠》は誰です。とどめに暴れ馬で脅す策を練ったのは誰です。要は、弱みを握るだけじゃ手ぬるいと考えて、八幡屋をはっきり見せしめにしたってことでしょ。富田さん、知ってるなら教えてください。絹はそいつのせいで足をやられたんだ！」

「なあ、新聞売りよ」

富田は辰吉の肩をつかみ、顔を覗《のぞ》き込んだ。土埃にやられた目が、ずいぶん赤かった。

「人に物を頼む時は、普通は一つっきりだぜ。てめえに都合のいい記事を書けだの、《鼠》の正体を教えろだの、少々むしがよすぎやしねえか。もう瓦斯局事件のことは忘れろ」

「あんたが言い出したんじゃないか！」

辰吉は富田の手を振りほどいて声を荒らげた。絹の事故に瓦斯局事件が関わっていることを、最初に辰吉へほのめかしたのは富田だ。今さら忘れろと言われても困る。

「自分の知ってること小出しにして、協力してやるとか、もう忘れろとか、馬鹿にするのもたいがいにしてくださいよ」

「言えることと言えねえことがあるんだよ。今度の伊左次の件だってな、真相が分かってたって書けねえんだ。そういうことがな、世間にゃ山ほどあるんだよ」

気づけば富田の顔は打算的なものに変わっており、いつもの皮肉がなりを潜めた危うい態度に、辰吉は自分の窺《うかが》い知れない複雑な事情を見た気がした。『はまなみ新聞』の益に関わることか、富田自身の進退を左右することか、とにかく富田は何かの駆け引きのまっただ中にいて、ひどく不自由になっているらしい。

「俺だって《鼠》は好かねえ。瓦斯局の功労金問題を『横濱毎日新聞』にすっぱ抜かれたのが悔しくて、いまだに夢に見る。おまけに、その後《鼠》が起こした暴れ馬の事件を、俺が調べて書いたとあっちゃ間抜けもいい所だ。……だが今は時期が悪い。この話はこれで終《しめ》えだ」

辰吉は唇を嚙《か》んだ。《鼠》の正体を聞き出せないとなれば、残るもう一つの実を取るしかない。

「じゃ、もう瓦斯局事件のことは聞きませんから、俺の言う記事を書いてくれますか」

「一度だけ情けをかけてやる。言ってみな」

富田はそれから辰吉の言い分を聞くだけ聞き、一度鋭く鼻で笑った以外は、うんともすんとも返さず中へ戻って行ってしまった。辰吉はあまりの呆気《あっけ》なさに、新聞箱を背負ったまましばらく富田が帰ってくるのを待っていたが、やがて馬鹿らしくなって新聞社をあとにした。

明治十六年十一月十七日土曜日

○去る十一月六日根岸の競馬場《うまかけば》より突如《とつじょ》逃げ出したる競走馬ムサシは一目散に市中《まち》を駆け粕谷喜左衛門氏の石川町本宅へ戻り火中から愛娘《まなむすめ》文乃を救ひ出したりこれすなはち天を翔《かけ》る駿馬《しゅんめ》神通の業《わざ》にして日の本随一《ずいいち》の名馬なり

暴れ馬の事件から十一日後に載った『はまなみ新聞』の記事は、大変な評判になった。誰それの妾《めかけ》がどうの、誰それと心中した女がどうのという下世話なことばかり書き連ねてきた富田にしては渾身《こんしん》のできといえ、「天を翔る駿馬」を一目見ようとその日の朝から見物人が続々と粕谷宅へ押し寄せた。神通力で競馬場を抜け出し、火事の危機から娘を救い出した名馬を、まさか奥州へやるために別宅で待機させているとは言えない粕谷は、この美談を存分に利用するためムサシをもうしばらく手元に置いておくことに決めた。

辰吉は新聞が出た日、様子を見るために石川町の粕谷宅へ行ってみたのだが、顔見知りのトメも平太も見当たらず、結局文乃に会えないまま帰ってきてしまった。以来三日、音沙汰がない。

「ボンジュール、タッケシー」

十二月間近になっても新聞売りの毎日は変わらなかったが、少しばかり鼻風邪《はなかぜ》をひいて出発が出遅れた辰吉に、今日もまた『ぶらぼ』へ懲《こ》りずにウシワを買いに来たフランス人のハゲが、すっかり常連客気取りで挨拶してきた。

「あのね、むっしゅー、何度言ったら分かるんです。俺はタッケシーじゃなくてタツキチなの。〝チ〟もまともに言えねえ奴に、絹はやれませんから」

「何をえらそうに。自分は〝ごーろくヒちはち〟のくせにさ」

上がり框《がまち》に目一杯商品を並べながら笑うおよねさんの前に、ふと小柄な人影が立ったのはその時だった。

「辰吉さん、いらっしゃいます？」

今戸焼きの丸い火鉢に火を熾《おこ》していた絹は手を止め、自分でも気づかないまま「わあ、きれいな方《かた》」と呟いて、曲がらず放り投げた足を恥じるかのように居住まいを正した。辰吉は鼻づまりの苦しい息で、「ふ、文乃お嬢さん……」と言ったきり、目を白黒させてしまった。山のような巨体の平太を後ろに従え、風呂敷包みを抱えた文乃が店先に立って微笑んでいる。

「先日は大変お世話になりました。それでこれ、つまらない物ですが辰吉さんに使っていただければと思って持参いたしましたの」

ぽかんと口を開けて眺めるおよねさんとフランス人と絹を尻目に、文乃は上品な仕草で風呂敷包みをほどき、粋な紺色の足袋《たび》を差し出した。

「こ、こりゃあ……」

「辰吉さんの雪駄《せった》の鼻緒は、太くて白いでしょう。紺の足袋なら映えると思って」

お嬢さんが、俺のために。目頭が熱くなり、売り物をどかして框ににじり寄った辰吉は、両手で受け取った足袋を頭上に押しいただいた。

「ありがてえ。もう素足じゃ寒くなってきて、ご覧の通り鼻風邪ひいちまいましたが、これがありゃあ心も足下もほっかほかだあ」

「よかったわ。この間、新聞小政が履いてたのを見て思いついたの」

「あ、さようで……」

途端に言葉を濁《にご》した辰吉に、およねさんと絹が似たような顔つきで笑った。

「本当はムサシも一緒に来られればよかったけれど」

「ムサシは元気ですか」

「ええ、あなたのおかげ」

そう言う文乃も、目を細めてずいぶん幸福そうに笑うようになった。少しでも文乃の役に立てたことが嬉しくて、辰吉は紺の足袋を抱えたまま深々と辞儀をした。

文乃はその場にいる全員に会釈し、手を振り続ける平太とともに弁天通りを戻って行く。辰吉は「ユケ、タッケシー」の声に背を押され、慌てて二人の後を追いかけた。

「文乃お嬢さん、そこまでお見送りいたします」

口で息をしながら並んだ辰吉に、文乃は少し後ろを振り返って、「いい家族ですね」と言った。「お母様と、お嫁さん?」

「妹と家主でさ。あれが女房《にょうぼう》とおふくろじゃ、俺が困ります」

「いつかわたくしに言ってくださったみたいに、あなたも大切な人を大事になさって」

そうなのだ。暴れ馬を使って絹の足を駄目にした元凶は、いまだ正体知れずだ。富田やチョビ髭の山崎を頼れないならば、己自身の手で見つけ出さねばならない。

もし見つけたら、その時は――。

拳を握って立ち止まってしまった辰吉を置いて、文乃と平太の後ろ姿はどんどん小さくなっていく。蒼《あお》く突き抜けた空の下、大切な家族であるムサシの鼻面を優しくなでている文乃の様子が、辰吉の瞼《まぶた》の裏にぽっかり浮かんで消えた。

四章　千層に積もる冬

1

炬燵《こたつ》に入ってかじかんだ両手足を温めていた辰吉《たつきち》は、また雪空の下に出ていくのが億劫《おっくう》になった。妹の絹《きぬ》と一緒《いっしょ》に昼飯をたらふく食べ、ちょっと休憩《きゅうけい》のつもりで暖を取ったのがいけなかった。閉め切った『ぶらぼ』の硝子戸《ガラスど》越しに、妙《みょう》に寒々とした白っぽい弁天《べんてん》通りが見え、その単調な色彩がいっそう眠気《ねむけ》を誘《さそ》う。

「ああ、出たくない。降りそうで降らないのが一番寒いんだよな」

「風邪《かぜ》ひくんじゃないの？　この前も鼻風邪長引いたし。あんまり無理するのやめたら」

炬燵でぐずぐずする辰吉の隣《となり》で、絹が針仕事を続けながら言った。最近、腕を見込まれ近所から縫《ぬ》い物を頼《たの》まれるようになったらしい。少しでもお銭《あし》が入ればいいよね、と毎日熱心に励《はげ》んでいる絹は、自分にもできることが見つかった嬉《うれ》しさで生き生きして見えた。

その絹に針仕事の口を持ってきてくれた当のおよねさんは、今朝から二泊の予定で東京だ。場合によっては、もっと長引くかもしれない。長男の所に子供が産まれたとかで、初孫見たさにすっ飛んでいってしまったのだ。二人の息子はどちらも『ぶらぼ』を継がず、普段は素知らぬふうのおよねさんだが、「子供誕生」の郵便が届いた時は、それはもう大はしゃぎだった。

――お絹ちゃん一人で平気かねえ？　店は休んでもいいから。火は辰《たつ》ちゃんに任せて。

散々に絹を心配して汽車の時間に遅《おく》れそうになりながら、瓜《うり》のように馬鹿でかい胸を揺《ゆ》すっておよねさんは旅立った。

そんなわけで、今日からしばらく兄妹《きょうだい》二人だけの暮らしになる。思えば他人を交えない生活は初めてのことで、絹を一人にしておきたくない不安もまた、辰吉が炬燵を離れがたい原因の一つなのだった。

「ね、お兄ちゃん。どうせこんな寒さじゃ新聞なんて売れないし、今日は休めば」

「仕入れたもんをそっくりそのまま焚《た》きつけなんぞにしたら、罰《ばち》があたって耳がつぶれらあ。新聞てえのは他人様《ひとさま》の声が詰まってるの。だから粗末にしちゃ駄目《だめ》なの」

「最近は連載小説《つづきもの》もないし、つまらない。ね、小見山《こみやま》さまはこのお寒いのに大丈夫かしら。炭団《たどん》はあるの？　毛布《ケット》とか、綿入れとか暖かいものは？　あんなに痩《や》せてらして、お身体《からだ》壊されてないかしら。お兄ちゃん、ちょっと様子見てきてよ」

「それじゃあどっちにしても俺《おれ》は外に行けってことじゃねえの」

鼻の穴を膨《ふく》らませ、辰吉は渋々《しぶしぶ》立ち上がった。小見山の所なら今朝も行った。立て付けの悪い腰高障子《こしだかしょうじ》を開けたら、薄《うす》い布団《ふとん》を体に巻いて文机《ふづくえ》に突《つ》っ伏《ぷ》している小見山の姿《すがた》が目に飛び込み、一瞬《いっしゅん》本気で死んでいるのかと思った。

おまけに、最近弁天通りの『丸屋』で掛け買いしたという洋書が、開かれたまま左手の下敷《したじ》きになっており、小見山そっくりの骸骨《がいこつ》が人間と踊《おど》っている気味の悪い挿絵《さしえ》が、大量の物に囲まれた裏長屋で一際異彩を放っていた。西洋の絵で繰り返し描かれる〝死の舞踏《ぶとう》〟とかいう主題らしく、「何だか眺《なが》めているだけで着想が降ってくるようじゃないか」と小見山は寝ぼけ眼《まなこ》で笑ったが、相変わらず連載小説を再開した気配はない。

一方で、辰吉が尾《つ》けた後も何度か立憲改進党の集まりには顔を出しているようだし、最近ではもはや謎《なぞ》の行動について問いかける気力も失《う》せ果てて、曖昧《あいまい》にその場をやり過ごすばかりだった。

「あの御仁《ごじん》は心配ねえって。とにかく兄ちゃんはまた身を震わせて新聞を売りに出ますから、お前は暖かくして待ってな。八つ時に饅頭《まんじゆう》でも買って帰らあ」

「一人で大丈夫なんだから、そんなに何度も帰って来なくていいってば」

むくれる絹の声に送られて外に出たら、途端に吹きつけてきた寒風で背筋に震えが走った。本当に風邪を引くかもしれないと危ぶみながら、刺《さ》し子半纏《こばんてん》をかき合わせる。夏は涼《すず》しげだった空色の新聞箱も今は寒々しいばかりで、柄《え》の先に提《さ》げた鈴《すず》の響《ひび》きも冷たい。

「新聞んー、エェー、新聞んー、よろず取扱《とりあつかい》ィー、新聞のォー、コタツゥー」

辰吉は白い息を吐いて声を張り上げ、派大岡川《はおおか》を越えて居留地の外にある繁華《はんか》な伊勢佐木町《いせざき》を練り歩いた。牛鍋屋《ぎゆうなべ》、煎餅屋《せんべい》、芝居小屋《しばい》などがひしめく通りの賑《にぎ》わいは相変わらずだが、十二月の空気は師匠を走らせるほど忙《せわ》しなく、頭上でもちぎれ雲がぐんぐん吹き飛んでいく。

辰吉は立ち止まって雪駄《せった》を右だけ脱ぎ、かかとで左の指先をこすった。先月暴れ馬の事件を解決した折、粕谷文乃《かすやふみの》からもらった上等な紺《こん》の足袋《たび》だ。ぴったりと足に馴染《なじ》む優れもので重宝しているが、この空っ風《からかぜ》ではすぐに足指がかじかみ、日に日にしもやけがひどくなる。

自分が叫ぶ「コタツ」の名に「炬燵」を想起して、やはりさっさと饅頭でも買って帰ろうと辰吉が裏手の羽衣町《はごろもちょう》に回った時、「ちょいと」と呼び止められた。

裏長屋の木戸の所で、矢鱈縞《やたらじま》の衣を着た女が手招きしている。頭に霰小紋《あられこもん》の手ぬぐいをかけて顔の半分に垂らしており、その端を嚙《か》んで押さえているのが錦絵《にしきえ》のようだ。

直感的に、誰《だれ》ぞの妾《めかけ》だなと辰吉は思った。衿《えり》の抜けた白い首筋には三十間近い女の熟《う》れた色気が漂《ただよ》っているし、たかだか新聞売りを手招くだけだというのに、視線の流し方も指先の動きも、艶《なま》めかしくて隙《すき》がない。

これは安泰《あんたい》を得た本妻にはない不穏《ふおん》な美しさだと辰吉は決めつけ、さらにその女の髪形《かみがた》が愛妾《あいしょう》の定番の三輪髷《みつわまげ》であることに気づいて、内心得意になった。頭でっかちだと馬鹿にされるが、女を見る眼《め》はまんざら捨てたものでもない。

「へい、何でしょう。この新聞コタツ、よろず新聞売りさばき、よろず雑用承りで」

人好きのする笑顔で近づいていった辰吉に、女はにこりともせず「『自由新聞』」と白い手を突き出した。「早くして。寒いったらない」

「こいつは、気が利きませんで」

辰吉は手早く新聞箱から『自由新聞』を選び出し、女に手渡した。

「ねえあんた、いつもこの時間にここを通るの？」

「いえ、今日はたまたま足を延ばしたんで。でもお望みとあれば、毎日お届けに上がりますよ、『自由新聞』」

愛想良く答えながら、こりゃあ旦那の読み物だな、と考える。自由党が刊行した政党新聞なんぞ、女が楽しむにしては少々お堅《かた》く小難しい。男が読むために、いつも『自由新聞』を家に備えておくのだろう。

「じゃ、伊勢佐木町の取扱所とは関係ないの」

「へい、仕入れは居留地の方で。あ、とは言ってもね、新聞小政と違いますよ。俺は新聞コタツ。心が色男の方でさ」

辰吉会心の冗談《じょうだん》にも興味を示さず、女は「ふうん」と鼻に抜けた声で言った。「それなら、丑松《うしまつ》って新聞売りも知らないのね」

「えっ、佐竹《さたけ》丑松？」

思いがけず飛び出した名前に、辰吉は驚《おどろ》いた。石川《いしかわ》町にある粕谷喜左衛門《きざえもん》の本宅に『自由新聞』を届けていた新聞売りだ。先月、辰吉が縄張《なわば》りを荒らしたと丑松が勘違《かんちが》いして、ちょっとした小競り合いになった。

「知ってるの！」

女はたちまちまなじりをつり上げ、下駄《げた》の歯を鳴らして辰吉に詰め寄った。

「どこにいるのよ。今日一日待ちかまえてたのに、来ないんだから。あんた、あいつの仲間じゃないだろうね。知ってて黙《だま》ってたら承知しないよ！」

あまりの剣幕《けんまく》に辰吉はたじろぎ、女がそこまで怒る理由を探してぴんと来た。白縮緬《ちりめん》の襟巻《えりま》き、金ぴかの鎖《くさり》、インキビン、一円硬貨――。丑松と小競り合いになった時、奴《やつ》のふところからこぼれ落ちた品だ。

「もしかしてあいつに何か……――何か盗《ぬす》まれたんで？」

「やっぱりあんた知ってるんだね！」

女が再び気色ばんだ時、砂埃《すなぼこり》を孕《はら》んだ強い北風が吹きつけて、めくれ上がった手ぬぐいの下から目の周りの派手な青痣《あおあざ》がのぞいた。旦那《だんな》に殴《なぐ》られたらしい。辰吉の無言の同情を受けた女は、こんな不幸は物の数にも入らないというように、また「ふうん」と鼻に抜けた不満げな声を漏らしてそっぽを向いた。

女は名を倫《りん》といい、やはり辰吉の予想通りどこぞの旦那に囲われた妾者《めかけもの》だった。佐竹丑松からは三日にいっぺんほどの割りで『自由新聞』を買っており、ついでに世間話をすることも多かったという。

「今思えば、あいつ怪しい所がたくさんあったよ。毎回家の中をじろじろ見てたしさ。この間だって、角のご隠居《いんきょ》とそっくりの紙入《かみい》れ持ってたんだ。後でご隠居に聞いたら、どこかで落としたって言うじゃないの。証拠はないが、きっと丑松の奴、拾って自分の物にしたんだよ……」

倫は長屋へ強引に辰吉を招き、勝手口に置いた箱火鉢《はこひばち》で煙草《たばこ》を飲みながらぼやいた。

普段は女の独り所帯、茶箪笥《ちゃだんす》や箪笥が並ぶだけのこざっぱりと片付いた六畳一間は、何か香を焚《た》いたようないい匂《にお》いがする。竈《かまど》の脇《わき》にはわずかな薪《まき》と、焚きつけにしては量が多すぎる『自由新聞』の束が置いてある。

「箱根《はこね》の湯本《ゆもと》にさ、昨日の夕方まで湯治に行ってたのよ。帰ってきたら、うちの旦那が騒《さわ》ぎ出してさ。そこの文机の引き出しに入れておいた新聞がないって。あたしもいろいろ見てみたら、細々した物がごっそりやられてるじゃないの。湯治で三日間家を空けるって話したのは、前日ここへ来た丑松にだけだったから、ピンと来たのよ。でも旦那はかんかんに怒ってこのザマ」

倫はもはや隠そうともしない左目の痣を指し、さも忌々《いまいま》しげに呟《つぶや》いた。「あの人も、たかが新聞一つで大騒ぎしちゃってさ」

「何か特別な記事が載ってたんで？」

「さあ。いつも買ってる新聞じゃなかったことは確か。何か、汚い名前。便《べん》て字」

「えっ、『郵便報知』？　『自由新聞』を買ってる御仁が、立憲改進党系の新聞を？」

「そんなこと聞かれてもあたしには分からないわよ」

「それで、俺に何をしろと……」

「うちから盗《と》ったものだけでもいいから、丑松に返してもらってよ。あんた、よろず雑用も引き受けるんでしょう。断ったら、あんたもあいつの仲間ってことだからね」

「そんな無茶な……」

「盗られっぱなしで癪《しゃく》に障るじゃない。大体、何であたしが丑松のせいで旦那に殴られなきゃならないのさ。だからあたし、今朝伊勢佐木町の新聞取扱所まで聞きに行ったんだ。丑松はその店に雇《やと》われてるからね。そうしたら、店主は知らぬ存ぜぬの一点張りで、けんもほろろに追い返されちゃった。あんたなら同業だから教えてくれるよ、きっと」

火鉢に煙管《キセル》を打ちつけ、倫は有無を言わせぬ口調で言った。もうさほど若くはない妾にとって、旦那の機嫌《きげん》は文字通り死活問題なのだろうが、それをこちらに押しつけられても困る。体《てい》よく断ろうと思った辰吉だったが、『自由新聞』一部よりずっと高いお銭《あし》とともに、「居所を教えてくれるだけでもいいから」となだめすかされて、結局ウンと返事してしまった。

まったく、困ってる女の頼みは断れねえんだよな――。

辰吉は木枯《こ が》らしに身を縮《ちぢ》めながら伊勢佐木町まで戻り、丑松が雇われているという文具店『掛川屋《かけがわ》』に向かった。新聞を仕入れて個人で売り歩く辰吉とは異なり、丑松は取扱所の店主の代わりに新聞を売り捌《さば》く形式らしい。じつに新聞の売り方は様々で、もちろん一つの新聞社専属の販売人もいる。

『掛川屋』は表通りに面した瓦葺《かわらぶ》きの二階屋で、紺の日よけ暖簾《のれん》に白字で「諸新聞売捌処」とある。上客を辞儀《じぎ》とともに送り出して顔を上げた店主は、辰吉の名入り半纏を見て目を丸くした。

「あんたもしかして、居留地の名物新聞売りかい」

俺もずいぶん有名になったもんだと嬉《うれ》しくなった辰吉に、店主はごま塩頭をなですって首を傾《かし》げた。

「だが東京で錦絵にまでなった色男っても、大したこたぁねえんだな。文明開化の昨今は、あんたみてえなチビのずんぐりが女に好まれるのかい」

「あのねおじさん、それは新聞小《こ》ま――」

訂正しかけて、辰吉は言葉を呑《の》み込んだ。世間に影響力《えいきょうりょく》のある名物新聞売りだと思わせておいた方が、話を聞き出しやすいこともある。

「顔がすべてじゃありません。心の色男っぷりが、外見を錦の色に輝かせるんです」

「お、言いやがった」

「ところでね、丑松さんは今時分どの辺りを回ってます？　金返したいんだけども、ちっとも会えなくて」

「俺もあの野郎《やろう》には困ってんのよ。きのうから店に顔出してこねえんだから」

「ここにも来ないんで……」

「あんたさあ」店主は声を落として低く笑った。「金、返さなくていいよ。あいつ一昨日《おとつい》の昼、近々ふところが暖まるって、自慢《じまん》げに吹聴《ふいちょう》してたからな」

「そりゃ、金がこの先入るってことで？」

丑松の言い方はいくぶん妙《みょう》だった。すでにどこかで高価なものを盗んできたなら、「近々」とは言わない。これから高価なものを盗む計画があるのか、あるいは盗んだお宝を金に換えるのに時間がかかるということか。

「俺はあいつが今に何かやらかすんじゃねえかって、雇い主として心配してんのよ。いやここだけの話、さっきなんか粕谷の旦那のお妾さんが血相変えてやってくるから、まさか丑松が手でも出したんじゃねえかってひやひやしたね。あの旦那は、物騒《ぶっそう》な連中を幾人《いくにん》も使ってるからさ……」

辰吉は丑松に続いて飛び出した思いがけない名に、耳を疑った。

「粕谷って、あの粕谷喜左衛門さんで？　埋《う》め立《た》て大尽《だいじん》の？」

「ほかの粕谷がいるならお目にかかりてえがね」

粕谷には愛妾がたくさんいると聞いてはいたが、まさか先ほどの倫がそうだとは思いもよらなかった。

北風のせいばかりでもないうそ寒さに、辰吉はぶるっと大きく身震《みぶる》いした。

つまり丑松は、倫の家で粕谷が怒り狂う何かを盗んだのだ。それが『郵便報知新聞』であれ何であれ、これ以上関《かか》わり合いになるのはご免だ。

すっかり及び腰《ごし》になった辰吉は、それから丑松の家の場所だけを聞き出して、「あんたの人気にあやかりてえ」と拝んでくる店主に錦絵そっくりの見得《みえ》を切ってから、そそくさと伊勢佐木町の雑踏《ざっとう》を後にした。

その夕、味噌汁《みそしる》を噴《ふ》きこぼしてしまった絹が消沈《しょうちん》していた時、「頼もう！」と通り中に響《ひび》く大声で、高瀬源二《たかせげんじ》が長い身体《からだ》を折り曲げて勝手口から入ってきた。今日は供の若い衆もおらず、右手に風呂敷《ふろしき》、左手に二升徳利《にしょうどっくり》を提げている。

兄妹二人、「面倒《めんどう》くさい奴が来た」と顔を見合わせた。荷運びの人足や仲仕《なかし》を差配する『高瀬屋』の長男坊は、戸の高さをゆうに超《こ》す身の丈《たけ》六尺（約一八二センチ）。異人のように彫《ほ》りの深い顔立ちは、さながら滅法《めっぽう》男前の仁王像《におうぞう》といったところだが、気性は単純明快の真っ正直で、物事をあまり深く考えない。

「源二さん、今日はまた何の御用で……」

「辛気《しんき》くさい顔するねぇ。ちょっとばっかり助《す》けに上がったわけよ」

言うなり、風呂敷から三段の豪華《ごうか》な重箱が現れた。蓋《ふた》を取ると、飛鳥山《あすかやま》の花見もかくやというごちそうの数々だった。握《にぎ》り飯、白魚の佃煮《つくだに》、里芋《さといも》と蓮根《れんこん》の煮付《につ》け、鮪《まぐろ》の刺身、塩鮭《しおざけ》、おから、大根の漬け物、みかん、ご丁寧に山茶花《さざんか》の飾《かざ》りまで添《そ》えてある。

「すげえや、どうしてこんな？」

「昨日ここに来た時、およねさんが東京に行っちまうって聞いてよ、うちの女中に作ってもらったんだ。うめえぞ。できれば一緒に食いてえんだが」

「どうぞどうぞ、ちょうどてんてこ舞いだったんで」

相変わらず絹目当てに『ぶらぼ』へ来ているのはいただけないが、今夜はこれで旨《うま》い夕飯にありつけそうだった。だが絹は、下唇を突き出して途端《とたん》に不機嫌になってしまった。

「これじゃ、私が料理できないから来てもらったみたいじゃない」

「誰もそんなこと気にしねえって。な、ここは素直《すなお》に、ありがたくいただこ」

「気にしないってことは、そうだってことでしょ」

女はわけの判《わか》らないことですぐ怒る。面食らう辰吉に助け船を出すのがこれまた源二だから、ますます話がややこしくなった。

「お絹さん。困った時に手を差しのべてくれる男が好きだって言ってたじゃねえか。飯を作るのに難儀してたんだろ。それで俺が来たわけよ。どうでえ」

結果、絹は完全にむくれて二階へ上がってしまった。源二は分かりやすい困り顔で肩を落としたのもつかの間、重箱のおかずをせっせと取り分けると、「気を悪くしたなら謝るが、どうか高瀬屋の顔を立ててくんねえ」と長い腕を伸ばして階段上に置いた。一階に戻り、絹が散らかしたままの勝手口でしきりに感心する。

「見ろよ、健気じゃねえか。そのつど動き回らなくても大丈夫なように、こうやって材料全部手元に用意してよ、自分なりに一生懸命《いっしょうけんめい》工夫してるんだ。ああ、いじらしいなあ、嫁《よめ》に欲しいなあ」

裏表のない源二の気配りと率直な求婚を改めて目の当たりにした辰吉は、その時漠《ばく》然《ぜん》と、もう前に進む時機ではないかと感じた。一度潔《いさぎよ》く踏ん切りをつけ、しっかりと前に踏み出すべき時なのではないかと。何より、年が明ければ絹は二十歳《はたち》になる。

五年前の事件は、裁判を泥沼化させたくない原告側の一部商人たちが、穏健派《おんけんは》の『はまなみ新聞』に泣きついたことから始まった。チョビ髭《ひげ》の山崎《やまざき》は、急先鋒《きゅうせんぽう》の『八幡屋《やわたや》』を鎮めるため、新聞社にネタを売り歩く《鼠《ねずみ》》に弱みを探らせたが、それでは手ぬるいと考えた《鼠》が暴れ馬の事件を企《くわだ》てたのだ。《鼠》は「先生」と呼ばれて八幡屋と親しくしており、主《あるじ》に恨《うら》みを抱いていた奉公人の伊左次《いさじ》に目をつけて実行犯に仕立て上げた。

これが、絹の片足が駄目《だめ》になった事件の顚末《てんまつ》だ。

原告側の商人たちは一塊《ひとかたまり》で名などあってないようなものだし、伊左次が粕谷喜左衛門の〝用心棒〟に追われて失踪《しっそう》した今、辰吉が《鼠》の正体を知る機会は皆無に等しい。チョビ髭の山崎は自分が使った男の失態を隠そうとするだろうし、《鼠》を嫌《きら》っている富田《とみた》も何やら及《およ》び腰《ごし》だ。

絹の足を犠牲《ぎせい》にした奴を絶対に許さないと心に決めていた辰吉だったが、つまるところもう手がなかった。ならばいっそ、先に進むべきではないのか。不自由になった片足や瓦斯《ガス》局事件をいつまでも引きずっているのは、ひょっとすると妹ではなく自分の方ではないのか。絹はただ、同じ場所で足踏みを続ける兄につき合っているだけではないのか。

辰吉は杯《さかずき》代わりの湯呑《ゆの》みに酒を注《つ》ぎながらそんなことをつらつらと考え、絹には少し強引に前へと引っ張り出してくれる源二のような男が似合いかもしれないと思い直した。

源二が持ってきてくれた重箱のおかずを肴《さかな》に、多すぎる酒を二人で鯨飲《げいいん》する。

「時に源二さん。高瀬屋さんは、今のお商売の前はどこで何をしてたんで？」

「うちは代々野毛浦《のげうら》の漁師だったんだが、ご一新後に仕方なく鞍替《くらが》えしたクチよ。自《じ》慢《まん》じゃねえが、俺は生粋《きっすい》の濱《はま》っ子《こ》でえ」

「へ？　野毛浦ってどこです。野毛は山でしょ」

「かあッ、他所者《よそもん》はこれだから。俺がガキの頃《ころ》はな、伊勢山《いせやま》の崖《がけ》の下は白い浜辺で、今の横濱駅の辺りは海だったんだ。姥島《うばじま》って岩と、洲干弁天《しゅうかんべんてん》様の杜《もり》が向かいに見える風光明媚《ふうこうめいび》な土地柄《とちがら》でよ、海苔《のり》も牡蠣《かき》もアサリもうまい、吉田《よしだ》の沼では鰻《うなぎ》がうまい……」

それが明治に入り、すべて埋め立てられたのだという。

「この町はな、言うなりゃ開港と同時に忽然《こつぜん》と姿を現した、文明開化の申し子でえ。

だから異人と取引を始めた商人連中も、土地を埋め立てた干拓者連中も、それぞれ我こそが横濱を作った立役者なんだって大威張《おおいば》りで、お互い反目してるってわけだ。まあ、俺なんかにしてみれば、どっちもどっちってえのが本音だけどな」

人が町を作る――。今まで思いもよらなかった発想に、辰吉は素直に興奮した。江戸っ子の気風は長い時間をかけて形成された歴史の姿だが、濱っ子のそれは今この町の住人が作っていく未来の姿なのかもしれない。たった二十数年前に生まれた新しい土地は、ほかならぬ住人の手でどんな姿にもなれる面白さを秘《ひ》めているのだ。

「てえことは、居留地内の商人と居留地外の地主さんは、ずっと仲が悪いんで？」

「悪化の一途よ。たぶんこれからますますひどくなるぜ。俺はよく分からんが、一方がナントカってえ政党を支持すりゃ、片一方は負けじと別の党に肩入れしたりしてな。もうガキの意地の張り合いだ、ありゃあ」

これではっきりと分かった。貿易商を中心とする商人の推すのが立憲改進党。対する土地持ちや埋め立て業者は自由党。前者を代表する新聞が『郵便報知新聞』で、後者が『自由新聞』だ。

そうなると、『自由新聞』を取っている埋め立て大尽の粕谷が、立憲改進党系の『郵便報知』を後生大事に文机にしまっているのはやはり違和感《いわかん》があるが、厳密《げんみつ》な線引きがあるわけでもないから、別段不思議でないと言ってしまえばそれまでだ。

「そういう辰吉、お前は〝水道の水を産湯に浴びて〟ってやつか」

「そうですよぉ。うちは代々四谷で庭師やってたんです。玉川上水《たまがわじょうすい》はまず四谷大木戸に流れてくるってのが自慢だったんで。だから俺みたいな花の江戸っ子はね、この埋め立て地の汚い水が耐《た》えられねえんでさ。もう本当に、横濱の水はひどいったらない……」

それからお互い滔々《とうとう》とお国自慢をしたところまでは覚えている。二升徳利を二人して半分ちょっと干した辺りで記憶が飛び、一度尿意《にょうい》に目を覚ましてみれば源二の姿はすでになく、絹がかけてくれたと思しき半纏と夜具が、体の上に山と重なっていた。

案の定、翌朝はひどい宿酔《ふつかよい》で、もう源二とは金輪際一緒《こんりんざいいっしょ》に飲むまいぞと後悔した。独立記念日の花火の夜も二人して飲み過ぎ、次の日は頭痛と異人の殺人事件とで散々な目に遭《あ》ったのだ。

「やっぱりお前を高瀬屋にはやれねえ。あの人と俺が兄弟にでもなってみろ、お互《たが》い酒で身を滅ぼす」

「ご安心を。どのみちあの御方の所には嫁ぎませんから」

辰吉は呻《うめ》きながら冷たい水で顔を洗い、次には絹の指示通り〝始めチョロチョロ中パッパ〃の要領でばたばたと米を炊《た》いて、しじみの味噌汁が飲みたいと恨《うら》めしく思いながら、飯と漬け物だけの朝餉《あさげ》を何とか胃袋《いぶくろ》に押し込んだ。

その後、一人でも大丈夫だから、と繰り返す絹に見送られ、からの新聞箱をかついでふらふらと出発した。

地面を擦って飛んできた落ち葉が脛《すね》に当たり、今日も強い木枯《こが》らしに身がすくむ。それでふいに小見山のことが心配になり、仕入れもそこそこに南仲通りの裏長屋まで行ってみたら、珍しく不在だった。返事がないのは凍死《とうし》しているからかもしれんと半ば本気で考えて、中に入ってとことん確かめたがもぬけの殻《から》だった。

あの御仁に何かあっちゃあ、親父《おやじ》にも小見山のお殿様《とのさま》にも申し訳がたたねえ——。

世間はもうぼちぼち正月の準備に入るし、明日辺りそれを口実にまた小見山の部屋を掃除してみようと辰吉は決めた。歳暮《せいぼ》に鮭なんぞを送ってもどうせ腐《くさ》らせるだろうから、源二に倣《なら》って重箱を持ち込み、少しでも滋養《じよう》のあるものを無理やり食わせるのだ。

たとえ世の中や小見山本人がどのように変わろうと、昔受けた恩義や義理をないがしろにはできないし、したくもない。そうして己《おのれ》と小見山の浅からぬ縁をぼんやりとなぞり返すうち、辰吉はふと粕谷家との突拍子もない悪縁まで思い出してしまい、あれから盗人《ぬすっと》の丑松がどうなったのか気になることもあって、恐る恐る羽衣町の倫の家まで足を延ばしてしまった。

「新聞コタツで……」辰吉が皆まで言わぬうち、猛然《もうぜん》と戸を開けた倫が強い力で半纏をつかみ、また強引に中へ引っ張り込んだ。

「あんた、ちょうどよかった！」

なぜか必死の形相で、辺りを憚《はばか》るように小声で怒鳴る。

「まずいことになったもんよ。あんた、誰かに何か聞かれても、余計なことは言うんじゃないよ。昨日あたしが言ったことも、全部なしだからね」

「何でしょいきなり。丑松さんの家は昨日教えたでしょ。押しかけなかったんで？」

「行ったけど、やっぱり誰もいなかったし、目当ての物も見つからなくてすぐに引き上げたの。だけどあたしとしたことが、旦那からもらった名入りのハンケチをあの家に置いて来ちゃったの。竈の中に物を隠すのは常套《じょうとう》でしょ。そこを探した時、手が灰だらけになったからハンケチで拭《ふ》いてそのまま……。あんた、お願いだから取ってきてよ」

「嫌ですよ。それじゃあまるで、俺が盗人みたいじゃない」

「この先何かあったら、あたしが疑われるじゃないの。家を出て行く時、近所の人に顔を見られてんのよ。あんたなら同業者なんだから、ご機嫌《きげん》うかがいだって何だって、勝手に入れるでしょう」

何て身勝手な女か。やはり来るべきではなかったと辰吉は鼻を広げて憤然とした。

「それなら旦那に泣きつきゃいいでしょ」

「あの人には丑松のことは言ってないの。どうせ、箱根行きを軽々しく丑松に喋《しゃべ》ったあたしの落ち度を責め立てるに決まってるからね。でももしあんたがあたしの頼みを断るってなら、あんたが怪しいって旦那に言いつけてやるからね」

「そんな、無茶苦茶じゃねえか！」

声を荒らげて抗議《こうぎ》した辰吉の丸い頬《ほ》っぺたを、倫は冷たく白い手でぺたぺた叩《たた》いた。

「よく見りゃ可愛《かわい》い顔して。……ね、あんたにだって大事な家族はいるんだろ。あたしの旦那は、一度見境をなくしたら怖い手下を使ってどんなことでもやるよ。土間の竈からちょっとハンケチを取ってくるだけで丸く収まるんだから、お願いよ」

抜き差しならない状況に追い込まれた辰吉は、どこか焦《あせ》りの交じった女に顔を挟まれて、蛇《へび》に睨《にら》まれた蛙《かえる》の如《ごと》く、気づいた時には昨日と同じくウンと返事をしていたのだった。

2

佐竹丑松の家は、繁華な伊勢佐木町大通りと大岡川に挟まれた福富町《ふくとみ》の一画にあった。釣《つ》り鐘《がね》形の埋め立て地の右裾《みぎすそ》に当たり、以前居留地が大火に見舞われた際、今の伊勢佐木町から長者町の一帯に移ってきた遊郭《ゆうかく》の周辺地域として、徐々に発展して町になった所だ。遊郭はその後横濱駅近くの高島町へと移り、去年再び釣り鐘の中に戻って来た。

見世物や遊興、酒食を供する店が建ち並ぶ伊勢佐木町の残響《ざんきょう》が、家並みや路傍《ろぼう》のそこかしこに澱《よど》んでいるような、どこか場末の感がある福富町の割長屋に辰吉はやって来た。

「丑松さーん、俺ですよ、入りますよ」

近隣住民に怪しまれないよう一声かけてから、小見山の家ですっかり慣れてしまった立て付けの悪い戸を、片手で器用に開けた。

「丑松さん、留守なんで……？」

一歩中に踏み込み、辰吉はそのまま凍《こお》りついた。

畳《たたみ》という畳が上げられ、引き出しはすべて開けられ、枕屛風《まくらびょうぶ》の反古紙《ほごがみ》まで剝《は》がされ、部屋中が無残に荒らされていた。倫はハンケチ一枚置き忘れて騒《さわ》いでいたほどだから、あの女がここまで派手に探し回るとは思えない。だとするなら、倫が家捜《やさが》しに来た後、別の誰《だれ》かもまたここに来たのだ。

ここは早いとこ退散するに限る。

竈に置いてあったハンケチを回収し、ついでに辰吉はぐるりと室内を見回した。ふと妙《みょう》な違和感《いわかん》を覚えて狭《せま》い土間に視線を戻すと、どこにも釜《かま》がない。恐らく独り所帯だから簡単に外で済ませていたのだろうが、違和感は別の所にあった。

湿った臭《にお》いのする流し台の奥、どこもかしこも黴《かび》と錆《さび》だらけの中で、竹製のしゃもじ差しに突っ込んであるしゃもじだけが、馬鹿に新しい。辰吉は唇を一舐《ひとな》めし、しゃもじを抜いて手を突っ込んだ。くしゃくしゃになった紙が指にかかり、一気に引っ張り出す。

『郵便報知新聞』。

事の重大さを認めるより早く、機械的にそれを丸めてふところに突っ込んだ時、おもてで複数の話し声が聞こえた。丑松本人か、部屋を荒らした暴漢が戻って来たのか、辰吉は新聞箱の柄《え》を握りしめて息を詰めた。

「お前たちは付近の住人に話を聞いて回れ」

　障子一枚隔《へだ》てた所で聞こえた言葉に、血の気が引いた。なぜここに警官《ポリス》がやって来るのか。それはさておき、この状況はどう見ても分が悪い。

　辰吉は土足で部屋に上がり、反対側の濡れ縁《ぬえん》から外に飛び出した。途端に背後で「何者か！」の誰何《すいか》が響き、「逃げた、逃げた！」の怒声が飛び交い、裏から表の通りに出る間もなく、辰吉は四人の警官に取り押さえられてしまった。

「違う、誤解なんで」ねじ伏せられた苦しい体勢のまま、辰吉は必死に弁解した。

「しらばっくれるな。ならばなぜ逃げた。ただの盗人か、それとも貴様が殺したのか！」

「へっ？」声が裏返ってしまった。「……殺しって？」

　霜柱《しもばしら》の立った冷たい地面に抑えつけられた体に、再び宿酔《ふつかよい》の頭痛と悪心《おしん》が戻ってくる。何やらこの成り行きにも既視感《きしかん》があるぞ、と辰吉は靄《もや》のかかった重たい頭で漫然《まんぜん》と考えた。

　仁王がへべれけになると誰かが死ぬ。これだから源二と飲むのは嫌なのだと、辰吉が八方塞《はっぽうふさ》がりの現実から目をそらしかけた時、よく知った声が降ってきた。

「――旦那がた、申し訳ねえがそいつは下手人じゃありませんよ」

見上げてみれば、鶯色《うぐいすいろ》の襟巻きに顎《あご》を埋《うず》めた男が薄笑いを浮かべて立っている。「と、富田さん」辰吉はじたばたもがき、新たな不審人物の登場に口髭の警官が声を荒らげた。「誰だ、貴様は！」

「『はまなみ新聞』の記者で、富田と言います。居留地警察の橋本《はしもと》さんとは親しくさせてもらってますんで、お疑いならそちらに聞いていただいても」

「貴様の素性《すじよう》は分かった。だがこの男が下手人じゃないとどうして分かる」

「こいつはうちの新聞を売り捌いてる男なんですがね、さっきそこの道でばったり会ったもんで、中の様子見て来いって俺が頼んだんですよ。派大岡川《はおおか》で浮いてたホトケさん、この家の人でしょう」

丑松が死んだ。動揺《どうよう》を気取られないようにしながら、辰吉は「本当か」と尋ねてくる警官に頷《うなず》いた。「面目ねえ、追いかけられたから逃げただけで……」

もごもご抗弁したら、富田の存在が利いたのか、そもそも本気で疑ってはいなかったのか、あっさり無罪放免になった。警官たちは「いいか、もううろちょろするな」の厳重注意とともに二人を追い払い、富田は派大岡川の川岸まで足早に出た所で、もと来た道に唾《つば》を吐いた。「えらそうに、糞《くそ》ポリスが」

「ありがとうございました。開化のご時世、何が起こっても不思議じゃありませんが、まさか富田さんに助けてもらう日が来ようとは」

「勘違《かんちが》いするなよ新聞売り。俺はお前があの家にいた理由が知りたかっただけだ。どうしてお前はいつも肝心な場所にいるのかねえ」

「丑松が派大岡川に浮いてたって、どういうことです」

間髪入《かんはつい》れず、下駄の歯でしもやけの足を踏まれた。「痛《いて》え！」問いかけを問いかけで返すと、富田は機嫌が悪くなる。

「お、俺はただ、女が丑松の家に忘れた物を本人の代わりに取りに来ただけで……」

「その女は何者だ。丑松って奴の女か」

「富田さんの方が詳《くわ》しいでしょ。粕谷喜左衛門の妾《めかけ》で、倫って女ですよ」

「粕谷の女がどうしてあの家に物を忘れるんだ。よお新聞売り、お前何を隠してる？」

「別に……」ふところに忍ばせた『郵便報知』のことは、富田にはまだ黙っているつもりだった。丑松の家から物を持ち出したのだから、後ろめたい思いもあった。とはいえ、ただ知らぬ存ぜぬではかえって富田に怪しまれると踏み、少しだけ打ち明けるに留めた。

「じつは丑松は商売で知り得たことを利用して、留守宅に盗みに入ってたんですって。粕谷の女はそれに気づいて、盗まれたものを取り返しに行ったんですよ。その時忘れ物をしたとかで……」

今考えれば、倫は今朝の段階で、丑松が死んだとすでに知っていたのではないか。そのためにあれほど焦って自分の持ち物を回収しようとしたのではないか。そこへ都合良くやってきた辰吉を、いいように利用したのだ。

伊勢佐木町の入り口に架かった鉄《かね》の吉田橋を渡り、居留地へ戻る。

「富田さんこそ、どういう経緯であの場にいたんです」

「俺があそこに居合わせたのは偶然《ぐうぜん》だった。昨日の晩、たまたま粕谷の本宅を張ってたら、〝用心棒〟の連中が連れ立ってさっきの家に来て、さんざん家捜しして帰っていった。それとは別に、今朝早く派大岡川に死体が浮いたってんで現場に行ってみたら、今度はポリスどもがそろって昨夜と同じ家に行く。こいつは臭《にお》うと思っていたら、間抜けな新聞売りの大捕物だ。笑えるぜ」

小刻みに肩を震わせて笑う富田の横で、辰吉は内心首を傾げた。倫は、粕谷に丑松のことを話していない。倫の後に家捜しに来た〝用心棒〟は、無論粕谷の指示で動いたのだろうが、すると粕谷はどうして丑松が盗人だと知ったのか。まさか粕谷は、丑松殺しに関わっているのか――。

「ね、丑松はいつ殺されたんでしょ。これは重要ですよ。っていうのもね、粕谷は七日から九日まで倫と箱根へ湯治に行ってて、九日の夕方に帰って来たんです。二人が泥棒に気づいたのがそれからですから、粕谷が〝用心棒〟に何かを頼むにしたって、九日の夜以降になるわけでしょ。実際、奴らが丑松の家捜しをしたのは昨日十日だし」

無駄に知恵が回りやがる、と富田は襟巻きの中で軽く舌打ちした。

「俺はポリスじゃねえから詳しくは分からねえが、顔の腐り具合と目の濁《にご》った感じから見て、せいぜい二日から三日の間ってところだろう」

丑松は重石をつけられて川に投げ込まれたが、どうやらそれがはずれて浮かび上がってきたのを、今朝発見されたのだという。致命傷は頭の傷だったようだ。

辰吉は新聞箱の肩あてをずらしながら、フムと考え込んだ。

近々金が入る、と丑松が雇い主の『掛川屋』店主に漏らしたのが八日の昼。つまり丑松は、八日の夕から九日の早い時間に死んだと考えて間違いない。ならばその時箱根にいた粕谷は、丑松殺しに関与したわけはないのだ。

粕谷の無実に、辰吉は密《ひそ》かに胸をなで下ろした。野放図で無法な男ではあったが、少なくとも一人娘の文乃が悲しまずに済むと安堵《あんど》したからだった。

「な、新聞売りよ。その丑松って野郎は、一体妾の家から何を盗んだ?」

「え……、だから、ハンケチでしょ」

「そりゃ忘れ物だっててめえが言ったんじゃねえか。女は何を盗られて何を取り返しに行った時にハンケチを忘れたんだ、え。その後用心棒どもは家中ひっくり返して、何を探そうとしたんだ。粕谷のもんだろ。それも、見られちゃ困るもんだ。囲ってる女の家に疚《やま》しいもんを隠すのは、天地開闢《かいびやく》以来の悪党のお約束じゃねえか」

さすがに普段横濱名士の愛妾を追っかけ回しているだけあって、富田は鋭い。辟易《へきえき》した辰吉のへの字の口元を見やり、富田は正面に向き直って猫なで声で諭《さと》し始めた。

「辰吉くん。お前は正直で善《い》い奴だから、すぐ顔に出る。何かほかに知ってることがあるんだろう。この際だから俺も正直に言うが、じつは今、この首が危ういんだ。だからうちの社長の鼻を明かすために、あいつより早くとあるネタを上げたい。要するに、粕谷の尻尾《しっぽ》をつかみてえんだ。俺を助けると思って、頼む、この通りだ」

そうして柄《がら》にもなく泣き落としにかかった富田の白い息を見つめながら、辰吉は目まぐるしく脳みそを回転させた。正直者のお人好《ひとよ》しで通る辰吉でも、手段を選ばない悪徳記者のやり口を警戒するだけの分別はあった。

富田の物言いから察するに、粕谷はチョビ髭の旦那の獲物なのだろう。数ヶ月前から粕谷に近づき、何らかの社会的な事件を暴こうとしているに違いない。だが決め手はいまだ見つからず、富田は今回丑松が盗んだ何かこそ、その決め手に繫《つな》がると睨んだのだ。

チョビ髭の旦那か、富田か、ポリスか、それとも倫に返すか。だがまだ、今自分のふところにある『郵便報知新聞』が皆の探し求めるそれなのかどうかは、判断がつかなかった。

「本当に知らないんですって。ハンケチを返しに行った時、それとなく探ってみますよ」

「何かつかんだら、いの一番に俺に報《しら》せろ。いいか、絶対にほかの奴に言うな……」

突如、富田が背後を振り返り、轍《わだち》がうねる馬車道通りを足早に行き交う人の群れへ、きつい視線を走らせた。

「何です、どうしました」

「誰かに尾《つ》けられてると思ったが、気のせいか……」

全身に不穏な緊張を漲《みなぎ》らせ、それから富田は挨拶《あいさつ》もせず辻《つじ》を曲がって行ってしまった。

街灯の上で、灰色の椋鳥《むくどり》が侘《わ》びしげに鳴いている。

もはや話の局面は、丑松殺しの下手人ではなく粕谷が盗られた何物かに変わっており、けして好きでも親しくもなかった同業者の死のあまりの呆気《あっけ》なさに、辰吉は少し憂鬱《ゆううつ》になった。

大きな社会の事件の下で、個人の悲劇は潰《つぶ》される。瓦斯局事件の趨勢《すうせい》に、十四歳の下女の片足がいくばくの影響も与えなかったように。実際、暴れ馬を仕掛けた張本人は、五年経《た》った今もこの横濱の寒空の下で、何食わぬ顔をしてのうのうと生きているのだ。

気づけばまた五年前のことに拘泥《こうでい》していた自分に、辰吉は小さく溜息《ためいき》をついた。踏ん切りをつけると決めておきながら、舌の根も乾かぬうちにこの体《てい》たらくだ。これでは一向に絹が幸せになれないではないかと自分自身を心中で叱咤《しった》した時、町会所の時報が正午を告げた。

昨夜源二が持ってきたお重の残りを絹と二人で昼飯につまみながら、辰吉はふところに入れていた『郵便報知新聞』を取り出してみた。

「やあねえお兄ちゃん、ご飯食べながら新聞読まないでよ」

「ああ、うん……」絹の小言を右から左に流し、くしゃくしゃに折り目の付いた洋紙を一枚めくってみる。中に挟まっていた紙にはっとして、これだ、と直感した。逸《はや》る気持ちで箸《はし》を放《ほう》り出し、手紙と思《おぼ》しき紙っぺらを一枚取り上げる。木を森の中へ隠すように、粕谷はもらった手紙を新聞紙に挟んで保管していたのだった。

辰吉はかしこまり、細筆で書かれた文字の連なりに目を落とした。宛名《あてな》は粕谷喜左衛門。紋切り型の時候の挨拶に始まる墨痕《ぼっこん》鮮《あざ》やかなその手紙には、中ほどに不可解な箇所があった。


〝ワラを取るはタマ改めミィになり候《そうろう》　横濱に到《いた》り野毛の山より市中にワラバイを敷《し》く旨《むね》　英国技師P神奈川縣に報告したる由　縣官水野《みずの》氏より申し伝えられ候　慎太《しんた》郎《ろう》〟


興味を惹《ひ》かれた絹が横から覗《のぞ》き込み、「猫が藁《わら》を取って野毛から撒《ま》くの？」と辰吉とまったく同じ疑問を口にした。

「猫が藁を取るなんて、聞いたことあるか。何かの符牒《ふちょう》かな」

「そうだ、小見山さまに聞いてみたら？　物知りだし世事にも長《た》けていらっしゃるから、きっとお知恵を貸してくださるわ」

思いつきを嬉しそうに提案してくる絹に、辰吉は煮《に》え切らない返事をした。この手紙の存在をどこまで慎重に扱えばいいのか、いま一つつかみきれていないからだった。いずれにせよ持ち歩かない方が良いと判断し、辰吉は二階の行李《こうり》に新聞を隠した。最終的に手紙を誰に託《たく》すかはひとまず置いておくとして、もう少し周辺の事情を探るため、石川町にある粕谷の本宅を訪れることにする。一度行動する気を起こせばどこまでも身が軽い辰吉は、肩に馴染《なじ》んだ新聞箱をかつぎ、跳ねるように居留地を突っ切った。

中村川の灰色のさざ波を横目に、粕谷宅の冠木門《かぶきもん》を目指す。裏の勝手口に回ると、老女トメが曲がった腰をさらに曲げて竈の灰を掻《か》き出しているところだった。辰吉に気付き、「おや、まあ」と目元を和らげる。

「トメさん。新聞売りの丑松さんが亡くなったって聞きましたよ。近くまで寄ったんで、ちょっと様子窺《うかが》いにね……」

「――あら辰吉さん。ちょうど伺おうと思っておりましたの」

トメの代わりに答えたのは、勝手口の板の間に接した六畳間から現れた、粕谷の一人娘文乃だった。あわよくば会いたいと期待していただけに、辰吉は喉元《のどもと》までこみ上げてきた嬉しさを、素直に吐き出した。

「こいつは文乃お嬢《じょう》さん。お目にかかれるなんて」

出戻りとはいえ、辰吉と同じ年の二十三。雪散らしの裾模様《すそもよう》が、硬質な美貌《びぼう》に奥《おく》ゆかしい華を添えている。辰吉は土埃ですっかり白くなった紺色の足袋を見せ、「おかげさまで、いただいたこの足袋、重宝してます」と改めて礼を述べた。

「その後、ムサシも変わりないですか」

「ええ、おかげさまで。よく飼い葉を食べるの」

愛馬の話題に目元を緩《ゆる》ませた文乃だったが、すぐに何か事情のありそうな曇り顔に戻って、板の間から顔を寄せてきた。

「辰吉さんは、『はまなみ新聞』の山﨑社長のほかにも伝手《つて》がおありなのよね。ムサシのことを記事にしてくださったのは、その方《かた》なんでしょう？」

「ええ、まあ、こういう商売ですから、記者にも顔が利くんで。……何か？」

「『はまなみ新聞』は地元の事件を扱うでしょう。丑松さん殺しに父が関《かか》わっていないかどうか、内密に教えていただくわけにはいかないかしら。あのような父親ですけれども、人を殺《あや》めるような大罪までは犯していないと信じたいんです」

「ちょっと待って下さい」

辰吉は突拍子もない依頼にたじろいだ。愛人の家から盗まれた物を粕谷が血眼《ちまなこ》になって探していることは、さすがに娘の耳には入らないだろう。ならば、なぜ文乃は粕谷と丑松の繋がりを知っているのか。

「お嬢さんは、そもそもどうして御父上をお疑いになったんで？」

「父が箱根へ湯治に行っている間、訪ね人があったのです。その方が至急父と話したいと仰《おつしや》るものですから、不在だとお伝えしたんです。そうしましたら今度は、うちに来る新聞売りは誰かとしきりにお尋ねになるので、丑松さんだとお教えしました。その後帰ってきた父もひどい怒りようで、うちに出入りする怪しげな人たちにも、何度か〝丑松〟と言っているのが聞こえました。そうしたら今朝あんなことに……」

「ははあ……。そりゃ正確には、何日のことです」

「出発した次の日……八日の夕刻だったかしら」

「聞いた話じゃ、丑松さんは二日から三日前に殺されたって言いますから、箱根に行っていた御父上はきっと無実でさ。それより、訪ねてきたお人ってのは、文乃お嬢さんもご存じの方なんで？」

少し安堵したのか、文乃はそこで体の力を抜き、首を横に振った。

「いいえ、初めて見る方でした。年の頃は三十前の、仕立ての良い羽織を着た男の人で、お名前は確か……そう、赤井《あかい》さんと仰っていました」

「お店《たな》の名前とか、何のお商売かというのは……」

「何も」文乃はまたもや残念そうに首を横に振った。赤井と名乗る若い男が、丑松殺しと関わりがあるかは不明だが、少なくとも奇妙な訪問者ではあった。だが、ただ「赤井」という名だけではどこの誰なのか分かりようがないし、たとえ屋号や職種が分かったとしても、無数にある横濱の店を一つ一つ調べるのも難しい。そうでなくとも、「横濱区」は居留地の外にまで広がった一大地区であり、人も店も町も年々様変わりしていく。

辰吉は詮《せん》ないことと知りながら、赤井の正体を考えた。良い羽織を日常に着ているとなると、そこそこの商人と言える。だが二十代とは、主《あるじ》にしても番頭にしてもいくぶん若い。となればどこぞの店の跡継ぎという線だが、それではますます雲をつかむような話だ。

店主だって無理なのに、その息子じゃ探しようがねえ——。

「——あッ、いや、ある！」突然ひらめき、辰吉は大声を上げた。

息子ならば、店主と苗字《みょうじ》が同じなのだ。

「商人録……御父上は、横濱の商人録をお持ちじゃないですか？」

「どんなものでしょう。御本ですか」

「ええ、ええ。たぶん二十四、五センチ……八寸くらいの冊子ですかね。職別に、主や番頭なんかの名前と、住所が書いてあるんです。確か、最初の方には縣の職員も載《の》ってるはずでさ。御父上みたいな地元の名士なら、商人録も持ってらっしゃるんじゃないかな」

辰吉はそれを、得意先の薬種問屋で見せてもらったことがあった。最後の広告頁《ページ》に家伝の胃薬が載っているのを自慢にしており、うちもとうとうひとかどの店になったもんだよと、邪気《じゃき》のない見栄《みえ》をちらつかせて店主は笑ったのだった。

「ちょっとお待ち下さいね。……今日は父が居るのです。表玄関の方でお客様と会っておりますから、今のうちに探して参ります。待ってらして」

板の間に屈んで囁《ささや》く繊細《せんさい》な気遣いを見せ、文乃は薄暗い母屋の奥へと消えた。辰吉はその間、やって来た下男の平太《へいた》と簡単にムサシの話題を交わし、竈に火を熾《おこ》すトメのために納屋から太い薪をいくらか運んでいたのだったが、三十分ほど経った頃、土間に通じる六畳間に粕谷本人が荒々しい足取りで入ってきた。「文乃はどこだ!」

問われたトメは言葉を詰まらせ、目を白黒させた。まさか粕谷の部屋で商人録を探し回っているとは言えない。

「確か先ほど馬屋の方でお見かけしたような……」

「ふん、相変わらず馬なんぞにうつつを抜かしおって」

粕谷はそれから、薪を持って突っ立っていた辰吉と足下の新聞箱を油断ならない目つきで交互に見やり、押しの強そうな脂っぽい大顔にはっきりした軽蔑《けいべつ》の念を浮かべた。

「もう新手が潜り込んできたか。新聞売りは信用ならんからな！」

「恐れながら旦那」少しでも時間稼ぎになればと、辰吉は思いきって話しかけた。

「僕は『はまなみ新聞』の山崎さんと面識があるもんで、これからは丑松の代わりにお伺いしようかと……」

「山崎さんのお墨付きか。ならば、まあいい。『自由新聞』、毎日届けてくれ」

「はい、ありがとさんです！」辰吉は粕谷の後ろ姿が見えなくなるまで深々と辞儀をし、それと入れ替わりに文乃が勝手口の外から顔を出した。

「父の部屋から庭に下りて、お便所の脇《わき》を回って来たのです。忍《しの》びの者みたいでしょう」

冗談めかして冊子を差し出した文乃に、辰吉は出戻って来た女の少し上向きになった心持ちを感じ取って、重大なやり取りをしているにもかかわらず、つられて頬を緩めてしまった。「お手間かけました。すぐ読んで、返します」

「大丈夫。じつはこれ、地袋《じぶくろ》の中で埃をかぶっていましたの。ちょっとの間なら無くなっても気付きやしませんわ。どうぞお持ちになって」

「でもそりゃあ……」商人録を返しかけた辰吉の手をそっと押し戻し、文乃は「いいから」と頷いた。自分のずんぐりした手の上に添えられた白く冷たい女の指に、「あの綺麗《きれい》な人、絶対お兄ちゃんのこと気に入ってるよね」と足袋を見ては言う絹の言葉を思い起こして、辰吉の心が小気味よく反応した。

「それじゃあ、ちょっくらお借りします。御父上の身の潔白も、これで完璧《かんぺき》になりまさ」

「また変なことをお願いして、申し訳ありません」

むしろ感謝したいのはこちらの方だと思いながら、辰吉は意気揚々《いきようよう》と粕谷宅を出た。文乃を安心させてやるという口実ができたことに、一抹《いちまつ》の安堵と満足を覚えたからだった。

丑松が盗ったものを見つけてしまった後、本来無関係の自分は何をそんなに一生懸命になっているのかと、理由の不透明《ふとうめい》な興奮をもてあましていた。うやむやになった瓦斯局事件の代わりに別の事件を調べて憂《う》さを晴らそうとしているのか、紙っぺら一枚より軽んじられた丑松の無念が辰吉の人情の琴線《きんせん》に触れたのか、皆が血眼になって探している物を掌中《しょうちゅう》にして無謀《むぼう》な好奇心《こうきしん》が頭をもたげたのか、とにかく雪空のように灰色だった諸々の気持ちが、文乃のためという大義名分を得て一気に許された感じだった。

　そうだ、手紙の存在を誰かに報せるのは、もう少し調べてからでも遅くはない——。

　元町の方へ向かう道を辿《たど》ってふと粕谷宅の方角を振り返った時、〝用心棒〟の一団がこちらをじっと眺めていたので、辰吉は慌てて角を曲がった。腕に覚えがないくせに、先月西の橋のたもとの水茶屋で、伊左次を逃がすために奴らと事を構えたのは、今思えばたいした愚挙《ぐきょ》だったと思う。

　狭い道の両側に土産物屋《みやげものや》や西洋家具の店が並んだ元町通りを、海の方角へ突き当りまで進むと、増徳院《ぞうとくいん》の大きな瓦屋根《かわらやね》が見えてくる。辰吉は境内に続く石段に座り、文乃が貸してくれた横濱の商人録を舐《な》めるように見始めた。

「赤」「井」のみならず人名に使われているのは難しい漢字ではなかったから、一つずつ指で押さえながら読み進め、二十分後、いろは順に並べられた職種の〝う之部〟まで来た辰吉は、「売込引取商之部」にずらりと並んだ店主や番頭や支配人といった商人連中の中に、『墨坂屋《すみさかや》　赤井善兵衛《ぜんべえ》』の名を見つけ出した。番頭の名や資本金の額は明記しておらず、店の所在地は元濱町二丁目とある。

　辰吉はそれから念のため最後まで目を通したが、ほかの赤井は見つからなかった。

日本商人の後には外国商人と居留地の番地が列記されており、もしも赤井何某《なにがし》がそこで働く従業員ならばお手上げだったが、辰吉はひとまず商人録に記されていた唯一《ゆいいつ》の赤井の店『墨坂屋』まで行ってみることにした。

元濱町は日本人居留区、目抜きの本町通りから二本海寄りの通りだ。茶、炭、海産物といったいかにも異人との取引を主眼とした品々を扱う店が軒を連ね、荷を収めておくための白く堅牢《けんろう》な蔵が、表通りに横っ面を向けて威容《いよう》を誇《ほこ》っている。

辰吉は元町から堀川を渡り、外国人居留地を突っ切って元濱町まで来たのだったが、行き交う人種が彼我公園の向こう側と何ら変わらないことに、今さらながら驚《おどろ》いてしまった。

茶商相手に熱弁を振るっているアメリカ人がいるかと思えば、布袋様《ほていさま》そっくりの太鼓腹《たいこばら》を押し出して海産物商の店へ入っていく清《しん》国人もいる。荷車に目一杯商品を積んだ男たちがかけ声と砂埃を上げて通り過ぎ、やがてその荷が載るだろう蒸気船の汽笛が白い空に響き、多様な言語と身振りと損得勘定《そんとくかんじょう》の応酬《おうしゅう》で莫大な金が動く。

横濱区民の矜持《きょうじ》の持ちようが、居留地の内と外とで大いに異なるというわけを、辰吉は新聞を売り歩く範囲がぐっと広くなったこの一年の間に、身をもって知った。

居留地内では、貿易こそが町の発展と繁栄《はんえい》の証《あかし》であり、それを担う商人たちはみな己こそ横濱の要《かなめ》だと自負している。一方で、崖を切り崩して海を埋め、人工の川を掘り、何もなかった沼沢や浜辺や水田地帯に突如として遊郭や瓦斯局や鉄道の駅を出現させた居留地外の土地持ちにしてみれば、誰のおかげで今日の町があるのかという話だった。

その二派の対立は源二に言わせれば年々悪化する一方で、片方が立憲改進党に傾倒《けいとう》すれば片方は自由党を持ち上げるといった調子で、だからこそ『自由新聞』を愛読する粕谷が立憲改進党の機関紙『郵便報知』を一部だけ隠し持っていたことが、何やら意味深に思えてくるのだ。恐らく盗みに入った丑松も、まず文机の引き出しを開けて同じことを感じ、それで手に取ってみる気になったのだろう。

そんなことを考えながら元濱町二丁目の『墨坂屋』に立った辰吉だったが、小売の店ではないため、商う品が何か分からないどころか、取引客は門を抜けて店舗を訪れねばならず、気おくれしてしまう。

何となく場違いな心持ちがして辰吉が躊躇《ちゅうちょ》していたその時、さっと足下を影がすり抜けて、目つきの悪い三毛猫が道路っ端でこちらを振り返った。

辰吉は新聞箱の鈴を鳴らして興味を惹かせ、ついで白くしなびた狗尾草《えのころぐさ》を抜いて目の前で振ったら、馬鹿みたいにじゃれついてきた。猫なんぞ、えらそうなだけで役にも立たずちっとも可愛《かわい》くないのだが、目の前にいるととりあえずかまってみたくなる。

「ほれ、ほれほれ、つかんでみろ、どうだ」

前足で必死に狗尾草を追う猫をからかいながら、辰吉はふとまた、丑松の盗んだ『郵便報知』の中に隠されていた手紙の文面を思い返した。

〝ワラを取るはタマ改めミィになり候　横濱に到り野毛の山より市中にワラバイを敷く旨　英国技師P神奈川縣に報告したる由　縣官水野氏より申し伝えられ候　慎太郎〟

「お前の名前は何てえんだ。タマか、それともミィか。ワラを集めて野毛から撒《ま》くか」

「――ニョコだよ。〝虎《とら》の如《ごと》し〟で〝如虎〟だ」

ふいに背後から聞こえた答に振り向けば、相変わらずネルシャツに鰹縞《かつおじま》の袷《あわせ》を重ねただけの薄べったい小見山が、『墨坂屋』の門から出てきたところだった。

辰吉は意外な男の登場に機先を制された形で、しゃがんだまま惚《ほう》けたように口を開けた。

「小見山さん、こんな所で何を？」

「僕が進んですることと言ったら、金策しかないじゃないか。立憲改進党の集まりにせっせと顔を出して、お近づきになった裕福な相手に、少々金を融通してもらうんだ」

「ああそれで、政党集会に……」幼い頃の美しい思い出が、また一つ潰《つい》えた。

「たつ坊こそ、ここのお宅に新聞でも届けてるの。ここは親父さんが『東京日日』、若旦那が『郵便報知』。そりが合わないと、好みの新聞も違うっていう見本だね」

勝手に早口で喋《しゃべ》り、勝手に歩き出した小見山を、辰吉は急いで追いかけた。若旦那が『郵便報知』と言ったか。粕谷の留守中に本宅を訪れた男は、三十前の若い男だった。

「そりゃ良いこと聞きました。俺は『東京日日』扱ってないんです。ええっと、お父さんが赤井善兵衛さんで、息子さんは……？」

「慎太郎さん」

どこかで聞いた名だと辰吉は記憶を探り、たどりついた答に思わずアッと言いそうになった。先ほど思い返した手紙の主《ぬし》が「慎太郎」だった。

あれは、赤井慎太郎から粕谷喜左衛門に宛てたものだったのか――？

しかし、売込商の若旦那と埋め立て大尽との間にどんな関係があるのか。丑松が盗んだ手紙の内容は何か。そして丑松はなぜ殺されたのか。考え込んだ辰吉の前で、先を行く下駄がふいに止まった。

「ところでたつ坊、さっきのタマだのミィだのは、一体何の謎かけだ？」

口の両端を極端に持ち上げて笑った小見山は、だがしかし木枯らしに冷え切った無情な目をしていた。

その後、辰吉は小見山と連れだって南仲通りの裏長屋へ戻った。

すでに傾いている三時の日差しに冬の侘びしさを覚えた辰吉は、頼まれてもいないのにせっせと塵芥《ゴミ》の山から長火鉢と鉄瓶《てつびん》を探しあて、三十分後には埋め立て地の不味《まず》い水で沸かした熱い湯とともに小見山と向かい合っていた。

「さあこれで少しは人間らしくなったでしょ。およねさんがいつも言うんです。少々ふところが寒くったって、体さえ温めてりゃ心もぽかぽかで何とかなるって」

「君にこんなに世話になるなんて、僕は罰《ばち》が当たるね」

「何の。これもご縁ですから。そう言やあ、小見山のお殿様はお元気で？　御一新《ごいっしん》後は、みなさん山梨におられるんでしょ。ときどきお会いになったりはしないんで？」

小見山は薄く笑っただけで答えず、「それで、さっきの猫だけど」とさりげなく話題を変えてきた。「タマとミィが、ワラを何だって？　ずいぶん面白そうじゃないか」

辰吉はわざとゆっくり湯をすすり、どこまで話そうかしばらく思案して、結局出所を明かさないまま手紙の内容だけを話した。

「ちょっと知り合いから謎かけをされましてね、答が分からなくて一日中気になってるんで。〝ワラを取るはタマ改めミィになり候　横濱に到り野毛の山より市中にワラバイを敷く〟……。こりゃ、何のことなんでしょうね。栗毛東海《くりげとうかい》先生なら分かります？」

小見山は半眼で顎《あご》をさすっていたが、ややあって「それは全文？」と痛い所を突いてきた。本来はこの後に「英国技師Ｐ」だの「縣官水野氏」だのが続き、差出人に「慎太郎」の名が記されているのだが、この手紙のせいで丑松が死に、宛先が埋め立て大尽の粕谷とあっては、さすがにすべてを打ち明けるのははばかられた。

「全文見なきゃ分からない。その文面が記してあるもの、持ってるなら見せてくれよ」

「だ、駄目《だめ》です、あれは俺がもらった艶文《えんぶん》なんで……」

うまく言い逃れたつもりで、暗に手元にあることを喋《しゃべ》ってしまったが、小見山は気

にした風もなかった。逆に泥沼恋愛小説を書き殴る戯作者の本領発揮《ほんりようはつき》といった感じで、

「たつ坊が、艶文をもらったの？」と興味津々に尋ねてきた。

「そりゃ隅《すみ》に置けない。金平糖《こんぺいとう》一つで喜んでた子が艶文とはねえ」

「そうです。あっという間に嫁をもらいますよ。だから小見山さんもね、温かい飯と布団のために、早くどなたかいい人見つけてください」

「うん」小見山は縁の欠けた茶碗《ちやわん》を傾けてひどく曖昧《あいまい》に答え、辰吉はその微妙《びみよう》な拒絶を口実に再び話題を一転させた。

「ところで小見山さんは、立憲改進党の集まりで金づるを探すって言ってましたよね。さっきの『墨坂屋』さんとも、そこで？」

「露骨に言えば、まあ、そうだね」

「集まりに来ているのは、『郵便報知』を読んでる若旦那——慎太郎さんの方で？」

「うん。あの人はね、政治に逃げ場を求めてるんだ。ちょっと前までは永楽町遊郭の『玄武楼《げんぶろう》』に入り浸る坊《ぼつ》ちゃんだったがね、遊ぶ場所を変えたんだよ」

曰《いわ》く、『墨坂屋』は縣庁御用達、インキなどの西洋雑貨を中心とした輸入商。店主の赤井善兵衛は早くに妻を亡くし、八年前に後妻をもらった。その時十歳だった連れ子の章太《しようた》がひどく賢《かしこ》い子供で、対する先妻の息子慎太郎はじつに凡庸《ぼんよう》。それが不幸の

始まりだった。

善兵衛は血の繋がらぬ章太ばかりを可愛がるようになり、今や十八になった章太は、義父と実母と奉公人たちの信頼を背に、跡取りの慎太郎を差し置いて歴然たる影響力を持つに到ったのだそうだ。

「慎太郎さんはさ、家ではでくの坊も同然で、身の置き所がない。だから女遊びに走ったが、そのうち政治に目覚めた。町内でも顔が利く『墨坂屋』の名を出せば、金のにおいにつられていろんな輩《やから》が寄ってくる。ちやほやされていい気分ってわけさ……」

「つかぬ事をうかがいますが、自由党支持者とのお付き合いってのは……？」

「立憲改進党とは犬猿《けんえん》の仲だよ。大っぴらにはどうかね」

粕谷と慎太郎の繋がりが読めず、辰吉は内心首を傾げた。やはり手紙の内容を解くしかないが、物知りの小見山にも分からない以上、この辺りが限界だった。辰吉はすっかりぬるくなってしまった湯を飲み干して、薄暗がりの裏長屋を辞することにした。

去り際、およねさんが東京に行ってしまって不在だと告げ、たまには夕飯でも食いに来てほしいと頼むと、「じゃあ明日にでも行こうかな」と小見山は珍しいことを言った。

「本当ですか？　やっぱりやめたはなしですよ。嘘は駄目ですよ」

「信用ないね。僕が今までたつ坊に嘘をついたことがあるか」

これが本当なら、きっと絹が喜ぶ――。

雪でも降るんじゃなかろうかと、朗報《ろうほう》を持って『ぶらぼ』に戻ったら、絹の姿はどこにもなかった。

3

辰吉は動転した。

さして広くはない『ぶらぼ』の一階と二階をくまなく見て回り、書き置きの有無を確かめ、いつも絹が一緒に湯屋へ連れ立っていく近所のかみさんたちや馴染《なじ》みの店をいくつか訪れた後、妹の行き先を誰《だれ》も知らないと分かったところで、さらに動転した。

せめてもの救いは、辰吉が作ってやった歩行用の杖《つえ》がなかったことだ。つまり自分の意思で出て行った可能性が高いのだが、一人では往復で一キロちょっと歩けるか歩けないか。七百メートルある弁天通りの端から端まで行って帰るのもやっとといったところだから、たとえ出かけたとしても近場でなければおかしい。

それからさらに十分待って、今や完全に異常事態なのだと心身が呑み込んだ時、辰吉は何もできなくなって『ぶらぼ』の勝手口に呆然と立ち尽くした。

まず最初に頭に浮かんだのは、五年前の雨夜のことだった。あの夜一人で家を出ていった絹は、体中から海の匂《にお》いを放ちながら戻って来て、まさに今辰吉の立っているその場所にずぶ濡《ぬ》れで座り込んでいたのだった。あの夜の臓腑《ぞうふ》が絞《しぼ》られるような感じをまざまざと思い返すやいなや、辰吉の手足は意に反して震え出した。

だが、毎日泣き暮らしていた五年前とは異なり、数時間前一緒に昼を食った時の絹には何の兆候もなかった。ならば留守を守る絹が再びあのような絶望的な衝動に駆られて家を飛び出した可能性は低い。そう思い直した辰吉は、混乱する頭であれこれと別の理由を探った末、さらにありがたくない事実に帰着した。

絹は粕谷の手紙のせいで、奴らに攫《さら》われたのではあるまいか――。

そう考えるやいなや、丑松が殺されるにいたった経緯が、次々と頭の中を巡《めぐ》った。

結局のところ、丑松はあの手紙を盗み取ったせいで殺されたのではなかったか。丑松は八日、雇い主の『掛川屋』に近々金が入ると言い、その日の夕に血相を変えた慎太郎が粕谷不在の本宅で文乃と会った。

すなわち、丑松は手紙を餌《えさ》に慎太郎を脅《おど》し、金を巻きあげようとして命を落としたのではないのか。あの文面を理解していたかどうかは分からないが、ともかく何らかの手立てで差出人が『墨坂屋』の赤井慎太郎だと突き止めたのだろう。脅迫相手が粕谷ではなく慎太郎の方だったのは、三日間粕谷が不在だと知っていたからで、かつ丸腰の若旦那の方が確実に金を出すと踏んだからだ。されど窮鼠猫《きゅうそねこ》を嚙《か》む。恐らく、丑松は追い詰められた慎太郎に逆襲《ぎゃくしゅう》された。

一方、粕谷は箱根から帰って泥棒騒ぎを知り、手駒《てごま》の〝用心棒〟らを丑松周辺に走らせて手紙の回収を試みた。

奴らはあの手紙のためなら何でもやる。それなら絹もまた、手紙と引き替えるために連れていかれたのではないか。思えば今朝、富田が誰かに尾《つ》けられているようだと言っていたが、あれもまた粕谷の使うごろつきどもに違いない。丑松の家や本宅をうろつく辰吉にも目をつけて、『ぶらぼ』へ押し入ったとも考えられる。

手元に置くのはもう危険だ。

自分自身が導き出した結論に張り手をくらわされた辰吉は、反動で弾《はじ》かれたように『ぶらぼ』を飛び出し、先ほど別れたばかりの小見山をとっさに思い浮かべて、一本海寄りの南仲通りへ走った。小見山はいかにも頼りなさそうに見えるが、辰吉より十年ぶん多い経験と知識に裏打ちされた大人らしい分別がある。とにかく洗いざらい打ち明け、知恵を拝借するのが得策に思えた。

「小見山さん、助けて下さい！」

脳内でがんがん鳴る半鐘《はんしょう》に急《せ》き立てられて裏長屋に飛び込んだ辰吉だったが、たった数十分前に熾《おこ》した火鉢の暖気が残るばかりの室内に、小見山はいなかった。ますます心細くなり、ともかく一連の出来事を理解できそうな知人を求めて、辰吉は次に本町通りの『はまなみ新聞社』へ向かった。

辺りはすっかり陽《ひ》が落ち、火を灯《とも》し終わった瓦斯局の男が梯子《はしご》を持って引き上げていく時分、新聞社はこれからが本番といった賑わいを見せて、入り口にたむろする人力車夫も、来るかもしれない特報の電信や郵便を待つ記者たちも、顔中を真っ黒にした印刷工たちも、明朝の発刊に向けてもうひと踏ん張りの忙しさだった。

「富田さん！　富田さんはいますか！」

辰吉はそんな活気づいた二階屋の表玄関で、大声を張り上げた。最初のうちは土間にたたずむ新聞売りなど誰も気に留めなかったが、ややあって色の黒い反《そ》っ歯《ぱ》の記者が、「富田ならいないよ」と教えてくれた。

「じゃ、山﨑さんはいらっしゃいますか」

「うちには山﨑は社長一人しかいないよ」

「その山﨑さんにお会いしたいんです。火急なんです」

「あいにくだが、今お客が来てる。恐らくもっと火急の客だ」

さすがにムッときて、こうなりゃ意地でもここで待たせてもらおうかと辰吉が考えた時、玄関の方に背を見せた階段から、誰かと話しながら下りてくる山﨑の声が聞こえてきた。火急の客のお帰りらしい。

先に下りたチョビ髭の山﨑は、ふと土間の辰吉に気づくや、なぜか一瞬ぎょっとした顔つきになった。それから素早く段上の誰かに視線を走らせたかと思うと、「こりゃ、新聞売りの、辰吉くん！」と大げさなほど相好《そうごう》を崩《くず》して近寄ってくる。

その瞬間、辰吉は新聞社の連中では駄目だと気づいたのだった。

もし山﨑や富田に手紙の存在を話したら、粕谷が関わる何らかの事件の証拠として何が何でも手に入れようとするはずだ。辰吉から手紙を取り上げ、粕谷の悪事を暴き、丑松殺しに関わったかもしれない慎太郎を断罪し、世間様の名の下にまず悪逆非道な商人二人を血祭りに上げるだろう。

それでは駄目なのだ。絹がもし手紙と引き替えに連れて行かれたのだとしたら、辰吉は手紙を粕谷もしくは慎太郎に返さなければならない。だが新聞社の連中に話した途端、手紙を狙《ねら》う敵の数は倍になる。

「どうしたの、何か用かな？」

ここに至って、辰吉は山崎相手に口ごもった。ここでは情報がすべてだ。情報が正義の衣をまとって馬を暴走させる世界で、馴れ合いや人情が通用するとも思えない。事実、山崎は五年前の事件を知っていながら辰吉に語らなかった。いくら顔見知りでも事情通でも、味方だと言い切れるほど信用はできない。

「と、富田さんに急いで聞きたいことがあったんですが、いらっしゃらないってんで、山崎の旦那なら行き先に心当たりがあるかと思いまして……」

「富田？　さあ、あいつの動きは見当がつかんからな。僕で分かることなら聞くけど」

「いや、仕事のことではないんで……つまり、ごく内輪のことで富田さんに相談が」

そこへ、社に戻って来たばかりの若い記者が、すれ違いざま会話に割り込んだ。

「富田なら、さっき伊勢佐木町で見ましたよ。長者町の方に歩いてった。仕事放って女でも買いに行くんじゃないですかね。〽長崎、横濱、函館《はこだて》ホイ」

お座敷芸で茶化す若い記者に、先ほどの反っ歯が「ないね、あの吝嗇《ケチ》に限って」と応じ、山崎が浮かない顔をする。

「内儀《かみ》さんの薬代が毎月高くつくから、富田も必死なのさ。――じゃあ辰吉くん、それほど急ぐなら長者町の方へ行ってみたらどうだろう。あいつが何を調べているかは知らんが、まだうろついているかもしれないよ。いなかったら帰りにまたここへ立ち寄ってみなさい」

「ありがとさんです、そうさせていただきます」

「君も遅くまで精が出るね。だけど平気なの？　確か妹さんが……」

「はあ。まあ、今はちょっと、出かけてるんで」

半分だけ本当のことを言うと、山崎は親切にも社の提灯《ちょうちん》を貸してくれた。辰吉は感謝しつつ後ずさりして『はまなみ新聞社』を後にしたのだったが、階段上にいた粕谷の客はついに下りてこなかった。

五時近くなりすっかり陽が落ちた大通りの看板が、ひるがえった一陣の空《から》っ風にこつこつ乾いた音を立てて揺れている。

危うく次の一手を間違いかけたことにひやひやしながら、辰吉はまず粕谷の所在を知るため妾《めかけ》の倫のもとを訪れてみることにした。まだハンケチを渡していないし、手紙を持って歩いて用心棒どもに襲われてはたまらない。

一日歩き回っている身に途方もない疲労感《ひろうかん》を覚えながら、辰吉は居留地から派大岡川を越えた羽衣町の裏長屋へ向かった。

「あんた、今まで一体何してたのよ。愚図《ぐず》だねえ、道に迷った狸《たぬき》みたいな顔して。それで、あたしのハンケチは？」

倫は辰吉を見るや一気にまくし立て、痛みに顔をしかめて手ぬぐいを口元に持っていった。今度は新しく口の端が切れている。粕谷は今日もここへ来たのだ。時間から考えて、辰吉が本宅で会った後だろう。

〝用心棒〟どもが絹を拐《かどわ》かしたとしたら、一体どこへ隠しているのか。粕谷本人はそこへ足を運ぶのか否《いな》か。

「今日は、粕谷の旦那はもう石川町へお帰りに？」

「あの人が、夜に本宅でじっとしてるもんか。うちへ寄ってから、永楽町に行ったよ」

「永楽町遊郭？」瞬時に、絹が売り飛ばされたと思った辰吉は、息も絶え絶えの裏返った声で叫んだ。「遊郭に何しに行ったんだ！」

「あら嫌だよあんた、うぶなのか馬鹿なのか。男が遊郭へ行く目的って言ったら、普通は一つだけれどもね。まあ、粕谷の場合はさ、自分の店があるから。ときどき様子を見に行ったり、人と会うのに使ったりするんだ」

「何てぇ店！」

「興奮するんじゃないよ。言っとくけど、その日暮らしの新聞売り風情が行ける店じゃないからね。『玄武楼』だよ。あたしももともと、店が高島町にあった頃までいた所だ。それからあいつに落籍《ひか》れたんだよ」

「『玄武楼』が粕谷の旦那の……」

また一つ繋がった。『玄武楼』は『墨坂屋』の慎太郎が足繁《あししげ》く通っていた店の名だ。恐らく、ここで粕谷と慎太郎の接点が生まれたに違いない。

丑松の水死体が見つかったのは今朝。もし、丑松を殺したのが慎太郎だという推測が当たっていたとしたら、ただでさえ手紙が見つからずに慌てている粕谷と、とにかく一度どこかで会おうとするはずだ。

女を隠すには女の城へ――。ますます絹の行方《ゆくえ》に不安が募《つの》り、辰吉はろくに返事もせず再び宵闇《よいやみ》に飛び出した。疲労と焦《あせ》りでもたつく体を鼓舞《こぶ》し、転げるように弁天通りまで帰りつく。これから手紙をふところに、永楽町まで赴《おもむ》くつもりだった。

待ってろ絹、兄ちゃんがすぐ助けに行くからな。

息せき切って『ぶらぼ』まで駆けてきた辰吉は、その時二階に明かりが見えてはっとした。あちらこちらへ揺れ動くぼんやりした火明かりに、胸の鼓動が速くなる。

火を持って歩き回っている、、、、ということは、絹ではない。

苦い唾を飲み込み、唇を舐めた。二階には、手紙の入った行李が置いてある。辰吉は提灯を消して勝手口に回り、息を殺して中に滑り込んだ。手探りで包丁をつかみ、二階の様子をうかがう。微《かす》かに軋《きし》む足音から、恐らく相手は一人だと見当をつけた。

閉め切った硝子《ガラス》戸を通し、向かいの店の明かりを頼りに室内へ目を凝らしたが、一階に荒らされた形跡はなし。したがって、手当たり次第に丑松の所を家捜《やさが》しした〝用心棒〟たちとは別人。第一、絹と引き替えなら再びここへ来る必要もない。

辰吉の体の重みで、一度足下の床が大きく鳴った。途端に二階の物音が消え、階段からわずかに漏れていた明かりも消えた。勝負の見えた辰吉は、もう迷わなかった。二階では窓から出る以外逃げようがない。ならば袋の鼠の面《つら》を、とくと拝ませてもらう。

包丁をかまえながら半分ほど階段をのぼった辰吉の耳に、何やら末期の吐息にも似た小さな溜息が届いた。

覚悟しやがれ、盗人が！

辰吉は一気に二階へ躍り出、そうして仄《ほの》白い障子を背にして立つ人影に目を剝《む》いた。

それより一時間ほど前、富田は倫の家から出てきた粕谷を尾《つ》け始めた。そのまま石川町の本宅へ戻るかと思いきや、長者町の通りを突っ切って遊郭の方へと足を運ぶので、今夜こそ動きがあると富田は踏んだ。

羽織姿の粕谷は供もつけず、しんと冷え込んだ冬の夕に提灯一つを提げ、急ぐでもなくのんびり構えるわけでもなく、ただ傲岸不遜《ごうがんふそん》としか言いようのない堂々たる足取りで、できたばかりの新しい色町へ向かった。

もとは高島町にあった遊郭の移転先を巡って招致合戦が繰り広げられた末、大物地主や開拓者の半ば強引な推挙により、ほとんど家も何もない不毛の埋め立て地が移転場所に選ばれた。その際、細い富士見川を挟んで永楽町遊郭、真金《まがね》町遊郭を作ることとし、まず昨年から今年にかけて造成が整った永楽町の方から、徐々に店が建ち始めている。

大門を抜けた途端、乾いた土埃に白粉《おしろい》の匂いが混じった気がして、富田は無意識に鶯色の襟巻きを口元まで引き上げた。

どこぞの女の所へ足早に向かう馴染み客を装い、粕谷との距離を詰める。まだ空き地が点在する中、他店にさきがけて移ってきたいくつかの店の屋根が、ところどころ歯抜けのように並んでいる。建設途中の店では人足もすでに帰り、灯《とも》って間《ま》もない瓦斯灯の灯《あか》りが足場を照らすばかりだ。

植樹された柳《やなぎ》や松《まつ》。店名入りの半纏を着た車夫が喫《の》む煙草《たばこ》の小さな火。夜見世《よみせ》を控《ひか》えた格子《こうし》の奥の忙《せわ》しなさ――。

蠢《うごめ》き始めた遊郭の宵の口、静かな夕闇に漂い出る三味線の音色と女たちの密《ひそ》かな囁き声に、生まれ育った故郷品川の女郎屋を思い出した富田は、結局何も変わっちゃいねえと心の内で呟いた。文明開化のご時世になり、県が躍起になって前時代の恥部を覆い隠そうとしても、しょせん生き続ける人心は何も変わりはしないのだ。

人間という生き物は、元来が怠惰《たいだ》なくせに退屈を憎《にく》むから、いつだって手っ取り早く楽しめるものを選ぶ。富田がなぜ何某《なにがし》の愛人ばかり追っていたのかといえば、色欲の問題と他人の不幸せは人間が一番簡単に面白がれるものだからだ。世間様は日常の不平不満や欠乏感《けつぼうかん》を、次々に外から舞い込んでくる雑多な情報で埋め立てては、自分がいっぱしの人間になったつもりで高みの見物を決め込んでいる。だから富田はこの数年、そうした文明人が安易に満足する下世話なネタを、撒《ま》き餌《え》のように世の中へ放り込んできた。

だがそうした陳腐《ちんぷ》な記事を長年黙認《もくにん》し続けてきた社長の山﨑は、己の使った《鼠》の不始末を棚《たな》に上げて今さら「やり過ぎはいかん」と言い出し、解雇の二字を目の前にちらつかされた富田は、そこで皮肉にも真っ当な記者魂に火がついた。どうせやり過ぎて首になるのなら、最後を飾るのは女の尻ではなく瓦斯局事件のような大砲級のでかい記事がいい。

思えば、真摯《しんし》に対象を追うことが馬鹿らしくなったのは、あの瓦斯局事件がきっかけだった。功労金問題の尻尾《しっぽ》をつかむのに必死で、女房《にょうぼう》の病にも気づかず没頭《ぼっとう》したあげく、玄人跣《くろうとはだし》の《鼠》が提供したネタで『横濱毎日新聞』の記者に先を越された。当時は新聞社が今以上に寄稿者をもてはやしており、大層な謝礼とごちそう目当てに素人があちこちの社へ思想や巷説《こうせつ》を売り渡していた時分だったが、仮にも新聞社の末端に籍を置く己が負けたことに、胃が潰《つぶ》れるほど悔しい思いをした。そうして半ば自棄《やけ》になり、手間もかからずすぐに金になるようなネタばかり追うようになったのだ。

だが、今度ばかりは負けてたまるか——。

粕谷が野毛の土地を買《か》い漁《あさ》っていること。今年に入って英国軍人が縣の人間と一緒に野毛を訪れたこと。先月小見山が漏らした話をもとに、知己を頼って探り続けてみた結果、埋め立て大尽粕谷の思惑《おもわく》が何となく透けて見え出したのだった。

富田はまず、英国軍人に付き添った縣官の素性を突き止める所から始めた。異人相手だから外事課だろうと簡単に考えて、庶務課にいる知り合いに無理を言って調べさせたところ、意外にも三田《みた》という名の土木課の職員だったことが判《わか》った。英国軍人の方も、横濱で休暇中のパーマー中佐という陸軍工兵だったというから、縣が異人の手を借りてまで野毛に何かを造るのは必至で、そこへ土地持ちの粕谷が首を突っ込むとなれば、いよいよ胡散臭《うさんくさ》い展開だった。

庶務課の知り合いはそこで口を噤《つぐ》んだが、今度はその三田とかいう土木官の経歴を嗅《か》ぎ回ってみれば、おのずと縣の狙いが見えてきた。大方、粕谷は事前にそれを誰かから聞きつけ、いずれ縣が必要とする土地を買い占めに走ったのだろう。

富田が長いこと張っている間、粕谷があからさまに縣の人間と接触した気配はなかったから、間に入って甘い汁を吸おうとしている人間が一人か二人いるはずだ。この関係を暴けば瓦斯局に匹敵する醜聞《しゅうぶん》になるだろうし、新聞売りの丑松がその件絡《がら》みで殺されたのだとしたら、粕谷は今日にでもその誰かと会おうとするはずだ。

この先には粕谷の持ち店『玄武楼』がある。人と忍《しの》んで会うには好都合だ。

『玄武楼』は大門通りを東にはずれた小路《こうじ》にある、和洋折衷《わようせっちゅう》、二階建ての妓楼《ぎろう》だ。鎧《よろい》窓《まど》の並ぶ一階に、欄干《らんかん》を巡らせた日本風の二階。不格好な外観は、有名店『神風楼《しんぷうろう》』あたりを模しているようにも見えるが、楼主の人柄を反映しているのか、意匠《いしょう》に品がない。

向かいの店の軒下に体を溶け込ませ、さてどうするかと富田は思案した。中へ入るには口実が要る。粕谷がどの部屋にいるか分からねば、立ち聞きしようがない。

と、店に入りかけた粕谷を呼び止めた者があった。横手から回って来た〃用心棒〃らしき男が一人、太いもみあげをいじりながら粕谷に近づいて行く。仲間はなし。小声で何やら話し合っていたかと思うと、意味ありげに目配せして再び離れていった。

その間に粕谷は店へ入り、富田は一瞬迷ってもみあげの方を追った。

そのうち局見世《つぼねみせ》でも建つのか、『玄武楼』の裏手はいまだ空き地になっており、もみあげ男はすっと建物の角を曲がる。

五秒おいてあとに続いた富田の前に、もみあげと仲間が四人待ちかまえていた。

「最近やけにうろちょろしてるが、一体どこのもんだ」

ただでは帰してくれそうにない男たちに囲まれ、俺も焼きが回ったなと内心歯がみして、富田は小さく舌打ちした。

「ただの通りすがりって言ったって、信じちゃくれないんでしょう」

「お前は石川町の本宅にいた。羽衣町の倫の家にもいた。今朝は死んだ男の家にもいた」

「気持ち悪《わり》ぃな。そんなに俺のことが気になるなら、黙って見てねえで、今度は艶文でもよこしちゃどうです」

間髪入れず、角材のようなもので背後から頭を殴られた。膝をついた所を寄ってたかって蹴りつけられ、腹に入った一発で胃の中身がひっくり返った。四《よ》つん這《ば》いになって呻《うめ》いた富田の髪の毛をつかみ、もみあげが顔を近づけて尋ねた。

「粕谷の旦那が迷惑してる。な、どこのもんだ。記者か。何を探ってる」

一瞬、山崎の名を出そうかと底意地の悪い了見をおこした。『はまなみ新聞』の人間だと粕谷に知れれば、山崎の数ヶ月間の努力は水泡に帰《き》す。どうせおじゃんになるなら道連れにしてやるのも手だったが、それは違うと富田は思い直した。同胞意識や正義感からではなく、そこまで堕《お》ちることはないだろうという一欠片《ひとかけら》の自尊心《プライド》からだった。

「ご名答、『おめかけ新聞』の記者ですよ。粕谷の旦那の新しい女を追いかけて……」

「こいつ、ふざけやがって」

地についた手に拳大《こぶしだい》の石を叩きつけられ、骨の折れる嫌な音がした。叫びを上げ、脂汗を流して転がった富田の頭上に、もみあげの声が降ってくる。

「可哀想に。それじゃしばらく筆は持てねえな。だが腕一本で済んでるうちにさっさと吐いた方が身のためだぜ。こっちもはっきり言おう。手紙を持ってるのはてめえだな」

手紙って何だ――。痛みに脳みそをかき回されながら富田は困惑し、ふいに合点がいった。丑松という新聞売りが、粕谷の妾の家から盗んで殺されたもの。この〝用心棒〟たちが血眼で探しているもの。辰吉が丑松の家で見つけ、今も隠し持っているもの。

あの人の良い丸ぽちゃの新聞売りは、思っていることがすぐ顔に出る。丑松の家から飛び出して警官《ポリス》どもに捕まった後、妙に歯切れが悪い物言いをしたかと思えば、すぐに饒舌《じょうぜつ》になった。あの時、あいつは自分が手に入れたものが露見《ろけん》しないよう、分かりやすくごまかしにかかったのだ。

粕谷が夢中で取り返そうとするなら、中身は大方野毛の土地の件。もし辰吉から手紙を見せられていたら、とっくにすべてが明るみに出ていた。糞辰《くそタツ》。次に会ったらただじゃおかねえ。

「黙ってねえで何とか言え。手紙はどこだ」

「丑松を殺した相手を教えてくれたら、手紙の在処《ありか》を吐きますよ……」

「なあおい、記者さんよ、これは取引じゃねえんだぜ」

「だったらてめえで探しな」

下駄の歯が脳天を直撃《ちょくげき》し、今度こそ富田は昏倒《こんとう》した。


同じ頃、辰吉は『ぶらぼ』の二階で、留守宅に堂々と押し入った手紙泥棒と対峙《たいじ》していた。白々した障子を背景に立つ黒い人影は、見間違えようがないほど細長く頼りない風情で、「思ったより早かったな」とやけに耳に残る高い声もまた、闇の中では正体不明の心許なさだった。

辰吉は開いた行李を目の端に収め、もはや言い逃れもできない状況に言い訳の余地を探して、とうとう「小見山さん、なんでです……？」と囁くように尋ねた。

「この手紙が要るんだ。これがあれば粕谷の悪事を暴く良い証拠になる」

「そんなこと聞いてるんじゃないんです。どうして小見山さんが――」

「これが明治になってこのかた、僕のやってきたことだからだ。記者にはできないやり方で手に入れた物を、新聞社に売りつけて謝礼をもらう。寄稿より金になるんだ。ここには明日来ようと思ったが、今なら誰もいないと言うから」

悪びれもせず告げる小見山の黒い影を辰吉は穴が開くほど見つめ、そうして小見山とチョビ髭の山崎との繋がりや、先ほど『はまなみ新聞』の二階にいた客人の正体を知ったが、なぜこんなことをするのかという根本的な疑問は解けず、また馬鹿みたいに「なんでです？」と繰り返した。

「さっき君は聞いたな、僕の家族が今どうしてるかって。教えてやろう。父親は江戸を離れて知行地へ行ったが、ご領主様だとありがたがられたのは最初だけ、今や役立たずの穀潰《ごくつぶ》しで村の厄介者《やっかいもの》だ。毎日浴びるほど酒を飲んで、母親を殴って暮らしてる。幕府のために田舎侍と戦った兄は、山梨で小學校の教員になって長州出の校長に顎で使われてる。時代遅れの学問しか知らない僕はと言えば、〝子曰《しい》わく〟が〝ミスターセズ〟に変わった世の中で、見様見真似のくだらない戯作を書いて糊口《ここう》をしのいでる」

一歩動いて右半分だけ光の当たった小見山の顔は、辰吉の案に相違して笑っていた。

「これが御一新だ。この横濱と同じだよ。明治政府は江戸三百年の時間を埋め立てて、そこに新しい土地を造ったんだ。この足下に、瓦解《がかい》した幕府と士族の屍《しかばね》を積み上げて、まったく新しい明治という地盤《じばん》を造ったんだ。――死んで埋められた奴はまだいい。だが生き埋めにされた奴はどうなる。土いじりも金勘定《かねかんじょう》もできない、腰に差した魂《たましい》もない、古い慣習が染みついて頭を切り換えることもできない、頑迷固陋《がんめいころう》な高慢《こうまん》ちきの、人柱になる価値すらない、まったく無用の長物はどうなる」

小見山は髑髏《しゃれこうべ》のような顔に笑みを貼《は》りつけたまま両手を自分の喉元《のどもと》に持って行き、辰吉の方へ長身を折り曲げるようにして続けた。

「生き埋めだからな。手足があるのに身動きとれず、呼吸をしても息ができない。どうしたって窒息《ちっそく》だよ。毎日毎日真っ暗な汚泥《おでい》と瓦礫《がれき》の中でぱくぱくぱくぱく口を動かしたって、苦しくって苦しくって仕方がないんだ！」

あの塵芥《ゴミ》溜めみたいな裏長屋の一室でこの人はそんなことを考え続けていたのかと辰吉は思ったが、こうして「苦しい」と訴える言葉とは裏腹に、今ではもう塵芥の中で生き埋めになっていることさえどうでもいいのだと、小見山の淡々《たんたん》とした口調は物語っていた。

「……だからさ、役立たずの暇な人間は、暇つぶしをするしかないだろう。小石を投げれば波紋《はもん》ができるみたいに、開化を気取る文明人へ何か一言投げつければ、面白いようにぎゃあぎゃあ騒ぐ。鎮まった頃にまた投げると、またすぐ騒ぐ。それが面白くて、世間のあれこれを嗅ぎ回るのが癖になった。それでつい、度を超した。でっちあげの戯作がまかり通るなら、自分の裁量で世間を転がすのも悪くないと思った。生き埋めにされた髑髏がぴいひゃら吹く笛で、埋め立て地の明治人が踊《おど》るんだ。傑作《けっさく》だろう……」

小見山が赤坂の屋敷から家族とともに移った甲州の地で、一体どのような毎日を過ごしていたか、分からないではなかった。辰吉自身、母や絹とともに一時暮らした上州の、いまだ御一新の余波がほとんど届かない寒村で、どれだけ厳しい生活を強《し》いられたか知れない。慣れない土地の習俗や人づきあいばかりでなく、江戸から転落して地方へ逃げていった者の何が辛いかといって、変わらない人々の間で一人変わってしまった己の境遇に向き合うことこそ、何より身に応《こた》えるのだ。

ましてや凋落《ちょうらく》した旗本の惨《みじ》めな暮らしなど想像に難《かた》くなかったが、この抜き差しならない状況になった今、小見山の心情を一寸でも理解しようとするのを、辰吉の全身が拒んでいた。「つい度を超した」と小見山は暗にすべてを告白し、辰吉はすでに答の分かりきった最後の問いを口にした。

「だからあんたは五年前、暴れ馬を走らせる策を考えたのか」

「そうだよ」

その瞬間、憤然《ふんぜん》と湧き上がってきた怒りに突き動かされ、辰吉は包丁を放り投げて小見山に飛びかかった。さしたる抵抗も見せずに小見山は倒れ、のしかかった辰吉を泥《どろ》のような重たい眼で見上げてきた。

「畜生！」右手を振り上げ、辰吉は怒鳴った。

「絹に何て言やあいいんだ！」

だがそのまま、動けなくなった。ようやく見つけた五年前の《鼠》を前に、あろうことか江戸の記憶が邪魔をした。圧倒的な身分差と、染みついた士分への畏《おそ》れと、父子二代で世話になった恩とが、振り上げた拳を空中で止めた。

下瞼が熱くなり、息苦しさに歯を食いしばる。辰吉が今まさに殴ろうとしているのは、かつて絶対的な線引きの向こう側に居続けた男だった。

「どうした。――文明開化だぜ、たつ坊」

止まっていた時間が弾《はじ》けた。

その言葉が終わるか終わらないかのうち、辰吉は鋭い吐息とともに拳を振り下ろした。殴っても殴っても相手は四肢を投げ出して無防備なまま、泥沼のような身体に辰吉の怒りが沈み込んでいくたび、二人の間に落ちた夕闇はなぜか冷たく空虚《くうきょ》になっていく。

「返せ」両手で衿をつかんで小見山を揺さぶり、辰吉は乾いた声で叫んだ。絹の片足を、幸せを、人生を、未来を返せ。密《ひそ》かに慕《した》い続けたお前への想いを返せ。

「お前が盗ったその手紙は絹と引き替えだ、返せ！」

「引き替えって何だ……」

つかみ返してきた手が思いのほか強いことに驚いて、辰吉は思わずまともに答えた。

「帰ってきたら絹がいなかった。粕谷の用心棒に『玄武楼』へ連れ去られたかもしれない」

「妹御がそこにいるのは確かなのか」

「ほかにどこへ行くってんだ。いいから手紙を渡せ。もし少しでも絹に詫びる気があるなら、四の五の言わず今ここで盗んだ手紙を返せ！」

「君に返してどうする。一人で粕谷の所へ行くのか。頭を冷やせ。遊郭だぞ。いるかどうかも分からない妹御を探して踏み込んで、間違えましたで済む場所じゃないだろう」

「あんたにゃ関係ない」

「関係なくはない。この手紙の行く先一つで事態が変わるんだ。僕はこれを山崎さんに売るつもりだった。けっこうな金だぞ。でも君に返したら、僕は無一文のままじゃないか」

辰吉は色を失い、底の底まで堕ちた男の真意を測りかねて口ごもった。

「あんた、最低だ……」

「そんなことは百も承知だ。何と言われようと、僕は手紙を君に返す気はない」

「ふざけるな！」

再び食ってかかった辰吉に、小見山が小さく溜息を吐《つ》くのが聞こえた。

「こうしちゃどうだろう。僕はこの手紙を粕谷の所へ持って行く。妹御が粕谷のもとにいたら取り換える。いなければ金にして僕がもらう。この妥協案なら互いに文句はないだろう。もしそれも嫌なら、そら、その包丁で僕を刺すといい」

畳の方へ無造作に顎をしゃくり、辰吉の返事を待たずにふらふら立ち上がった小見山は、そのまま階段に向かっていった。その投げやりな態度の中に、先ほどまではなかった何か頑なな意志を感じ取った辰吉は、ここで手紙を奪《うば》い返すことは諦めて後に続いた。今は何より絹を取り戻すことが先決だった。悔しいが小見山の言う通り、一人で出向いてどうにかできる話でもない。

「一つだけ条件がある。あんたは信用できない。俺も一緒に行く」

「いいよ。新聞売りの半纏は脱いで、別の綿入れを着ておいで」

背を向けたまま言った小見山の、妙に中毒性のある高めの声は、「ほら、落とさないように持ってお行き」と金平糖をくれた十五年以上も前の優しげな口調と寸分も違《たが》わず、辰吉は今さらながら、この男は変わり果てたのではなく変われなかったのだと気づいた。

4

六時を回って動き出した永楽町遊郭は、さながら冬の夜に浮かぶ光の浮島だった。いまだ空き地が点在する通りを、人力車や馬車が土埃を上げて駆けていき、炎に飛び込む羽虫のごとく、男たちが店の中へ続々と吸い込まれていく。二階の障子越しに聞こえてくるのは、芸妓《げいぎ》や幇間《ほうかん》の座敷芸、三味線《しゃみせん》の音《ね》、チョンキナ踊りに興じる客たちの喝采《かっさい》。

十をいくつか過ぎた時分に江戸を離れた辰吉は、八百八町の男たちが足繁《あししげ》く通った吉原や岡場所の賑わいなど知るよしもなかったが、大火や政府の横槍《よこやり》で数回移転を繰り返した横濱遊郭が、最終的に腰を落ちつけたこの埋め立て地でさらに発展していくだろうことは、簡単に想像できた。土地が増えれば人が増え、人が増えれば町は潤《うるお》うのが世の常だ。

辰吉は造成して間もない遊郭の通りを、肩をすぼめて歩いた。男たちは格子に群がり、一段高くなった張見世に居並ぶ遊女たちをあれこれ品定めしているのだったが、辰吉は背丈が低い分、逆に見下ろされている格好で居心地が悪かった。

一方小見山は世慣れた足取りで、色鮮やかな部屋から呼び込む女たちには目もくれず、いかにも横濱らしい和洋折衷の店の門前までやって来ると、大見世の構えに緊張した辰吉を振り返って「入るよ」と顎をしゃくった。どうやらここが『玄武楼』であるらしい。本来暖簾がある入り口には、硝子を嵌《は》め込んだ観音開きの扉があり、山高帽をかぶった異人が連れ立って入って行く。後に続いて悠々と戸口を抜けた小見山に、若い衆らしき目つきの鋭い男が、「申し訳ねえが、初めての御方は茶屋を通しておくんなさい……」とやんわり制してきた。

「僕らは客じゃない。粕谷さんに会いに来た。ここに来るよう言われてる」

「失礼ですが、おたくさんは……」

「小見山と言う。例の手紙の件で来たと言えば通じるから」

しゃあしゃあと告げる小見山に、若い衆は半信半疑で「少々お待ちを……」と言い、五分ほどどこかへ引っ込んでいたかと思うと、戻って来て態度が一転、「ご案内いたしやす」と二人を中へ通した。

辰吉はまず板張りの床に土足で上がる西洋風の内装に驚き、下手をすれば玉代が『ぶらぼ』の家賃一年分より高い店の雰囲気に気圧《けお》され、飛び交う異国の言葉と、ちらりと廊下を過ぎる時に見えた女たちの豪華な衣と、完全に小見山に頼り切っている苦々しさとで冷や汗が噴き出した。「こいつぁまったくの洋館だね」と呑気《のんき》に小見山が言う如く、異人御用達《ごようたし》の一階には、舞踏室《ぶとうしつ》も喫煙室《きつえんしつ》もそろっている。

廊下を幾度か曲がって突き当たりまで来ると、若い衆は三度拳を白い扉に打ちつけて、「お連れしました」と低く声をかけた。

もうここからは引き返せない。

絹を取り返すんだと自分を鼓舞し、辰吉は意を決して開いた部屋に足を踏み入れた。中は異人館の居室に似た広さ二十畳ほどの部屋で、西洋画、置き時計、日本の鎧、金屏風《きんびょうぶ》などが統一感もなく無節操に飾られている。隅には棒縞の半纏を着けたお馴染み〝用心棒〟が二人。中央には料理の載った卓と椅子《いす》が置かれ、三人の男が慣れない西洋風の仕草でぎこちなく腰かけていた。

一人は粕谷その人、もう一人は背広姿の八の字髭の男、残りは白玉が羽織を着たような、色白で小太りの若い商人風情だ。

「小見山さん、一体これはどういうわけです」

そう小見山に尋ねた白玉野郎が『墨坂屋』の赤井慎太郎なのだろう。小見山が立憲改進党の集まりにしょっちゅう顔を出していたというのも、今ならよく分かる。町を揺るがす火種は、いつだって政党や民権運動や大商人の周りに転がっており、粕谷を巡る一連の出来事に慎太郎が関わっているならば、それを探る意図もあったに違いない。

小見山はふところから出した『郵便報知新聞』をひらひらさせ、愛想良く切り出した。

「そちらさんに関わる手紙を拾いましたんでね、お届けにあがった次第ですよ。何、用件が済めばすぐにお暇《いとま》します」

「それじゃああんた、まるで強請《ゆすり》じゃないですか」

色をなした慎太郎を、粕谷が「まあまあ」となだめた。椅子の上に胡座《あぐら》をかき、和洋折衷にくつろいで葡萄酒《ぶどうしゅ》をがぶりと飲みながら、油断ならない目つきでじっと小見山を見た。

「小見山さんとやら、言葉は正しく使わんと。強請るには、強請られる側にそれなりの理由というものがある。何の手紙だか知らんが、一体誰が何を書いたというんだね」

「おや、お三方がそろってるというのに、わざわざ説明が必要ですか」

小見山は片方の眉を器用に持ち上げて言った。もう一人の洋装の八の字髭は、しきりにハンケチで額の汗を拭《ぬぐ》っている。警察《ポリス》の踏み込んだ賭場にたまたま居合わせてしまった客のような、ばつの悪い仏頂面だった。してみると、こいつが手紙にあった「縣官水野氏」なる男かもしれないと辰吉は推測した。粕谷はもう一口葡萄酒を飲む。

「最近、根も葉もないことで言いがかりをつけてくる輩《やから》が多くて困る。つい先ほども、こんな物を拾った。持ち主が分からんのだが、小見山さん、あんた知ってるかね」

その声とともに、部屋の反対側にあった小さな扉が開き、続きの間《ま》からもう二人〝用心棒〟が現れて、足下にボロ雑巾《ぞうきん》のようなものを投げ出した。よく見れば、富田だった。

慌てふためいて駆け寄ろうとした辰吉を、小見山の腕が制した。

「知らんね。本人が何も言わないんじゃあ、知りようがないじゃないか」

富田を見捨てるのかと抗議しかけた辰吉は、当人が言わないなら黙ってろという無言の圧力を感じて口ごもった。

全身ずぶ濡れの富田は、もとの顔が判別できないほどぼこぼこに殴られており、微《かす》かに上下している背中でかろうじて生きているのだと判る。ここまで徹底的に痛めつける男たちに絹が捕らわれているかもしれないと思ったら、恐ろしさが膨れ上がった。

辰吉は素早く土下座し、板張りの床に額をつけて懇願《こんがん》した。

「粕谷さん、手紙はお返しします。金は要りませんから、俺の妹を返してください。

ついでにその、誰だか知らねえけれども、床に転がってる人も許してやってください」

粕谷は面倒くさげに、犬でも払うように手を振った。

「ああ分かった。分かったから、ここに手紙を置いてさっさと帰りなさい。どこかで見た顔だと思ったら、昼間うちに来てた新聞売りじゃないか。万事いいようにしておくから」

「はい、ありがとさんです。妹さえ戻していただけりゃ、何も要らねえんで」

「たつ坊、金は要る。妹御はこんな所にはいない。攫《さら》ったなら手紙くらい残すだろう。うまく乗せられてどうするんだ、いい加減頭を冷やせ」

「あんたに口出しされるいわれはねえ。いいから、手紙を渡せ！」

絹がここにいないと確信していながら、明らかに分が悪い取引を選んだのは小見山なりの罪滅ぼしなのかもしれなかったが、一歩間違えれば丑松のようになっていたかもしれない無残な富田の姿を目にしてしまった以上、手紙の内容がどうであれ、全部終わりにして早く家に帰りたかった。だが小見山は首を振って譲らない。

「床に転がっているその人だって、このまま大人しく手紙を渡したりしたら、きっと一生君を恨むぞ。これはそういう類《たぐい》の話なんだ。とある物が造られる土地を、縣官が事前に御用商人を通じて土地持ちに買わせたんだ。この先、人民の所有物ができる場所にだぞ。大問題だろう。粕谷さん、あんた前もって買い占めた土地を、今度は縣に高く売りつけるんでしょう。そいつはどうも、いけませんね」

「失敬な。何を根拠に！」

粕谷がにわかに青筋を立てたが、小見山はどこ吹く風だった。

「根拠も何も、全部手紙に書いてあるでしょうが。僕がこれをどこぞの新聞社なり民権運動家の所なりに持って行ったら、泣いて喜びますよ。それを我慢して親切にこちらへうかがったんですから、ありがたく思うんですね」

「はったりだ！　何がどこに書いてある」

「まさかこいつは符牒のつもりだったんですか。冗談《じょうだん》じゃない！」

小見山は『郵便報知』を開いて手紙をのぞかせ、ばんと一つ大きく叩いた。

「〝ワラを取るはタマ改めミィになり候　横濱に到り野毛の山より市中にワラバイを敷く旨　英国技師P神奈川縣に報告したる由　縣官水野氏より申し伝えられ候〟……こんなもの、横濱中の英米人が、どいつもこいつも言ってることじゃないか。ワラ、ワラ、ワラ、うまいワラはどこにある。汚れたワラじゃあ全員コロリだ、ワラバイ作ってワラ流せ……。——英語なんぞ学んでなくたって、water《ワラ》が〝水〟でwater pipe《ワラバイ》

が〝水道〟だってことぐらい、猫にだって分かる！」

水道か。辰吉は息を呑んだ。昨年、再びコロリが横濱で流行《はや》り、縣内だけで千人以上が死んだ。この先疫病《えきびょう》の蔓延《まんえん》を防ぐためには清潔な水を確保することが必須であり、まず上水道の設置が急務だと、異人が声高に主張しているのは知っていた。だがまさか粕谷の企ての一端がそこまで大きな話だとは思いもよらなかった。

瓦斯《ガス》で道を踏み外した小見山は、今度は執拗《しつよう》に水道を追いかけていたらしい。

「英国技師Pは確かパーマーという名だったか。水道管に水を流すなら、まずはどこから取ってくるのかという話だ。パーマーは縣の土木課の役人と一緒にあちこち実地検分をして、水源を二案提出した。多摩《たま》川か相模《さがみ》川だ。それで縣は相模川の方に決めた。その工事の旨を内務省に申請したのがこの夏。噂《うわさ》によると、取水口は道志《どうし》川が相模川と合流する三井《みい》村という所だ。ワラを取るのは、タマじゃなくてミィになったんだ！」

小見山は新聞紙を細長い指で叩きながらまくし立てる。

「ならば三井から取った水を横濱まで流して、さてどこに貯めるのか。それが野毛だ。莫大な工費と横濱区民の生命が懸かった大量の水が、数年後には野毛のお山にやって来る。そこで縣官水野氏、そうだ八の字髭のあんただ。あんたはこの事実を知って、金になると踏んだんだろう。インキの売り買いで普段から懇意にしている『墨坂屋』の若旦那をけしかけて、粕谷さんに情報を流した。そのうち世話料でも受け取る気だったか」

貯水場の建設予定地を押さえていれば、それを買い上げる縣はいくらでも出すだろう。確かにこれは記者連中が追い回すほどの、でっかい醜聞だった。

粕谷は体を斜めにして卓を軽く叩きながら、口をへの字にねじ曲げた。

「正式に交わした文書でなし、たった一枚の紙切れでどうにかなるとは思わんが、それで世間が騒いだら不愉快ではある。買い取りたいのは山々だが、そんなものをのこのこ持って現れて、力ずくで取り上げられるとは思わなかったのか」

その言葉を合図に〝用心棒〟が動き出し、今度は小見山が口をへの字にした。どうやってこの場を切り抜けるつもりか、連載小説《つづきもの》の展開に行き詰まった時とそっくりの半眼に、辰吉は真っ青になった。

と、床にうつぶせになって転がっていた富田が「渡すな」と寝言のように呟き、それからもう少しはっきりした声で付け足した。

「丑松殺し――……」

そうか、その手があった！

人様の弱味を暴露し続けてきた富田らしい助言に、辰吉はすぐさま応じた。

「粕谷さん、そこの『墨坂屋』の若旦那は人殺しでさ！」

辰吉は慎太郎を指差して叫んだ。

「粕谷さんの留守中に、新聞売りの丑松に脅されて慌てた若旦那が、そいつを殺しちまったんで。僕ぁそれを、普段世話になってる新聞社に喋っちまいました。若旦那は明日にでも捕まります。今、何か騒ぎを起こしたら、粕谷さんも一蓮托生《いちれんたくしょう》ですよ。土地買収どころじゃない。いいんですか！」

辰吉の突然の糾弾に慎太郎は色を失い、役人の水野は目を剝《む》いて立ち上がった。

「冗談じゃない、人を殺したなんて聞いてないぞ。私は無関係だ、降りる！」

「あ、あたしは殺すつもりなんてなかった。粕谷さんに相談に行ったら留守だったから、仕方なく手紙を自分で取り戻そうと思って丑松を呼び出したんだ。隙を突いて殴ったら、たまたま当たり所が悪くて死んじまったんで、仕方なく重石つけて川に沈めただけで……」

「人一人殺しておいて、だけ、ってのは何だね！　大体、その時に取り返したなら、なんで今あいつが手紙を持ってるんだ」

案の定保身に走り出した水野が小見山を指さして怒鳴り、対する慎太郎は激しく貧《びん》乏揺《ぼうゆ》すりを始めて反論した。

「後から見てみたら、封筒だけで中身が入ってなかったんだ。あいつ、次も強請る気で封筒だけ持ってきた。手紙の内容だってはっきり分かっちゃいなかったよ。ただ県の役人と粕谷さんと連《つる》んでるってだけで、差出人のあたしを強請ってきたんだ。最初は、うちで使ってる小僧が粕谷さんに『郵便報知』を届けてるのを見て奇異に思ったって言うんだ。あの馬鹿な餓鬼《がき》が、見られたりするから」

「自由党の信奉者の所へ、『郵便報知』に手紙を隠して持って行かせる奴があるか、この間抜け！」

水野がそう罵倒《ばとう》した瞬間、慎太郎の表情が消えた。

「あたしは間抜けなんかじゃない」

すうっと立ち上がって呟いたかと思うと、今度は突如、怒髪天《どはってん》をつく憤怒《ふんぬ》の形相で食卓の上の物を薙《な》ぎ払った。葡萄酒の瓶《びん》と硝子杯と小鉢《こばち》が床に落ちて割れるそばから、慎太郎はわめき散らした。

「あたしは間抜けなんかじゃない！　どいつもこいつも人を役立たずの間抜け呼ばわりしやがって、全部章太を跡継ぎにするための策略じゃないか！」

何のことはない、後妻の連れ子に『墨坂屋』の跡目を乗っ取られかけている怨《うら》み辛みが、見当違いのこの場所で爆発したらしい。帽子掛けの下で固まる役人の水野に、白玉面《づら》を完全に茹《ゆ》で上がらせて慎太郎はつかみかかった。

「間抜けは章太の方だ。これからの商人は、金勘定がうまいだけじゃやっていけない。国会開設だって数年の内だろう。今のご時世、政にも官にも通じてなけりゃ、横濱の町を担う大店《おおだな》とは言えないんだよ。あたし以外、店の奴らは何も分かってないんだ」

理屈はどうあれ、長男坊が殺人を犯せば、そもそも店は商売どころではない。それに気づかない辺りが、本当の無能だった。

首を絞められた水野が反撃に出る。それまで腕を組んで座り続けていた粕谷が突然卓を叩き、脂ぎった大きな顔でついに一喝した。

「間抜けを間抜けと言って何が悪い。もうかばいきれるか、とっとと帰れ！」

「何をぅ」それを聞いた慎太郎は、さらに激怒した。「もとはと言えば、あんたが手紙を盗られるからいけないんだ。あたしじゃない。一番の大間抜けはお前だろう！」

言うやいなや、飾り物の鎧からすらりと刀を抜き、めったやたらに振り回して部屋を飛び出した。どさくさに紛れて逃げようとした辰吉と小見山に、粕谷はすかさず〝用心棒〟をけしかける。

「客が三人暴れてるぞ。取り押さえろ！」

まずい。床で呻いている富田を引きずり上げていた辰吉に、もみあげの男が躍りかかってきた。横から割り込んだ小見山が体当たりを食らわし、「逃げるぞ」と開いた扉へ促す。富田を担いだ辰吉を先に行かせ、折れ曲がった狭い廊下《ろうか》に積み上げてある天水桶《てんすいおけ》を用心棒どもに投げ飛ばしながら、小見山が続いた。

「裏から玄関へ回れ！」粕谷の指示が聞こえ、足音が別方向に遠ざかる。

その間、一階は大混乱に陥った。廊下の洋灯《ランプ》を割り、窓を叩き、江戸の終いに二束三文で売られた錆刀《さびがたな》を振り回す慎太郎に、すわ異人斬りの再来かと錯乱《さくらん》した舞踏室の異人たちが、我先に玄関へ殺到した。押し止めようとする若い衆たちは、憤怒の形相で迫ってくる慎太郎か〝用心棒〟のいずれが狼藉者《ろうぜきもの》か判断に苦しみ、そこへ女たちの悲鳴が重なってにっちもさっちもいかない。

番頭、客引き、料理番、野次馬の車夫――。人を押しのけ、押し戻されて揉みくちゃになりながら、辰吉は小見山を振り返った。

「刀使えるでしょ。昔取った杵柄《きねづか》でちゃっちゃと退治してくださいよ」

「僕はね、自慢じゃないが剣術の稽古《けいこ》は仮病で怠《なま》けてたんだ」

辰吉の背中で富田が小さく罵る。「腐れ侍。滅びろ」

狭い廊下から玄関の広間に出た。すかさず裏から回って来た用心棒が、逃げ惑う異人の流れに逆らって追いかけてくる。女たちは艶《あで》やかな衣の裾をひるがえし、競い合って二階へ続く階段に群がった。目の前で極彩色が渦を巻き、くらくらと目眩《めまい》を覚えた辰吉の袖を小見山が引く。「上だ」

女たちに紛れて階上へ行く辰吉たちを、慎太郎が目敏《めざと》く見つけて追いかけてくる。

「こうなりゃみんな道連れだ！」

その背を若い衆が引きずり倒し、寄ってたかって踏みつけ蹴りつけ、はね飛ばされた刀を今度は用心棒が拾って上がってくる。

富田を背負って息も絶え絶え、辰吉が見上げた二階から、第二波が来た。ふんどし一丁の男、すっかりできあがった酔っ払い、髪を振り乱した洋装の紳士たちが、状況もよく分からぬまま慌てふためいて怒濤《どとう》のように階段を下りかけ、刀を持ったもみあげの男に仰天して引き返す。

押し上げられるように辿り着いた階上では、遊女、遣手《やりて》、禿《かむろ》らが半狂乱でうろつき、逃げ遅れた客は座敷という座敷から顔をのぞかせている。「行け行け行け」用心棒の振り回す刀を躱《かわ》しながら小見山が辰吉を急かし、辰吉はどこへ行ったらいいものか、富田を負ぶったままどたどた廊下を逃げ回った。

と、反対側から回って来た用心棒の一人と鉢合わせ、思いきり顔面を殴られた。半死半生の富田が転げ落ち、鼻を押さえてうずくまった辰吉の顎にもう一発来た。もんどり打って障子を突き破った先は、外に面した座敷。刀の柄《つか》を奪い合いながら、小見山がもみあげ男と部屋になだれ込んでくる。小見山がもみあげ男の腹を蹴り、そこに一瞬の隙が生まれた。

「問題はこれだろう！」

小見山は一声、ふところから『郵便報知』を引っ張り出し、誰が止める間もなく行《あん》灯《どん》の中に突っ込んだ。

「あッ、てめえ！」

叫んだのは、もみあげだったか富田だったか。行灯ごと燃え上がった手紙を横目に、屏風を蹴倒し、煙草盆と花器を手当たり次第に投げつけ、小見山は辰吉を引っ張り上げて叫んだ。「飛べ、たつ坊！」

躊躇している間《ま》はなかった。障子を開け、欄干に足を引っかけて、目と鼻の先に枝を伸ばす四メートルほどの藪椿《やぶつばき》めがけて飛んだ。体の重みで枝葉を折りながら一気に下まで落下する。鈍い衝撃を肩に受けて地面を転がり、見上げた夜空に欄干をまたぐ富田の姿を見つけて、辰吉は素早く起き上がった。剪定中《せんていちゅう》の松に置いたままの梯子を引ったくって壁にかけたが、西洋風の一階部分は軒がなく、二階の欄干からはまだ距離があった。

四十がらみの人力車夫が、心配して寄ってくる。

「おいおい兄ちゃん、大丈夫かい？」

「そうだおじさん、ちょっと車を押さえてて！」

車上に置いて高さを出した梯子をかけ直し、「富田さん！」と叫んだ。富田はほとんど利かない腕で滑るように転がり落ちてくると、すっぽり車に収まって「ざまあねえ」と一言、気を失った。

辰吉は車夫にお銭《あし》を握らせて富田を『はまなみ新聞』まで送るよう頼み、自分は柴垣《しばがき》のそばにしゃがみ込んで小見山を待った。安否を確かめる義理はもはやなかったが、どうしても聞いておきたいことがあった。

それから十分――。建物中から聞こえていた喧噪《けんそう》は徐々に小さくなっていき、やがて二階の欄干に誰かの兵児帯《へこ》を巻き付けて、小見山が下りてきた。立ち上がった辰吉に一瞬ぎょっとし、「何だ、逃げたんじゃなかったの……」と白い息を吐く。

「僕はね、ほとぼりがさめるまで厠《かわや》に隠れてたんだ。遊郭のちょっと大きな店には、客用の厠が二階にあるんだ。知らなきゃ野暮だよ、覚えておきな」

つまらないことを早口で喋りながら、小見山は裏の空き地を抜けて通りを歩き出した。相変わらず上半身を動かさない士族の歩き方だったが、そのいつも以上に下がった薄いなで肩に、辰吉は声をかけた。

「手紙、誰に渡すんです。チョビ髭の山崎さんですか」

「何言ってるの。手紙はさっき燃やしちゃっただろう」

「粕谷の前で新聞から手紙をのぞかせた時、一瞬だったけど、あれは小見山さんの字だった。玄武楼に行く前に、中身すり替えておいたんでしょ」

「かなわないね」両袖に腕を突っ込んだまま、小見山は肩を揺すって笑い出した。大方、連載小説《つづきもの》の下書きか何かだったのだろう。町の生命線に関わる不祥事《ふしょうじ》を明らかにした達成感も快感もなく、小見山の舌先で全員が紙っぺらに踊らされたことが心底阿《あ》呆《ほ》らしくなる反面、辰吉の心のいまだ素直な部分が無性に悲しくなった。

「小見山さん、新聞売りの仕事を世話してくれた時言ったでしょ。これからは世界を聞くんだって。あれも嘘ですか。あれもお得意の、口から出まかせだったんですか」

「あれは嘘じゃない」

そこで初めて、小見山は昔と同じまっすぐな視線を向けて答えた。

「たつ坊なら、本当に聞こえると思ったんだ……」

やるせない冬の乾いた風が落ち葉を巻きあげて吹き過ぎ、辰吉は無意識に耳を傾けた。

町が一つの体をなす生き物だとしたら、地下を縦横に走る瓦斯や水道は血脈だ。各所に煙を上らせ、すみずみまで潤いを与える文明の産物は、この先いっそう町を成長させるだろう。

そうやって日々発展を続けていく横濱の声を聞き、嗅ぎ、感じ、昔懐かしい落ち葉の匂いがする新聞を運び歩く辰吉自身もまた、確かにこの新興の町を作っている一部に違いない。そう実感したら、藪椿から落ちた体が今になってあちこち痛んだ。

5

十二月二十一日。その日の昼さがり、もらい物の翁飴《おきなあめ》を番茶と一緒にいただきながら、『ぶらぼ』へ休憩に戻っていた辰吉は、ほっと一息ついた。

「ああ、上品な甘さが疲れた体に染み渡る。妙ちきりんな西洋菓子とは雲泥《うんでい》の差だ」

「まだ言ってる。いいわよ、野暮なお兄ちゃんには、お洒落《しゃれ》なお菓子はもったいない」

針仕事をしながら、絹が膨れっ面で応じた。

「お兄ちゃんに黙って出て行ったのは悪かったと思うけど、いつまでも根に持つことないじゃない。源二さんと行き違いになっちゃっただけでしょ」

何のことはない、辰吉が半狂乱で妹を探し回っていたあの日、絹は何度聞いても名を覚えられない英国人のミスタ・なんちゃらのもとで、ハナと一緒に珍《めずら》しい西洋菓子を堪能《たんのう》していたのだった。ハナが『ぶらぼ』へ誘いに来た折、ちょうど重箱を取りに来た源二が居合わせて、俺が連れてってやると意気揚々、でかい仁王に背負われて絹は出かけて行った。あとで書き置きし忘れたことに気付き、何度か源二が『ぶらぼ』へ立ち寄ったが、結局辰吉とは会えずじまいだったそうだ。

〝みるふぃゆ〟——。絹が兄にも食べさせたいと、自分の残りをもらってきたそのフランス菓子は、当地の言葉で〝千の葉っぱ〟を意味するらしい。その名の通り薄い生地を幾枚も重ねた間にクリィムを挟んだ代物《しろもの》は、死ぬほど甘くバター臭《くさ》く、気持ち悪くて食えたものではなかった。あるいは、あの日どん底になった気分や体調も関係していたのかもしれない。

遊郭から戻った後、二日ばかり仕事を休んだ辰吉は、およねさんが東京土産に買ってきた『藤むら』の田舎饅頭《いなかまんじゆう》を食ったり、先月開館式を終えたばかりの鹿鳴館《ろくめいかん》の話などを聞いたりしながら、年末の恒例行事である煤払《すすはら》いをして過ごした。

それも済むと、今度は門松《かどまつ》用の松と、おせちを作るための薪の調達に取りかかり、次には息つく間もなく歳暮の手配だった。

そうして一連の騒ぎから十日が過ぎた今、ようやく全身の擦り傷、切り傷、肩の脱《だっ》臼《きゅう》も治りかけ、新聞売りのかたわら引き続き正月の準備に明け暮れている。

今はつかの間の閑《ひま》、およねさんは東京の疲れがいまだ抜けないのか、表通りに面した四畳半でこっくりこっくり舟を漕《こ》いでおり、辰吉兄妹は奥の六畳間で火鉢を囲んでいるのだ。

「そういえば、お兄ちゃんはお歳暮を誰と誰に贈《おく》ったの？」

ふいに問われ、辰吉は短い指を折りながら数え上げた。

まずはおよねさん。大家に歳暮をあげるのは当然だから、定番の荒巻鮭《あらまきざけ》を贈った。三人で毎日食っているが、一匹たいらげるのに苦労するのは毎年のことで、まだ残っている。

次が粕谷の一人娘、文乃。そこはこれからのお付き合いも期待し、奮発《ふんぱつ》して鴨《かも》にした。借りっぱなしだった商人録を返し、丑松殺しに父親は関係なかったと改めて告げると、文乃はこれで心置きなく再婚できると寂《さび》しげに笑った。

――お相手は四十歳の税関職員のかた。向こうも二度目だから大げさにはやらないの。ムサシも一緒に連れて来ていいって……。

辰吉が商人録を借りた日、表玄関の方に来ていた客だという。二度あることは三度ある、今年も終わりに来ての再びの失恋に、辰吉は「身分違い」という月並みな言葉で自分を納得させて、一足先に正月が来たようじゃないですかと文乃を祝った。

密かに傷心しつつ、もう一羽鴨をぶら下げて向かった先は、真砂《まさご》町にある富田の家。『はまなみ新聞社』に場所を聞き、見舞いがてらの暮れの挨拶だったが、富田にはもったいないほど綺麗《きれい》な二十六、七のお内儀《かみ》さんが出てきて、逆に恐縮してしまった。おかげさまで良人《おっと》は仕事に出ておりますと丁寧に教えられ、辰吉に輪をかけた打撲と骨折の体でよくもまあ短日で復帰できたものだと、呆れ半分感心した。聞けばここ数日は、昔に戻ったような熱心さで出かけて行くと言う。野毛の貯水場を巡るあれこれは、斜に構えたひねくれ者の心にもなにがしかの火を灯《とも》したらしい。

だが待てど暮らせど肝心の告発記事が出ないのは、何か事情があるのかないのか。新聞に載ったのは慎太郎の殺人のみで、どこぞから圧力でもかかったのか、いまだ証拠が不十分だとチョビ髭の山﨑が判断しているのか、紙面には水道のすの字もない。一介の新聞売りには知るよしもなく、ただ山﨑の家に歳暮の鮭を贈っただけで、事態はすでに辰吉の手の届かない所へ行ってしまった。

　まあそんなところだな、と締めくくった辰吉に、絹はどこか心ここにあらずといった調子で「ふうん」と相槌《あいづち》を打ってから、「小見山さまにはお贈りした？」と尋ねてきた。

　その質問が本命か。しもやけの足を揉むふりをし、目を合わせないように苦心して、辰吉は「ああ、うん」と嘘をついた。何を贈ったか聞かれると思ったが、案外素直に納得してくれたようでほっとする。

　だがおかげで、白々しい妙な間《ま》があいてしまった。およねさんの小さな鼾《いびき》が聞こえ、兄妹だけの静けさに耐えられなくなった辰吉は、この際なので絹に思いきって尋ねてみることにした。

「なあ、兄ちゃん前から不思議なんだけどな、世の中男なんてごまんといるのに、どうして小見山さんに惚れたんだ」

　縫い物をしていた手を止め、絹は呆れ顔で兄を見やった。

「いやあねえ、変な勘違いしちゃって。小見山さまは私にとって大事な方《かた》だけど、お兄ちゃんが思ってるような意味じゃないから」

「じゃあ何だ」

「……お兄ちゃんに、新聞売りのお仕事を世話してくださったじゃない」

「そんなこたあ、うちの父ちゃんと小見山のお殿さんのご縁があったからじゃねえか。お前にゃ関係ねえ」

「違うもん」絹はそれから口をすぼめて何やら躊躇していたが、ややあって続けた。「命の恩人なの。お兄ちゃんより先に、横濱ではまず私がお会いしてるの」

「へ……」言葉に詰まった辰吉は、目を泳がせて狼狽《ろうばい》した。「何言ってんだ？」

「どうせ知ってるでしょ。五年前、足のことで嫌になっちゃって、馬鹿な気起こしたの」

少し頬を染めながら、絹は訥々《とつとつ》と話し始めた。

五年前の雨の夜、絹は確かに死のうと荒れた海へ入った。だが波にさらわれてもがくうち、あまりの辛さと苦しさに恐慌をきたしたのだという。死にたくないと必死で思ったが後の祭り。助けてくれと何度も願い、ごめんなさいと何度も謝った。右も左も上も下もなく滅茶苦茶に揺すぶられ、とうとう息が尽きかけて気が遠のいた時、何者かが絹を水面に引っ張り上げ、そのまま浜辺まで引きずって水を吐かせた。それが小見山だったそうだ。

「何も悪くないのに君が死ぬ必要はないって。それなら普段いっぱい悪いことしてる自分の方こそ海に入らなきゃいけないからって。冗談なのか本気なのか分からないあの御顔で、真剣に怒るの」

――どうする、君が生きるか僕が死ぬかだ。

「どうする、って言われても、私その時まだ十四だよ。見ず知らずの男の人にいきなりそんなこと言われて、驚いちゃった。だってこっそり読んでた心中物の戯作みたいだったんだもの。あとで小説家の先生だって分かって納得したんだけどね」

絹は裁縫箱から千鳥柄の手ぬぐいの半分を出し、愛おしそうに目を細めた。

「これ、帰りにおぶってもらった時、悪い右足と草履を結んで落ちないようにしてくれたの。その間もね、生きててもらわなきゃ困るってずっと言ってるの。この先、もしどうしても辛くなって、また海に入りたくなったら、その時はまず僕に言いなさい、悪者の僕が代わりに入るからって――。助けてもらったのは私の方なのに、何だか小見山さまの方が溺《おぼ》れて死にかけてる人みたいで、よく分からないけどお可哀想になっちゃって」

居酒屋からの帰り道、海に向かって行く絹を見つけて後を追ったのだそうだ。恐らく、あの暴れ馬の件で片足を駄目にした娘だと途中で気づいたに違いない。そうしてその娘の兄が、以前自宅に出入りしていた庭師の息子だったという運命の皮肉に気づいた小見山の驚愕は、一体如何《いか》ばかりだったか。

「とにかく、荒れた海に身の危険を顧《かえり》みず飛び込んでくださったんだから、小見山さまは私の命の恩人でしょ。その方《かた》をこれ以上溺れさせるわけにはいかないから、もう馬鹿な真似は二度としないことにしたの。そういう覚悟をくださった方だから大事なの」

朗《ほが》らかに、少し誇らしげに絹は言い、そこではっと口に手を当てた。

「あ、どうしよう。約束破っちゃった。あの夜のことは、絶対にお兄ちゃんに言うなって言われてたのに。ね、お願い、私がしゃべったこと、小見山さまに言わないでね。約束してよ。――やだお兄ちゃん、なんで泣いてるの」

かつて絹を絶望のどん底に突き落としたのが小見山なら、その淵《ふち》から引き戻したのも小見山だった。のみならず、情けない自分自身を人質に、絹の目を未来に向けさせたのも小見山だった。

「もう、お兄ちゃんに話すと大げさになるから嫌だったのよ……。そうだ、この針仕事が一段落したら、小見山さまに綿入れを作ってさしあげよう」

「絹、あの人な――」

もういねえんだ――。

二日前、様子を見に訪れたあの裏長屋の角部屋はもぬけの殻で、部屋を埋め尽くしていた塵芥《ゴミ》の山もすでになく、弱々しい冬の日差しさえ差し込まない室内はがらんとして静まりかえっていた。とっくのとうに時代の底で窒息していたもと旗本の次男坊は、ようやく手に入れた絹の覚悟が真相の前に潰《つい》えることを恐れてか、行き先も告げず痕跡も残さずあの家から消えたのだ。

そうして小見山がそのつもりなら、辰吉もまた絹に真相を告げるのはよそうと決めた。心の整理がつかない今、果たして小見山のしたことを許せる時が来るかどうかはまだ分からない。だが少なくとも、ただ一つ、たった一つだけ小見山は間違っていたと分かる。

御一新前の過ぎ去った時間は、けして埋め立てられたのではない。あの西洋菓子の〝みるふぃゆ〟と同じく、噛《かじ》って美味《うま》いか不味《まず》いかは人次第だが、過去と今と未来は尽きせぬ層になっているのだ。小見山がひどい過ちを犯したことと、絹を救ったことと、辰吉に金平糖をくれた優しいお武家さまだったことが、分かちがたい事実として結びついているように。

そうだ。小見山の家の土間の隅に一つだけ落ちていた新聞紙を拾ったら、八日付の『朝日新聞』だった。かつて篤姫《あつひめ》様と慕われた天璋院《てんしょういん》の葬儀が、上野の寛永寺《かんえいじ》で執り行われたという記事だった。江戸の華の散り様も、こうして明治の紙面に記され読まれ、騒ぎ立て語り継ぐ人々の声を耳に、辰吉はこれからもずっと新聞を売り歩く。

ぐいと拳で目をこすり、勢いをつけて立ち上がった。

「さ、甘いもんも腹に入れたし。また一回りしてくるか」

「気をつけて行ってきてね」

絹の見送りを受けて『ぶらぼ』を後にし、辰吉は手に馴染んだ新聞箱を担いで弁天通りを歩き出した。

「新聞んー、エェー、新聞んんー、よろず取扱ィー、新聞のォー、コタツゥー」

明日の冬至に、忘れず南瓜《かぼちゃ》を買おう、と思う。

積もり積もった時間の上に、この先再びの季節を重ねていく冬の日だった。

了

本書は時代小説文庫（ハルキ文庫）の書き下ろし作品です。

時代小説文庫

た 25-1

新聞《しんぶん》売《う》りコタツ 横浜《よこはま》特《とく》ダネ帖《ちょう》

著者 橘《たちばな》 沙《さ》羅《ら》

2017年10月18日第一刷発行

発行者 角川春樹

発行所 株式会社 角川春樹事務所

〒102-0074 東京都千代田区九段南2-1-30 イタリア文化会館

電話 03(3263)5247[編集] 03(3263)5881[営業]

印刷・製本 中央精版印刷株式会社

フォーマット・デザイン&シンボルマーク 芦澤泰偉

本書の無断複製(コピー、スキャン、デジタル化等)並びに無断複製物の譲渡及び配信は、著作権法上での例外を除き禁じられています。また、本書を代行業者等の第三者に依頼して複製する行為は、たとえ個人や家庭内の利用であっても一切認められておりません。定価はカバーに表示してあります。落丁・乱丁はお取り替えいたします。

ISBN978-4-7584-4123-0 C0193 ©2017 Sara Tachibana Printed in Japan

http://www.kadokawaharuki.co.jp/[営業]

fanmail@kadokawaharuki.co.jp[編集] ご意見・ご感想をお寄せください。

中島要の本

着物始末暦シリーズ

①しのぶ梅
②藍の糸
③夢かさね
④雪とけ柳
⑤なみだ縮緬《ちりめん》
⑥錦の松
⑦なでしこ日和
⑧異国の花
⑨白に染まる

市井の人々が抱える悩みを着物に
まつわる思いと共に、余一が綺麗
に始末する。大人気シリーズ!!

時代小説文庫

高田郁の本

みをつくし料理帖

シリーズ（全十巻）

①八朔の雪
②花散らしの雨
③想い雲
④今朝の春
⑤小夜しぐれ
⑥心星ひとつ
⑦夏天の虹
⑧残月
⑨美雪晴れ
⑩天の梯

料理は人を幸せにしてくれる!!
大好評シリーズ!!

時代小説文庫

落語協会 編

古典落語

シリーズ（全九巻）

①艶笑・廓ばなし㊤
②艶笑・廓ばなし㊦
③長屋ばなし㊤
④長屋ばなし㊦
⑤お店ばなし
⑥幇間・若旦那ばなし
⑦旅・芝居ばなし
⑧怪談・人情ばなし
⑨武家・仇討ばなし

これぞ『古典落語』の決定版!!

時代小説文庫